Anne Chaplet
Erleuchtung

Roter Sand

Eine Liebe zwei Pistolen
Eine zielt mir ins Gesicht
Er sagt ich hätte dich gestohlen
Dass du mich liebst weiß er nicht
Roter Sand und zwei Pistolen
Eine stirbt im Pulverkuss
Die zweite soll ihr Ziel nicht schonen
Steckt jetzt tief in meiner Brust

Rammstein

PROLOG

Aus der Vermisstenakte
Alexandra Raabe

Tatortbericht von Polizeioberwacht-
meister Gregor Kosinski, Grünberg,
12. August 1968

»Der Tatort liegt in einer Siedlung
aus den 30er Jahren, im Volksmund
›Heinrichs Verhängnis‹ genannt. Von
der Straße Auenweg aus gelangt man
durch ein Gartentor auf einen gepflasterten Weg, der zur Haustür des
Hauses Nummer 11 führt. Neben der
Haustür befindet sich ein Klingel-
knopf über einem Briefkasten. Es gibt
kein Namensschild unter der Klingel.
Die Klingel ist nicht in Takt. Auf
dem Briefkasten ist mit Tesafilm ein
maschinenschriftlicher Zettel befes-
tigt, ausweislich dessen hier ›Neu-
mann/Raabe/Simon‹ wohnen.
Die Haustür ist oberhalb teilweise
verglast und mit einem elektrischen
Türschließer versehen. Das Schloss

ist ein sogenanntes Buntbartschloss,
die Türklinke befindet sich an der
Innenseite. Nach normaler Benutzung
reicht die Kraft des Öldruckschlie-
ßers nicht aus, sie wieder zu schließen.

Auf der Kleiderablage im Flur befindet sich ein Damenschirm. Darunter
hängt ein Damenstrickmantel, der
keine Auffälligkeiten aufweist.

Im großen Wohnraum befindet sich in
der Mitte ein Sofa in Seitenlage. Der
Bezug eines der beiden Sessel wurde
mit einem spitzen Gegenstand aufgeschlitzt. Unter dem umgestürzten
Glastisch liegen ein Aschenbecher,
eine zerknüllte leere Zigaretten-
schachtel (Marke Gauloises) und ein
zusammengeknüllter Straßenbahnfahr-
schein aus Frankfurt am Main. Soweit
bei der 1. Besichtigung des Fahr-
scheins festgestellt werden kann,
wurde dieser im Monat Mai abgestem-
pelt. Auf mehrere Kissen im indischen
Stil wurde defäkiert.

Die Einvernahme der von den Geschä-
digten Beschuldigten ergibt keinen
schlüssigen Befund. Auf Vorladung er-
scheint der Sägewerksarbeiter Ernst
Berg, geb. am 2. August 1942, wohnhaft

in Groß-Roda, Im Heck 2, und erklärt,
mit dem Gegenstand der Vernehmung
vertraut gemacht und zur Wahrheit
ermahnt, folgendes: ›Ich wurde be-
lehrt, dass ich vor der Polizei keine
Angaben zu machen brauche.‹

Desgleichen der Schreinermeister
Gottfried Funke, geb. am 11. November
1938, wohnhaft in Klein-Roda, Friedhofsweg 4. ›Mit Karl-Heinz Neumann,
Alexandra Raabe und Maria Simon hatte
ich keinerlei persönlichen Kontakt,
d.h. ich habe mich nie mit ihnen
unterhalten. Über den Verkehr der ge-
nannten Personen kann ich keine kon-
kreten Angaben machen. Vom Verbleib
der Alexandra Raabe habe ich keine
Kenntnis. Die gegen mich ergangenen
Beschuldigungen weise ich zurück.‹«

KAPITEL 1

»Atahualpa ließ seinen Bruder Huáscar hinrichten und trank Blut aus seiner Hirnschale.« Die Fremdenführerin lächelte. Im gleichen Plauderton hatte sie über die Kunstfertigkeit der Inka beim Pfählen, Steinigen und Vierteilen berichtet, während ein scharfer Fallwind ihr einen weißen Herrenhut mit rotem Band vom Kopf zu blasen versuchte.

War das der sprichwörtliche Gleichmut der Inka, der aus ihr sprach? Oder waren ihr die eigenen Gruselgeschichten gleichgültig geworden? Giorgio DeLange fand, dass das irgendwie nicht passte zu der netten jungen Frau im bunten Rock der Peruanerinnen. Aber es passte zu den grauen Mauern von Machu Picchu, über denen der umwölkte Zuckerhut des Huayna Picchu thronte.

»Ja, wir sind besessen von Blut«, flüsterte eine Stimme hinter ihm.

DeLange drehte sich um.

»*Nos bañamos en la sangre.*« Das breite Gesicht mit der flachen Nase und den schwarzen Augen sah aus wie eine düstere Maske. »Wir baden in Blut.«

»Was ist los, *amigo*?«, fragte DeLange.

Tomás Rivas, sein peruanischer Kollege von der *Policía de Investigaciones* in Lima, schüttelte den Kopf,

11

drehte sich um und stapfte davon. DeLange folgte. Die Fremdenführerin zählte mittlerweile gutgelaunt die Greueltaten der spanischen Eroberer auf, die sich den lokalen Gebräuchen gewachsen zeigten. Als sie bei ihrem Reisebus angelangt waren, griff Tomás in den Rucksack, den er neben dem Fahrersitz verstaut hatte, holte eine Flasche hervor und nahm einen tiefen Zug Pisco. Dann reichte er sie weiter an DeLange, der nicht ablehnen mochte. Vorsichtshalber trank er nur einen kleinen Schluck.

»Wir ersaufen in Blut.« Tomás forderte die Flasche mit herrischer Handbewegung zurück. »Weißt du, wie wir unsere Feste feiern?«

DeLange schüttelte den Kopf.

»So zum Beispiel: Man fängt einen Kondor und bindet ihn auf den Rücken eines Stieres. Wenn der Kondor den Stier zerfetzt, wird alles gut.«

DeLange hätte zu gern gewusst, wie die Indios es anstellten, einen Kondor zu fangen. Der Vogel hatte eine Spannweite von bis zu drei Metern.

»Und was macht ein Peruaner zum Fruchtbarkeitsfest? Liebe?« Tomás lachte verächtlich. »Wir schlagen uns gegenseitig ins Gesicht, bis es blutet. Und weißt du, warum?«

Diesmal vermied es DeLange, den Kopf zu schütteln. Es war entschieden zu früh am Tag für einen Pisco.

»Blut nährt die Erde. Glauben wir.« Tomás verzog das Gesicht. »Darum lassen wir es fließen. Zur Wintersonnenwende haben unsere Vorfahren Tausende von Lamas geschlachtet und ihr Blut auf den Felsen verteilt. Und als Höhepunkt Kinder geopfert.«

»Wie beruhigend, dass die Aufklärung mittlerweile auch in Peru gesiegt hat«, meinte DeLange trocken.

Tomás Rivas war etwa zwei Kopf kleiner als De-Lange, aber sein Zorn machte ihn drei Kopf größer. »Glaubst du das, Jo? Glaubst du das wirklich?«

Der zuckte mit den Schultern.

»Und ich sage dir: Die apokalyptischen Reiter sind unterwegs«, zischte Tomás. »Aber diesmal zu Fuß.«

Nach und nach trudelte der Rest der Reisegruppe ein, und die Fahrt nach Ayacucho konnte weitergehen. Die meisten Passagiere waren Indios, die man allerdings nicht so nennen durfte, sonst verdarb man es sich mit Tomás, der Quechua war. »Und stolz darauf.« Die paar Touristen kamen aus den Niederlanden oder Deutschland. Zu DeLanges Trupp gehörten, neben Tomás Rivas, eine Frau und zwei Männer, Kollegen aus der Abteilung für Presse- und Öffentlichkeitsarbeit im Polizeipräsidium Frankfurt, alle bester Laune. Und alle innerhalb weniger Stunden still und leidend. Doch keiner war so sterbenskrank wie Kriminalhauptkommissar Giorgio DeLange, der schon nach wenigen Stunden glaubte, diesen Höllentrip nie und nimmer zu überleben.

Der Fahrer und die Einheimischen aber waren in bester Verfassung. Die – und die Reiseführerin.

»Unsere nächste Station ist die alte Inkahauptstadt Cusco. Cusco liegt 1000 Meter höher als Machu Picchu, also auf 3400 Metern«, flötete sie. »Auf dem Weg dahin erreichen wir eine Passhöhe von 4200 Metern.«

Der Busfahrer nahm sich die Botschaft zu Herzen

und gab Stoff. Auf schmalen Sandpisten arbeitete sich der Bus hinauf und schrubbte mit kreischenden Bremsen wieder hinab. Rechts hätte man schrundigen Felsen berühren können, und was auf der linken Seite wartete, versuchte DeLange zu verdrängen. Der Abgrund. Die Hölle.

Im Reiseführer stand etwas von einer atemberaubenden Fahrt durch atemberaubende Landschaft, von grüner Weite ohne Baum oder Ansiedlung, von schroffen Felswänden, von schneebedeckten Gipfeln in der Ferne. Großartig und ergreifend und unvergesslich und so weiter.

DeLange hatte keinen Blick dafür. Sein Kopf war eine Baustelle, auf der Tausende kleiner Zwerge hämmerten, bohrten und sprengten. Den Frankfurter Kollegen schien es nicht besser zu gehen. Niemand sprach. Niemand lachte. Wohltuende Stille. Wenn sie nicht gewesen wäre, seine Sitznachbarin. Die Reiseführerin.

Die Frau mit dem glänzenden schwarzen Zopf unter dem weißen Hut hieß Shidy. Ihr schien das Geruckel und Gezuckel nichts auszumachen. Auch DeLanges angestrengtes Schweigen störte sie nicht.

»Wissen Sie, was Shidy heißt?« Sie kicherte. »Das ist Quechua und bedeutet Prinzessin.«

Darauf musste man erfreulicherweise nicht antworten. Aber Shidy bestand darauf, ihr Deutsch an ihm auszuprobieren. DeLange litt Höllenqualen. War der Trip dran schuld oder die Tatsache, dass Shidy nuschelte wie eine Berliner Kiezbraut? Weil sie ein Fan von *Lola rennt* war, behauptete sie. Der Film, *si*?

»Habe ich mindestens zwanzig Mal gesehen. Um

mein Deutsch zu verbessern.« Sie sah ihn erwartungsvoll an.

»Super«, murmelte DeLange, obwohl er das erstaunlich fand. Soweit er sich erinnerte, kamen in dem Film kaum zwei ganze Sätze vor.

»Und ich *liebe* Rammstein.«

Verstehe, dachte DeLange. Es rammt in meinem Kopf. Jemand schmeißt mit Steinen. Und nur Inkaprinzessinnen bringen es fertig, so was zu lieben.

Shidy redete ununterbrochen und legte erst eine Pause ein, als sie haltmachten. Alles stöhnte und reckte sich. Doro, die taffe blonde Kollegin, als Hauptkommissarin Ansprechpartnerin für die Opfer antischwuler Gewalt, hielt Sport für ein Allheilmittel und lief todesmutig zum Ausstieg, um sich mit dem großartig ergreifend Erhabenen da draußen zu konfrontieren. Wahrscheinlich versuchte sie, mit zwanzig Liegestütz gegen die Übelkeit anzugehen. DeLange hingegen dachte nicht ans Aussteigen. In Deckung gehen und Stellung halten war das Einzige, was ihm sinnvoll erschien.

Doch das Grauen blieb nicht draußen, da, wo es hingehörte. Es kam näher. In einer Wolke übelkeiterregender Gerüche. In Gestalt einer Bauersfrau in dicken Röcken und bunten Tüchern, die den Bus ins Schwanken brachte, als sie einstieg. Sie schleppte einen Korb mit sich, die Quelle des Geruchs, der DeLange präventiv zur Spucktüte greifen ließ.

Doch Shidy, mit der Grausamkeit der Nichtbetroffenen, winkte die Bauersfrau heran und unterhielt sich mit ihr angeregt über den Inhalt des Korbs, bevor sie ihre Wahl traf.

»Willst du? *Rocoto relleno.*« Sie hielt DeLange
etwas hin, das wie eine gefüllte Paprika aussah. Er
schüttelte den Kopf und versuchte, ihr nicht zuzuse-
hen, während sie aß. Sie hatte Hunger. Unfassbar. De-
Lange hatte noch nicht mal Appetit. Vor allem nicht
auf das weißliche Stück Fleisch in der dicken Panade,
das sie sich jetzt in den Mund schob.

»*Cui*«, sagte sie kauend. »Meerschweinchen.«

DeLange schwindelte es. Seine Hand krampfte sich
um die Spucktüte. Er schloss die Augen und versuchte,
an etwas zu denken, das weder roch noch sprach noch
ein Fell trug oder erhaben und ergreifend war.

Shidy neben ihm kaute und schluckte und schluckte
und kaute.

Irgendwann spürte er ihre tröstende kleine Hand
auf seinem Arm. »*Soroche*«, sagte sie.

Soroche. Irgendwie beruhigte ihn das Wort. Sein
Zustand hatte einen Namen. Es war nichts so Banales
wie ein von einem Messerstich traumatisierter Ge-
sichtsnerv, sein Hausgenosse seit vielen Jahren, sondern etwas Romantisches. Großes. So etwas wie *Sau-
dade*, vielleicht. Sehnsucht. Wehmut. Ja, das passte.

Shidy murmelte: »Wie sagt man? Maladie der Berge?«

Melodie der Berge. Fast hätte DeLange gelacht. Das
wurde ja immer schöner.

»Höhenkrankheit«, sagte sie.

Wie enttäuschend.

Die Bauersfrau war längst gegangen, Doro wieder in
den Bus gestiegen, mit bleichem Gesicht, aber gefasst.
Und weiter ging es. Weiter – und höher. Irgendwann

verwandelte sich DeLanges Körper in reinen Schmerz. Er musste gestöhnt haben, denn Shidy ergriff seine Hand und schloss seine Finger um einen Becher.

»Trinken«, sagte sie. »Hilft.«

»Was ist das?« Er öffnete vorsichtig die schmerzenden Lider und roch an der Brühe. Undefinierbar, aber erträglich. Und die Farbe: irgendetwas zwischen grasig und rostig. Er nahm einen Schluck.

»Coca-Tee«, sagte sie. »Gut für dich.«

Coca? Kokain? Also Rauschgift? Was soll's, dachte er, passt. Er trank den Becher aus und bildete sich ein, es ginge ihm schon besser. Dennoch hielt er die Augen fest geschlossen und versuchte, nicht an den Abgrund neben der Straße zu denken. Schöne Landschaft? Nein danke. Als er versuchsweise die Augen öffnete, sah er hinaus in dichten Nebel. Ausgezeichnet. Ihm entging also nichts.

Wieder machte der Bus halt. Seinen Kopfschmerzen nach zu urteilen, waren sie entsetzlich hoch. »4200 Meter. Passhöhe«, flüsterte Shidy neben ihm. Sie klang ausnahmsweise respektvoll. Der Fahrer würgte den Motor ab. Tiglet stand auf, auch »*The wondrous cat of the day*« genannt, was immerhin freundlicher klang als »Sautitte«. Er hatte es längst aufgegeben, ihnen zu erklären, dass er nach seinem aramäischen Großvater hieß und nicht nach einer Katze oder dem Gesäuge einer Muttersau. Tiglet sollte demnächst als deutscher Kontaktmann zu Europol wechseln, aber jetzt stolperte er wie ein alter Mann durch den Gang nach vorne. Wahrscheinlich musste er mal. Aber der Fahrer schüttelte den Kopf, als Tiglet ihm auf die Schulter tippte, und ließ die Türen geschlossen. Nur das Fenster hatte er heruntergelassen, durch das er mit jemandem sprach, erst ungeduldig, dann ärgerlich, dann mit Angst in der Stimme. In kehligem Spanisch bellte jemand Befehle.

»*No, en absoluto*«, antwortete der Fahrer. »*No, yo no sé nada, absolutamente nada.*«

Im Bus war es totenstill geworden. Die Leute schienen kaum zu atmen. Wovor fürchteten sie sich? Selbst Shidy sagte kein Wort, aber sie griff nach seiner Hand. War das da draußen die Polizei? DeLange suchte Blickkontakt zu Tomás Rivas, aber der saß drei Reihen vor ihm und rührte sich nicht. Terroristen? Die Sekunden fühlten sich wie Minuten an.

»*Está bien. Continuar, pero rápidamente*«, schnarrte die befehlsgewohnte Stimme.

Der Fahrer ließ den Motor anspringen. Jetzt sprachen alle auf einmal, einige Fahrgäste stürzten vor, redeten auf den Mann ein. Doro drehte sich nach DeLange um, mit fragend hochgezogenen Augenbrauen. Tiglet war ebenfalls aufgestanden, starrte halb gebückt durchs Fenster und versuchte, im Nebel etwas zu erkennen. Der Fahrer legte den Gang ein und gab Gas.

DeLange ließ sich in seinen Sessel zurücksinken. Er begriff nichts. Gar nichts. Nur eines registrierte sein gequälter Kopf: Es ging wieder bergab.

»Sie sind alle gleich schlimm. Entweder sind es die Terroristen oder es ist das Militär. Sie lassen die Menschen herauskommen, man muss in der Kälte stehen, sie nehmen einem die Pässe weg«, flüsterte Shidy.

»Wer?«, murmelte DeLange ohne großes Interesse. »Ich dachte, die Terroristen ...«

»Schhhh.« Sie legte sich den Finger auf die Lippen.

»Nicht beschreien. Sie sind noch immer da. Oder ihre Geister.« Und dann sang sie ihm leise ins Ohr: »Stein um Stein mauer ich dich ein/Stein um Stein/Ich werde immer bei dir sein.«

Langsam begriff er, was sie an Rammstein fand und warum sie die deutsche Gruppe liiiiebte. Die Texte waren schon was Besonderes.

Der Druck auf DeLanges Kopf ließ nach. Er wachte erst auf, als Shidy neben ihm »Wir sind daha« sang.

Tatsächlich. Eine Straße. Häuser.

»Ayacucho liegt auf 2700 Metern Höhe«, verkündete Shidy im geschäftsmäßigen Singsang. »Es gibt 33 Kirchen, einen Triumphbogen und eine Universität, San Cristobál, gegründet 1677.«

Alle klebten jetzt an den Fenstern. Spanischer Kolonialstil aus grauem Stein. DeLange sah vor allem Kirchen. Es waren erstaunlich wenig Autos auf den Straßen und kaum Touristen unterwegs.

Er streckte die Glieder. Seine Lippen waren trocken, wahrscheinlich hatte er Mundgeruch und sollte dringend duschen. Um ihn herum brach hektische Aktivität aus, Doro stand im Mittelgang und machte gymnastische Übungen, Ben und Tiglet hatten sich erhoben und holten ihre Taschen aus der Gepäckablage. Der Bus schaukelte durch enge Straßen und hielt auf einem großen Platz neben anderen Reisebussen.

Es dauerte ewig, bis alle Fahrgäste ihren Krempel beisammenhatten und er endlich aussteigen konnte. Shidy hatte ihren Rucksack bereits über den Schultern und umarmte ihn zum Abschied. »Ayacucho heißt ›Winkel der Toten‹«, flüsterte sie ihm ins Ohr, bevor die Inkaprinzessin in der Menge verschwand. Gut zu wissen, dachte DeLange.

Tomás hatte seinen vier Kollegen vom Frankfurter Polizeipräsidium Zimmer organisiert, in einer kleinen und ziemlich spartanischen Herberge. DeLange widerstand der Versuchung, sich auf das schmale Bett zu legen und die Augen zu schließen, packte seine Reisetasche aus, putzte sich flüchtig die Zähne und ging wieder hinaus, um mit den anderen Männern auf Doro zu warten.

Tomás hatte einen Tisch in einem Restaurant namens Wallpa Sua reserviert und ihnen »Hühner, so groß wie Enten« versprochen. Auf dem Weg dahin erklärte er ihnen, warum das Restaurant »Hühnerdieb« hieß: »So haben Leute aus Huanta ihre Nachbarn aus Huamanga beschimpft.« Er lachte, als ob das in Wirklichkeit eine Liebeserklärung gewesen sei.

Schon auf der Straße quoll ihnen der Duft von Holzfeuer, Knoblauch und Kräutern entgegen. Drinnen saß man dichtgedrängt an langen Tischen, umgeben von Möbeln mit Flohmarktcharme. Es war warm und laut und in kürzester Zeit waren sie wieder bester Stimmung.

Es war der vorletzte Tag ihrer Reise, und DeLange war mittlerweile davon überzeugt, dass die Peruaner weitaus gastfreundlicher waren als ihre deutschen Kollegen. Vor einem Jahr war eine Delegation peruanischer Polizisten in Frankfurt gewesen, alles Mitglieder der IPA, der *International Police Association*. Ausschließlich Männer, bei der peruanischen Polizei schien es keine Frauen zu geben. Sie waren ein lustiger

Haufen gewesen, trinkfest und belastbar. Mit Waffen kannten sie sich bestens aus, aber es haperte an allen zivileren Techniken. Alles, was der Verkehrskontrolle diente, erregte ihr größtes Interesse. Vor allem der Gedanke, dass man damit Geld verdienen konnte.

Noch nicht einmal in Lima gab es Radarkontrollen, und die Ahndung von Parkverstößen war den Kollegen unbekannt, es gab schließlich keine Parkordnung. DeLanges Kollege Ben, der Mann, der die interne Kommunikation und nebenbei auch die Website des PP organisierte, erklärte Peru zum gelobten Land der Autofahrer. Damals ahnten sie noch nicht, wie groß das Verkehrschaos in der Millionenstadt war und wie miserabel der Straßenzustand außerhalb.

Die IPA war eine großartige Sache. Ein weltweites Netzwerk der Polizei, immer nützlich, wenn man mal am Dienstweg vorbei eine Info brauchte. Ihr Motto: »*Servo Per Amikeco*«. Das war Esperanto, was heute niemand mehr sprach. Die meisten Kollegen konnten immerhin Englisch, bis auf die französischen, die beherrschten nur die Muttersprache und wunderten sich, dass niemand sie verstand.

Tomás hatte sogar ein paar Brocken Deutsch gesprochen. Und er war nicht ganz so waffenbesessen gewesen wie die anderen. Nach der Besichtigung des Museums im Keller des Polizeipräsidiums hatte die Presseabteilung die Besucher in die Kantine eingeladen, es gab wie immer bei solchen Anlässen Salat und halbe Brathähnchen mit Pommes frites. Das, glaubte man, sei international unverfänglich. Als Tomás vor der Essensausgabe stand, deutete er mit strahlendem Lächeln auf die fettigen Teile und orderte

»Goldhamster«. Die Deutschen hinter und vor der Theke lachten sich krumm, aber DeLange hatte den Mann umarmt und ihm ein Bier ausgegeben. Und sich gefragt, welcher Komiker von Tourist ihm das Wort wohl beigebracht haben mochte.

Eine halbe Stunde später wusste DeLange alles über Tomás' Frau, seine Kinder und deren Kinder, die Mutter und die Tante, die Großeltern seiner Frau und die halbe Nachbarschaft des Viertels von Lima, in dem Tomás wohnte. Er hatte viele Fotos betrachtet, Tomás' Frau bewundert und die Kinder gelungen gefunden.

Dann war er dran gewesen. Die Bilder von Flo und Caro erfuhren andächtige Würdigung. Dass die Mutter dieser beiden schönen Töchter tot war, erschütterte Tomás. Dass DeLange eine neue Beziehung hatte, wurde mit einem gewaltigen Schlag auf die Schulter kommentiert. So begann eine wunderbare Freundschaft, die sie in den Tagen danach mit viel Bier und Schnaps besiegelt hatten.

Die Stimmung an ihrem Tisch im Wallpa Sua stieg mit jedem Glas Chicha, einem Bier aus Mais, und uferte aus, als zwei mandeläugige Mädchen den Hauptgang servierten: gebräunte, fettglänzende Hühner, groß wie Kapaune, dazu Krüge mit Saucen und Berge von Pommes frites. Tomás hatte nicht zu viel versprochen. DeLanges Appetit war wieder erwacht, und er konzentrierte sich auf ein saftiges Hühnerbein. Für eine Weile herrschte gefräßige Stille, bis alle satt waren. Außer Ben, der konnte immer essen. Nachdem sie den Tisch abgeräumt hatten, servierten die Mädchen Pisco sour.

DeLange hatte dem Zeug zu Beginn der Reise wenig abgewinnen können: Eine Mischung aus Weinbrand, Zucker, Zitrone und Eischaum klang nicht gerade einladend. Aber es schmeckte großartig, und er hatte heute nicht die Absicht, auf seinen Kopf Rücksicht zu nehmen. Wozu gab es Tramal.

Nach der dritten Runde fühlte DeLange sich leicht und abenteuerlustig. Den morgigen Tag konnte jeder nutzen, wie er wollte. Tomás hatte einen Ausflug nach Piquimachay vorgeschlagen, eine Höhle, in der man die ältesten Steinwerkzeuge Perus gefunden hatte. Oder nach Baños Intihuatana, wo es interessante Inkaruinen an einer Lagune zu besichtigen gab. Ben wollte hierbleiben, angeblich, um alle 33 Kirchen Ayacuchos zu besichtigen, was ihm keiner glaubte. DeLange aber war nach einem Ausflug in die Vergangenheit. Zumindest räumlich war das Ziel nicht weit, es lag vielleicht 70 Kilometer nordöstlich von Ayacucho. Unklar nur, ob nach all den Jahren dort noch etwas zu finden war.

»Ich fahre nach Ayla. Vielleicht kannst du mir ein Auto organisieren?«

Tomás reagierte wie angestochen. »*Caracho!* Was willst du da?« Die Augen in dem dunklen Gesicht wurden schmal.

»Was ich da will? Nichts Besonderes. Warum fragst du?«

»Darum.« Tomás leerte sein Glas und winkte nach der Kellnerin. »*Pisco para todos!*«

Noch eine Runde? DeLange war schon leicht angeschlagen. Niemand aus seiner kleinen Reisegruppe wirkte noch nüchtern, und das, obwohl auch Mitarbeiter der Abteilung für Presse- und Öffentlichkeitsarbeit im Polizeipräsidium Frankfurt, von Kollegen gerne als »Sesselfurzer« belächelt, einiges vertragen können. Aber das war offenkundig nichts im Vergleich mit peruanischen Polizisten, vor allem, wenn sie mehr Indio als Spanier waren.

Die Mädchen verteilten die Gläser, Tomás hob das seine, prostete in die Runde, und ließ es halb geleert auf die Tischplatte knallen.

Nach einer Weile wiederholte DeLange seine Frage. »Was spricht gegen einen Abstecher nach Ayla? Ich miete mir einen Landrover und ...«

Tomás drehte sich langsam zu ihm um. »*Mi amigo*«, sagte er leise. »Was zum Teufel willst du da?«

»Also wirklich!« DeLange hob entnervt die Hände. »Ich will einen Ausflug machen. Morgen! An unserem freien Tag! Wo ist das Problem?«

»Warum Ayla? Warum ausgerechnet Ayla? Warum nicht ...« Tomás fuhr mit dem Arm durch die Luft. »Zur Höhle von Piquimachay? Wie die anderen?«

Ja, doch. Die Frage war berechtigt. Höhlen oder Inkaruinen waren gewiss spannender als ein Andendörfchen, das für keine touristischen Sensationen bekannt war. Trotzdem. DeLange wusste, was er dort wollte. Aber Tomás würde ihn für völlig irre halten, wenn er es zugab.

Er wollte die Grundschule besuchen.

»He, Tomás! Jo! Was ist los mit euch?« Ben prostete ihnen zu. Ein lieber Kerl. Er hatte bereits seinen nächsten Urlaub geplant – er würde, natürlich, zu den Kollegen nach Lima fliegen und Entwicklungshilfe leisten. »Kein Wunder, dass die ihren Laden nicht im Griff haben«, hatte er erklärt, als ihnen klargeworden war, dass die peruanische Polizei sich elektronisch auf Steinzeitniveau befand. »Die überführen keine Täter. Die schießen auf Verdacht, damit die Erfolgsbilanz stimmt.«

Tatsächlich hatte der Präsident des Landes beschlossen, zwecks Kriminalitätsbekämpfung die Todesstrafe wiedereinzuführen.

»Wisst ihr, was man der Regierung hier beibringen muss?« Die anderen lachten. Sie kannten offenbar Bens Pointe schon. »Dass Tote keine Knöllchen zahlen!«

Ben war bekannt für seine »Kurze Einführung in die politische Ökonomie des Verbrechens«.

»Einmal auf die Straße spucken, 50 Euro – und schon gewöhnt sich der Peruaner an die Zivilisation! Auf dem Weg dahin hat der Staat genug eingenommen, um ganz Lima mit Radarfallen zuzupflastern. So macht man das.«

»Hast du nicht behauptet, Peru sei ein Paradies für Autofahrer, weil es hier keine Radarfallen gibt?« Doro. Humor war nicht ihre Stärke.

»Ach, das sind individuelle Schicksale, darauf kann der Gang der Geschichte keine Rücksicht nehmen. Jedenfalls kann ein Staat mit Geld bessere Straßen bauen. Auf denen man schneller fahren kann. Und dann …«

»Brauchen sie mehr Krankenhäuser.« Tiglet klatschte in die Hände. »Mit deutscher Technologie.«

»Seht ihr? Das ist Entwicklungshilfe mit menschlichem Antlitz!« Ben feixte in die Runde.

Irgendwie hatte das was, ein Bulle mit DDR-Vergangenheit und gründlicher Schulung in Dialektik.

»Also was ist? Könnt ihr noch einen vertragen?«

»*Ya!*«, sagte DeLange und winkte der Kellnerin.

»Also?«, fragte Tomás misstrauisch, als die Kollegen wieder mit sich selbst beschäftigt waren.

»Ein Bekannter hat da mal gearbeitet«, sagte De-Lange lahm.

»In Ayla? Wann war das?«

»Ist ewig her.« DeLange tat, als ob das nicht weiter wichtig wäre.

»Du weißt, wie weit das ist?«

»64 Kilometer, ich hab nachgeschaut – komm, das ist doch nichts!«

Sie hatten schon ganz andere Distanzen durchmessen auf ihrem Trip. Von Lima aus in den Regenwald. Zum Titicacasee. Nach Arequipa. Zu den Nazca-Linien. Auf dem Weg dahin waren sie in einen Streik der Campesinos geraten und stundenlang aufgehalten worden. Und das Ganze in klapprigen Bussen, mit einer Schmalspurbahn, in einem Boot mit stotterndem Motor und in klappernden Kleinflugzeugen. Was konnte ihn da noch schrecken?

»Er hat in Ayla eine Grundschule gegründet, vor vielen Jahren, und ich dachte ...«

»Eine Grundschule? Ein Deutscher?« Tomás, wie aus der Pistole geschossen.

Seine heftige Reaktion gefiel DeLange. Da war also was gewesen, vor all den Jahren. Der gute alte Charly hatte Spuren hinterlassen.

Charly. Heute Dr. Karl-Heinz Neumann-v. Braun. Ein bügelfaltenschnittiger Besserwisser. DeLange hatte Gründe, ihn nicht zu mögen. Als der Mann noch Po-

litiker war, machte er jede Pressekonferenz im Polizeipräsidium zur eigenen Show, das war penetrant genug.
Aber seit dem Fall Alexandra Raabe hatte DeLange
weit bessere Gründe, den Kerl verdächtig zu finden.
Und als er bei seinen Recherchen zu Peru über ein In-
terview gestolpert war, das Neumann einer Schülerzei-
tung gegeben hatte, war seine Neugier geweckt. Der
gute Charly hatte einst in Peru eine Schule mitgegrün-
det. Um Indiokinder zu fördern – vornehmer gesagt:
die indigene Andenbevölkerung. In Ayla, einem Dorf
in der Region Ayacucho.

»Was weißt du über Ayla?«, fragte Tomás, kaum zu
verstehen im Kneipenlärm.

»Nichts.«

Tomás seufzte und griff nach seinem Tabakpäckchen. Er rauchte Selbstgedrehte, und zwar eine nach
der anderen. Wie schnell man sich an so was wie ein
Rauchverbot gewöhnt, dachte DeLange, als der Kollege sich die Zigarette anzündete und den Rauch in
seine Richtung blies. Die Luft war jetzt schon zum
Schneiden.

»Gehen wir raus? Ins Freie?«

Tomás nickte und folgte DeLange in den Patio.
Dort standen Tische und Stühle um ein Fass herum, in dem ein Feuer brannte. In Deutschland war
Herbst mit Schmuddelwetter, hier herrschte Früh-
sommer mit angenehmen Temperaturen. Nachts war
es ziemlich kalt, doch nach der Hitze im »Hühnerdieb« tat die kühle Luft gut. Über ihnen hing ein ra-
benschwarzer Himmel, auf dem die Sterne glitzerten.
Noch nie war DeLange das Kreuz des Südens so nah
erschienen.

»Skorpion«, sagte Tomás und deutete nach oben. »Hydra.«

DeLange starrte in den Himmel, bis ihm der Nacken weh tat, während Tomás schweigend rauchte. Endlich nahm der Freund einen letzten tiefen Zug, warf die Kippe auf den Boden und trat sie in den Staub.

»Jo.« Tomás' Stimme klang rau. »Ayla ist die Wiege des Bösen. Dort hat alles angefangen.«

Also doch. DeLange spürte, wie sich sein Pulsschlag beschleunigte.

»Es stimmt, sie haben Schulen gegründet. Damals.« Tomás klang bitter. »Sie wollten Gutes tun. Ich habe sie erlebt.«

»Wen? Und was hast du erlebt?«

Tomás hob beide Hände. »Na, was schon? Ich war auch auf so einer Schule. Ich habe Lesen und Schreiben gelernt. Und ich kann singen.« Tomás zog den Bauch ein und streckte die Brust raus. Er hatte einen angenehmen Tenor und die Melodie klang ein wenig wie *El condor pasa*, nur die Worte verstand DeLange nicht.

Tomás brach ab. »Platz eins beim Liedwettbewerb in Victor Fajardo.« Er klang plötzlich sehnsüchtig.

»Und was war böse an alledem?«, fragte DeLange behutsam.

Tomás hatte schon wieder das Tabakpäckchen in der Hand. »Nichts. Ohne sie wäre ich nicht das, was ich heute bin. Ohne sie wäre ich nie Polizist geworden.« Er rollte Tabak in das weiße Papier und leckte es an. »Auch wenn das vielleicht nicht ihre Absicht war.«

»Und wer genau waren ›sie‹?« DeLange versuchte, seine Ungeduld zu zügeln.

»Sie kamen aus Ayacucho, von San Cristobál. Aber auch aus Italien. Aus Frankreich. Und aus Deutschland. Unsere Lehrer.«

Tomás nahm ein Streichholz aus der Schachtel. »Die Ehrlichen blieben nicht lange. Und die anderen …«

DeLange konnte den Gesichtsausdruck des Freundes kaum erkennen. Aber er hörte die tiefe Traurigkeit in seiner Stimme.

»Sie haben mein Land zerstört.« Endlich brannte das Streichholz. Tomás zündete sich die Zigarette an und nahm einen tiefen Zug. »Und das alles begann mit einer Grundschule in Ayla.«

»Ich kapier nichts«, sagte DeLange, obwohl ihm etwas dämmerte.

Tomás lachte leise. »Was weißt du über Peru, Giorgio?«

Nichts. Ein bisschen was. Zu wenig.

»Die meisten Touristen kommen hierher, um Machu Picchu zu sehen. Oder die Nazca-Linien. Sie wollen Geschichten hören über die Inka, ihren Reichtum, ihre Grausamkeiten. Sie bewundern die Landschaft, trinken Pisco, kauen Coca. So wie ihr.«

Ihr. »Ich weiß«, sagte DeLange. Sollte er sich jetzt schuldig fühlen?

»Aber sie wissen nichts über mein Land. Gar nichts. Wir sind todkrank. Wir leben Gewalt. Wir tränken den Boden mit Blut.«

Seine Hand zitterte, als er an der Zigarette zog. »Und diese Schulprojekte …« Er machte eine wegwerfende Handbewegung. »Damit fing es an. Das war der Beginn des Leuchtenden Pfades.«

Der Leuchtende Pfad. *Sendero Luminoso.* Eine völlig durchgeknallte Terroristentruppe. Die kannte De-Lange.

»Es begann in den siebziger Jahren. Damals lehrte ein Philosophieprofessor namens Abimael Guzmán an der Universität in Ayacucho. Er las mit seinen Studenten Marx und Mao und schickte sie dann als Lehrer aufs Land.«

Neumann ein *Senderista*? Hammer.

»Sie wollten die Indios befreien und die Fackel der Revolution entzünden und über den ganzen Kontinent tragen. Du kennst die Sprüche.« Er hob die Schultern und ließ sie wieder fallen. »Es waren gute Leute dabei. Aber auch Verrückte. Weltverbesserer. Und brutale Verbrecher.« Tomás atmete tief ein. »Die Verbrecher sind übrig geblieben. Wir haben nur die Verrückten erwischt.«

DeLange wollte etwas sagen, aber Tomás ließ sich nicht unterbrechen.

»Ich hatte einen kleinen Bruder. Einen Onkel. Eine Mutter. Weißt du, was sie mit ihnen gemacht haben im April 1983?«

DeLange schüttelte den Kopf. Aber er ahnte es.

»69 weiße Särge haben wir herausgetragen aus Lucanamarca. Achtzehn Kinder, elf Frauen, viele davon schwanger. Alte Männer. Erschlagen, zerhackt, erschossen.« Tomás' Stimme klang gepresst.

1983. Da war Neumann längst wieder in Deutschland. Ein Massaker kann man ihm also nicht anhängen, dachte DeLange.

Tomás räusperte sich. »Du hast nach einem Deutschen gefragt, der nach Ayla gekommen ist, viele Jahre vor dem Massaker.«

»Ja«, sagte DeLange vorsichtig. »Hast du ihn ge-kannt?«

Tomás spuckte aus. »Es waren zwei. Ihn habe ich nicht gesehen. Aber die Frau. Bevor sie meine Mutter tötete.«

Die Tür zum Restaurant öffnete sich. Ein Schwall ver-brauchter Luft und die Stimmen angeheiterter Gäste drangen heraus. Ein Mann ging hinüber zur Baum-gruppe neben dem Parkplatz. Sie hörten, wie er sich erleichterte.

»Sie war sehr schön, die Deutsche. Sie hat die Erde Perus gedüngt.« Tomás' Stimme zitterte. »Und sie war gründlich. Sie hat Ströme von Blut vergossen.«

Was ist mit Neumann, wollte DeLange fragen.

»Sie war der Teufel. Aber einige verehren sie noch immer wie eine Heilige. Sie nennen sie Chhanka.«

»Und der Mann …« Die Vorstellung, dass der staatstragende Neumann einer Bande blutrünstiger Massenmörder angehört haben könnte, erregte ihn.

»Chhanka lebt, sagen sie.«

Am nächsten Tag brachen die anderen zur Höhle von Piquimachay auf. Tomás begleitete DeLange auf seiner Fahrt in die Pampa. Je weiter sie kamen, desto karger wurde die Landschaft. Tomás deutete auf Steinhau-fen am Wegesrand. Die Überreste verlassener Dörfer. Nach drei Stunden erreichten sie eine Weggabelung. Tomás bog links ab und hielt nach einem guten Kilo-meter.

»Hier«, sagte er und beschrieb mit dem Arm einen Bogen. »Hier war Ayla.«

Der Wind wirbelte den Staub über die Piste, und am dunstigen Himmel kreiste ein großer Vogel. DeLange blickte auf die Ruine eines Hauses. Nur eine Wand stand noch, der Putz bräunlich verfärbt.

Tomás stieg aus, eine Zigarette zwischen den Lippen. DeLange folgte. Als sie näher kamen, erblickte DeLange die ungelenke Zeichnung von Hammer und Sichel, darunter stand »PCP«. Und daneben ...

»*Viva los comtés populares*«, sagte Tomás. »›Hoch die Volkskomitees‹. Mit Blut geschrieben.« Er spuckte aus.

Was hatte Shidy gesagt? »Sie sind noch immer da. Oder ihre Geister.«

Frankfurt am Main, im Winter

Es war ein lausig kalter Abend nach einem lausig kalten Tag in einem schon viel zu langen, lausig kalten Winter. Ein Winter, in dem sogar DeLange es vertretbar fand, wenn Hunde Pullover trugen.

Nur die besserbetuchten Damen Frankfurts, die am Stoff nicht sparen mussten, taten so, als ob ihnen die Kälte nichts anhaben konnte. In hauchdünnen Gewändern flanierten sie über den Platz vor der Alten Oper, höchstens eine Stola oder ein Stück Pelz um die nackten Schultern.

DeLange stand unter einer Laterne und schaute zu, wie sie stöckelten und lachten und sich von ihren schweigsamen Begleitern stützen ließen, wenn sie auf dem Pflaster zu stolpern drohten. Die trugen ihre Highheels wohl sonst nur im Bett.

Die Menge ballte sich vor der Treppe, die sich zu einem säulenbestandenen Entree emporschwang. Die Fassade von Frankfurts Bürgertempel war sanft beleuchtet, durch die Fenster drang mildes Licht, und DeLange glaubte, ein festliches Summen zu hören. Am Seiteneingang fuhr unter Blitzlichtgewitter irgendeine Prominenz vor, Chauffeure rissen den Schlag dunkler Limousinen auf – für Herren, die sich ihre Anzüge und ihre Frauen maßschneidern ließen. Und für Damen in Begleitung von Männern, die nach ihrem Personal Trainer aussahen. Zwischen all den Glatzen und Frisuren leuchtete der blonde Schopf der Oberbürgermeisterin.

Der »Maskenball« in der Alten Oper war eins der Ereignisse, von denen die Klatschpresse lebte. *Tout Francfort* wurde erwartet, das gehörte sich so, denn ein Teil des Erlöses diente einem guten Zweck. Welchem, hatte DeLange vergessen. Man konnte es sich jedenfalls heutzutage nicht mehr leisten, einfach nur so herumzufeiern. *Charity* verklärte jeden Event zur moralischen Mission.

Für Tischkarten musste man ein Vermögen bezahlen. Schon deshalb würde er sich das Theater freiwillig nie antun. Außerdem mochte er Verkleiden nicht, und mit den besseren Kreisen hatte er nichts am Hut. Aber für Mylady tut ein Mann alles, dachte DeLange und grinste in sich hinein. Steht sich in eisiger Kälte die Beine in den Bauch und wartet ergeben. Weil Karen Stark, die attraktivste Staatsanwältin Frankfurts, zwei Flanierkarten geschenkt bekommen hatte. Der Hintergedanke dabei: Imagepflege ihrer Behörde. Hoffentlich störte er nicht dabei. Und hoffentlich meinte Karen nicht, sie müssten deswegen dezent auftreten.

Wenn man mich fragt, dachte DeLange ... Ich würde was Enges und viel Ausschnitt bevorzugen. Schließlich gibt es was zu feiern.

Da war sie. DeLange verzog anerkennend den Mund. Sie sah anbetungswürdig verboten aus. Andere glotzten ebenfalls, als Karen ihre majestätischen Einmetersechsundachtzig über das Pflaster schob. Sie platzte wie ein Feuerwerkskörper in die Versammlung von Pinguinen und plissierten Puten hinein. Die roten Haare zu einer Lockenfrisur aufgetürmt, darunter ein beeindruckendes Dekolleté über einem glänzenden schwarzen Kleid, das jede ihrer Kurven betonte. Eine Mischung aus präraffaelitischer Madonna und Modesty Blaise. Und entschieden aufregender als all die Hungerhaken, die sich auf der Treppe tuschelnd nach ihr umsahen.

»Ahhh, Ms Stark. Wie immer eine Freude«, sagte er und hob ihre Hand an seine Lippen.

»Ganz meinerseits, Signor DeLange!« Sie lächelte huldvoll und bot ihm den Arm, während sie die Treppe hochschritten. Als sie den Kopf zu ihm hinabbeugte, ihre Lippen an seinem Ohr, spürte er seinen Puls.

»Wir haben ein Problem«, flüsterte sie.

DeLange straffte sich. Allzeit bereit. Mit Problemen kannte er sich aus. Außerdem hatten sie eigentlich immer eins.

»Was liegt vor?«, flüsterte er zurück, während er einem Fotografen zunickte, der normalerweise Unfälle fotografierte und keine verrutschten Dekolletés.

»Die Karten. Sie liegen auf dem Kühlschrank.«

»Und den hast du leider nicht dabei.«

»Du sagst es.«

»Bist du sicher?«

»Was den Kühlschrank betrifft oder …« Sie öffnete die Handtasche. Er warf einen Blick hinein. Weibliche Utensilien mit unklarer Funktion, aber nichts, was wie Eintrittskarten aussah.

»Schade. Dann eben zum Schobbepetzer. Apfelwein ist eh gesünder als Champagner.«

»Aber Jo!« Sie lächelte ihn süß an. »Ich dachte, du könntest dich in ein Taxi setzen und sie schnell holen! Du hast zwanzig Minuten.«

Sie standen im Vorraum, drei Meter von den netten jungen Damen und Herren entfernt, die am Eingang zum Foyer die Karten kontrollierten. DeLange zog Karen an sich heran. »Das werde ich *nicht* tun«, murmelte er, die Nase in ihrem Haar. »Während ich in deine Wohnung hetze und sie nach allen Regeln der Kunst durchsuche, weil die Karten natürlich *nicht* auf dem Kühlschrank liegen, hängst du dich an den ersten Besten deiner zahllosen Bekannten und ich muss draußen bleiben, während du dich amüsierst.«

»Amüsieren? Ohne dich? Das geht gar nicht.« Sie streifte mit dem Mund sein Ohr und wieder durchlief ihn dieser interessante elektrische Schauer.

»Dann schlage ich vor, du becircst den Türsteher.«

»Genau. Und du zückst den Dienstausweis und drohst widrigenfalls ernste Konsequenzen an.«

Die Herrin über die VIP-Liste rettete sie schließlich. Im Schobbepetzer hätten sie im Übrigen viel zu viel Aufsehen erregt.

Seite an Seite schritten sie durch die parfümierte Luft. DeLange genoss jede Sekunde. Karen grüßte hier einen Journalisten, dort einen Kollegen, und beide grüßten den Leitenden Oberstaatsanwalt, Horst Meyer, der seinen beachtlichen Bauch mit einem Kummerbund stabilisiert hatte, bordeauxrot, passend zur Fliege. Während Karen von der prominentesten Spendensammlerin der Stadt belegt wurde, landete DeLange in den Armen einer Schauspielerin, mit der er sich bei einer *Tatort*-Produktion befreundet hatte.

»Du siehst ja *so* gut aus!«, quietschte sie. »Aber ich würde dich rasend gerne mal in Uniform sehen!« Er küsste sie erst links, dann rechts.

DeLange trug Kenzo, schwarz, schlicht und dezent. Seine Paradeuniform war allenfalls faschingstauglich. »Du bist der feuchte Traum jedes schwulen Mannes«, hatte Karen geflüstert, als sie ihn das erste Mal darin gesehen hatte. Immerhin.

Endlich flog die Schauspielerin weiter, den Blitzlichtgewittern entgegen, die auf prominentere Gäste schließen ließen.

DeLange und Karen fanden einen Stehtisch abseits des Gedränges. Er holte den Champagner.

»Es klappt mit der Beförderung«, sagte er und stieß mit ihr an. »Der Skipper hat mir heute förmlich mitgeteilt, dass er dahintersteht.«

Siegfried Kanitz, der Abteilungsleiter, wurde von allen Skipper genannt, weil er mit seiner Größe, den blauen Augen und blonden Haaren wie ein Kreuzschiffahrtskapitän aussah. Neben diesem normannischen Kleiderschrank wirkte DeLange wie ein Klischee: das vierte von sechs Kindern italienischer Gastarbeiter, die 1960 nach Rüsselsheim gekommen waren und eigentlich bald wieder nach Hause wollten, woraus nichts geworden war. DeLange ein temperamentvoller Italiener – und der Skipper ein deutscher Siegfried: Die Sekretärinnen nannten die beiden »Deutsch-italienische Freundschaft«. Ihm gefiel das.

»Er hat mich gefragt, ob ich was dagegen hätte.«

»Du wirst dich doch hoffentlich gewehrt haben, oder?« Karen hob das Glas.

»Nur anstandshalber.« Er stieß erneut mit ihr an.

Giorgio DeLange war Polizist, seit er 16 war. Mittlerweile Besoldungsstufe A 11, Sachrate 22 in der Abteilung für Presse und Öffentlichkeit, zuständig für die Arbeit mit den Medien, Film, Funk und Fernsehen. Er hätte längst befördert werden müssen – fand er. Und nicht die Frau, die sie ihm bei der letzten Beförderungsrunde vor die Nase gesetzt hatten. Und die kurz danach ihre Schwangerschaft nahm.

»Gibt es denn keine geeignete Frau für den Job?« Karen, mit Samt in der Stimme.

Du hinterhältiges Weib, dachte er. Sie kannte seine Begeisterung für Frauenförderpläne und dergleichen. Alle kannten sie: Er hatte damals die ganze Abteilung mit seinem Frust unterhalten. »Ich bin alleinerziehender Vater von einer Siebzehn- und einer Fünfzehnjährigen, die eine macht den Führerschein, die andere nimmt Reitunterricht, und das ist mein persönlicher Frauenförderplan!« Wahrscheinlich war er unfreiwillig komisch gewesen in seinem gerechten Zorn.

»Kennst du wen Geeigneteres als mich?« Er sah ihr in die Augen und das grüne Funkeln darin.

»Nein.« Sie erwiderte seinen Blick. »Niemand macht es besser als du.«

Als er die dritte Runde holte, war er benebelt von Karen und Taittinger. Und deshalb war er nicht rechtzeitig ausgewichen und mit zwei Gläsern in den Händen direkt auf einen alten Bekannten zugesteuert.

Auf Dr. Karl-Heinz Neumann-von Braun. Groß, hager, strahlendes Lächeln, umringt von irgendwelchen Hofschranzen. Als Neumann noch Sicherheitsexperte seiner Partei war, hatte er sich für einen wichtigen Politiker gehalten. Jetzt nannte er sich »Berater«, ein Job, mit dem er wahrscheinlich entschieden mehr Geld verdiente. Neumann war nicht allein. Er hatte den Arm um eine Frau gelegt, als ob er sie stützen müsste. DeLange starrte sie unwillkürlich an. Sie sah alles andere als hilfsbedürftig aus. Kleiner als Neumann, schlank, mit einer dunklen, nur hier und da silbrig glänzenden Haarmähne, die ihr bis auf die Schultern fiel. Sie trug eine Vogelmaske aus seidigen, blauschimmernden Federn. Ein Fabelwesen, halb Mensch, halb Tier.

Neben ihr wirkte Neumann unscheinbar. So farblos wie seine hellen Augen, die grauen Augenbrauen und der kahle Schädel. Sein Kampf gegen das Verblassen erschöpfte sich in einer schnittigen Brille mit strahlend rotem Rahmen. Doch seinen neuen Status als mächtiger Mann im Lobbygewerbe signalisierten die beiden Männer rechts und links hinter ihm, unschwer als Bodyguards zu erkennen.

Neumann und seine Frau lösten sich aus dem Pulk und gingen weiter. Direkt auf DeLange zu. Natürlich erkannte Neumann ihn, obwohl er versuchte, ihn zu übersehen. Aber DeLange war in seiner guten Laune nicht zu erschüttern.

»Tag, Herr Dr. Neumann«, sagte er. »Wie schön, Ihren leuchtenden Pfad kreuzen zu dürfen!«

Der Mann erstarrte. Kaum merklich, eigentlich. Aber DeLange war wie elektrisiert. Also war etwas dran an der Geschichte, die Tomás Rivas erzählt hatte. Neumann hatte in Peru nicht nur den Dorfschulmeister gegeben.

Vor seinem inneren Auge breitete sich eine kahle, staubige Ebene aus. Hier und da ein paar Mauerreste, die an ein peruanisches Dorf namens Ayla erinnerten. An Häuser und Katen und an ein primitives Schulgebäude, in dem ein deutscher Lehrer den Indios Lesen und Schreiben beigebracht hatte. Und den Glauben an die segensreiche Wirkung von mörderischem Terror. Von Strömen von Blut.

Neumann riss sich in Sekundenschnelle zusammen, lächelte mit dünnen Lippen und wollte weitergehen. Aber die Gestalt an seiner Seite legte eine kleine Hand mit roten Krallen auf seinen Arm.

»Karl-Heinz?« Das Fabelwesen mit der Vogelmaske hatte eine tiefe, leicht heisere Stimme. »Wer ist dein Freund? Willst du uns nicht vorstellen?«

Aus den Augenwinkeln sah DeLange, wie sich die zwei Bodyguards näher an das Paar heranschoben.

»Das ist kein Freund, Liebes«, sagte Neumann kurz. »Das ist ein Störfall.«

»Wenn ich darf?«, schmalzte DeLange. »Kriminalhauptkommissar Giorgio DeLange, Abteilung für Presse- und Öffentlichkeitsarbeit im Polizeipräsidium.« Er verbeugte sich.

Das Fabelwesen an Neumanns Seite war also Margot von Braun. Seine Frau, die große Geheimnisvolle. Man wusste nicht viel über sie, sie ließ sich selten blicken. Und auch jetzt schützte die Maske sie, obwohl die Meute sie wie besessen fotografierte.

»Ich durfte Ihren Gatten vor einiger Zeit näher kennenlernen, als ich eine unaufgeklärte Vermisstensache wiederaufnahm. Eine junge Frau ist 1968 in Klein-Roda verschwunden, und Charles, also Herr Dr. Neumann …«

Neumann musste ihnen ein Zeichen gegeben haben, denn die Bodyguards schoben sich vor DeLange und drängten ihn ab. Aber er hörte noch, wie Margot von Braun »Klein-Roda« sagte. Mit einem Kiekser. Wie ein Kind, das eine Murmel findet.

Ob sie die Vorgeschichte ihres Mannes kannte? Ob er ihr alles erzählt hatte, von Peru und den Grundschulen für kleine Indios und der Verbindung zum Sendero Luminoso? Vom Sommer 1968?

Ausgerechnet in diesem Moment intonierte die Band »*Those were the days, my friend. We thought they'd never end*«. Und DeLange war plötzlich wieder mittendrin in diesem Fall, der ihn in eine Zeit vor seiner Zeit katapultiert hatte, in einen heißen Sommer, der mit *Love and Peace* begann und mit Hass und Blut endete.

Zwei junge Frauen und ein junger Mann waren von Frankfurt fort aufs Land gezogen, in ein kleines oberhessisches Dorf. Sie trugen lange Haare, die Mädchen bunte indische Gewänder. Sie rauchten Marihuana und tranken billigen Wein und suchten *Peace and Happiness*. Sie trafen auf Verachtung und Ablehnung der Menschen im Dorf. Und eines Tages war eins der Mädchen verschwunden.

Alexandra Raabe. Ein Gesicht wie gemalt. Er hatte sich schon oft gefragt, was das Geheimnis von Schönheit war. Ein ebenmäßiges Gesicht sicher nicht. Auch nicht die Schönheit, hinter der Charakter steckte. Nein, es ging um etwas ganz Eigenes, das manche Frauen unwiderstehlich machte. Geheimnis? Tiefe? Aura? Manchmal begegnete man einem Gesicht, das wie die göttliche Offenbarung war; etwas Altes, Archaisches. Heiliges. Und dafür gab es keine Worte.

Er kannte Alexandra Raabe nur von Fotos, aber ihre Augen, dieser Blick, hatten ihn verfolgt. Als ob sie ihn erinnern wollte, dass ihr Tod ungesühnt geblieben war. Und dass sie nicht in der Schublade für unerledigte Fälle vergessen werden durfte.

Doch der Einzige, der noch etwas über diesen schrecklichen, schönen, verwirrenden Sommer von 1968 im Dörfchen Klein-Roda sagen konnte, schwieg. Charles, wie er sich damals nannte, als er noch Haare hatte. Karl-Heinz Neumann.

DeLange sah ihm nach, bis er in der Menge verschwunden war.

Karen war nicht allein, als er zurückkam. Er sah nur den Rücken des Mannes, und von ihr sah er vor allem die weiße Kehle. Sie lachte mit zurückgeworfenem Kopf. Die Welle von Eifersucht, die in ihm hochstieg, gab seiner guten Laune den Rest.

Er wusste, dass er endlich etwas tun musste. Sich erklären oder so was Ähnliches. Nicht länger zögern, nur weil da noch Flo und Caro waren. Karen würde nicht ewig warten.

»Jo! Dich hat der Himmel gesandt! Ich bin am Verdursten!« Sie griff nach einem der beiden Gläser. »Das ist übrigens unser Mann von der *Bild*, ihr kennt euch sicher.«

Natürlich. DeLange nickte gemessen und hoffte, dass der Kerl den Wink verstand und Leine zog.

Aber Jörg Ortmann dachte nicht daran. »Mario De-Lange, nicht wahr? Vom Da Bruno's, stimmt's?«

Klar. Alle Italiener konnten Ristorante.

»Gut, dass du wieder da bist«, flüsterte Karen. »Ohne dich ist es langweilig.«

Möge das noch lange so bleiben, dachte er und legte ihr die Hand auf den nackten Rücken. Damit die Verhältnisse klar waren.

»Giorgio DeLange«, sagte er zu Ortmann. »Polizeipräsidium Frankfurt.« Und nun mach die Flatter, Alter.

Er küsste Karen hemmungsloser, als in der Öffentlichkeit und in Anwesenheit eines *Bild*-Reporters mit Fotoapparat vernünftig war. Das waren die letzten unbeschwerten Minuten dieses Abends. Die letzten für lange Zeit.

Die Herrentoilette war luxuriös, sauber und leer. Und ruhig. Als er die Tür hinter sich schloss, war es kaum noch zu hören, das Stimmengewirr der Ballbesucher, das schrille Lachen der Frauen, die mit fortgeschrittener Stunde nicht nüchterner wurden.

DeLange ließ sich Zeit und sah prüfend in den Spiegel beim Händewaschen. Die Narbe machte sein

Gesicht interessant, behauptete Karen. Da war was dran. Und kurzgeschnittene Locken hatten einen großen Vorteil: Die Frisur hält. Auch ohne Allwettertaft.

Alles war gut. Er wurde befördert. Er feierte. Mit Karen Stark, der schärfsten Braut im Saal. Ganz zu schweigen von der Frankfurter Staatsanwaltschaft.

Die Tür öffnete sich. Er fuhr sich noch einmal mit der feuchten Hand durch die Haare und wollte gerade gehen, als ihn jemand von hinten packte.

Der Schmerz lähmte ihn entscheidende Sekunden lang. Er kannte den Griff. Er war sehr wirkungsvoll, wenn es darum ging, sein Opfer ruhigzustellen.

Der Mann hatte ihm mit der einen Hand den Arm auf den Rücken gedreht und hochgebogen und mit der anderen den Kopf nach unten gedrückt. Der Kreuzfesselgriff. DeLange versuchte erst gar nicht, sich zu wehren.

»Ruhig. Sonst brech ich dir die Finger«, flüsterte der Mann.

Wieder ging die Tür auf. Hilfe, dachte DeLange. Endlich Hilfe. Aber der Griff des Mannes lockerte sich nicht. Und der andere stellte sich so nah neben ihn, dass er sein Rasierwasser roch.

»Jo DeLange.« Eine Stimme wie Sirup. »Unser tapferer Polizist.«

Es war die Stimme von Karl-Heinz Neumann. DeLange versuchte, den Kopf zu heben, wollte etwas sagen, aber er brachte nur ein Stöhnen zustande.

»Warum plötzlich so kleinlaut?«

Der Mann, der ihn im Griff hatte, zog seinen Arm noch ein wenig höher. Neumann ging ans Becken und drehte den Wasserhahn auf. Aber das übertönte nicht den Schrei.

DeLanges Arm fühlte sich an, als ob er aus dem Schultergelenk herausgesprungen wäre.

»Sie haben eine attraktive Freundin. Sie haben zwei wunderbare Töchter. Warum machen Sie sich das Leben schwer?« Neumann klang gemütlich, während er sich die Hände abtrocknete. »Sie lassen uns in Ruhe, ich lasse Sie in Ruhe. Ist doch ganz einfach.« Er ging zur Tür.

»Drecksack«, presste DeLange hervor. »Du kannst mich mal.«

Neumann lachte leise. Und sagte im Hinausgehen: »Ihre Töchter gefallen mir. Sehr. Aus denen wird mal was. Wenn – nun: Wenn nichts dazwischenkommt.«

Klein-Roda, im Sommer

Seit Maries Tod war der alte Mann geschrumpft.

Paul Bremer stieg vom Rad und blickte seinem Nachbarn hinterher, der gebeugt und mit müden Schritten den Schubkarren hoch zum Friedhof schob. Gottfrieds Frau war an einem stürmisch kalten Dezembernachmittag gestorben, nach einem langen Kampf, ohne das Bewusstsein wiederzuerlangen. An einem tiefverschneiten Januarmorgen war sie ausgesegnet worden. Eine Woche später, unter eisiger Sonne, hatte man die Urne in den gefrorenen Boden gesenkt. Damals hatte Gottfried zu schrumpfen begonnen.

Solange er das Holz für Maries Küchenherd hacken oder ihren Garten umgraben konnte, hatte sein Leben einen Sinn gehabt. Heute gab es nur noch das kleine Rechteck über ihrem Grab. Viel zu oft war er dort oben und goss die Pflanzen oder riss sie wieder aus, weil er glaubte, Marie verdiene *noch* schönere.

Bremer schob das Rad in den Schuppen, ging ins Haus und unter die Dusche. Eigentlich war es zu heiß zum Radfahren. Aber er brauchte seine dreißig Kilometer täglich, sonst kriegte er schlechte Laune. Und dafür war das Leben zu kurz.

Als er aus dem Bad kam, warteten schon die Katzen. Wahrscheinlich wollten sie wissen, ob er das viele Wasser überlebt hatte. Er kraulte Nemax hinter den Ohren und Birdie unter dem Kinn. Die beiden schätzten es, wenn ihr Mensch gut gelaunt und in der Nähe war.

Die Tiere folgten ihm vor die Haustür. Der Garten sah verwahrlost aus. Kaum war man mal eine Woche weg, war alles zugewuchert oder zur Beute von Blattläusen und Raupen geworden. Das schrie nach einem gründlichen Vernichtungsfeldzug. Er hatte schon vor Jahren beschlossen, dass bei ihm das Essen nicht mehr geteilt wurde.

Mit Inbrunst riss er fette Büschel Vogelmiere aus den Reihen mit Salat und Kohlrabi. Die Katzen nahmen das als Freibrief, im Gemüsebeet zu buddeln. Er verscheuchte Nemax, der seinen Kampf mit Hummeln und Schmetterlingen ausgerechnet auf den Jungpflanzen ausfechten wollte. Und Birdie, die sich auf dem Kohlrabi wälzte.

Bremers Garten: ein Paradies für Tiere. Kohlweißlinge flatterten über dem dunkelgrün glänzenden Wirsing, Schnecken schleimten sich ihren Weg zu errötenden Salatköpfen und Maulwürfe hinterließen prächtige Hügel unter den Obstbäumen. Hausrotschwänzchen saßen auf der Antenne des Nachbarhauses und zwirbelten, Kleiber pickten im Apfelbaum, Kohlmeisen schaukelten auf den Futterspendern, die er täglich mit Sonnenblumenkernen und Erdnüssen auffüllte. Sogar der Wind spielte mit und fächelte eine Duftwolke von frischgeschnittenem Gras herbei, die den Gestank aus Willis altem Schweinestall vertrieb.

Bremer würde nie verstehen, warum das grunzende Ferkel, das an einem besonders heißen Nachmittag aus dem Stall geflohen war, um sich einen auf die Straße gekullerten Apfel einzuverleiben, freiwillig wieder zurückgetrabt war. Ob es sich in seinem Knast wohl fühlte? Vielleicht. Was wusste es schon von seiner Zukunft?

Über ihren Köpfen schrie eine Gabelweihe. Davon abgesehen, lag Klein-Roda friedlich und still in der Sonne, ausnahmsweise mähte keiner den Rasen oder drosch seinen Traktor über die Straße. Selbst Gottfrieds Hähne hielten den Schnabel. Bremer atmete den Duft von Zitronenmelisse und warmer Erde ein und war zufrieden mit dem Leben. *Il faut cultiver notre jardin.* Weiser Voltaire.

Im nächsten Moment zerplatzte die Stille. Ein Schrei. Ein Schrei, wie er ihn noch nie gehört hatte. So schrie kein Mensch. So schrie auch kein Tier.

Bremer lief zum Tor. Oben auf der Straße, hinter dem letzten Haus, dort, wo es zum Friedhof ging, stand eine vertraute Gestalt, schwankte, fiel. Gottfried. Er rannte mit rasendem Puls die Straße hoch.

Der Alte lag auf dem Asphalt, unter der Trauerweide, die den Friedhof überragte. Unter einer Flottille träge brummender Fliegen.

»Du nicht auch noch, alter Knabe«, flüsterte Bremer, brachte seinen Nachbarn in Seitenlage, holte sein iPhone aus der Hosentasche und tippte den Notruf an. Schon Maries Tod war ihm wie der Beginn vom Ende vorgekommen: Klein-Roda, sein Dorf, sein ganz persönliches stinkendes, lärmendes, unordentliches Kuhkaff, sein Paradies auf Erden, begann sich zu zersetzen. Der alte Ortsvorsteher war der Erste gewesen. Dann Marie. Jetzt bitte nicht noch Gottfried.

Er rieb sich die schweißnassen Hände an der Jeans trocken. Leben kommt und Leben geht, würde Marianne sagen, Freundin und Nachbarin, mit bäuerlicher Gelassenheit gesegnet. Die Alten starben, Kinder wurden geboren. Sie hatte vier Enkel, um die sie sich kümmerte. Da kam man nicht auf morbide Gedanken. Bremer hatte sich im Laufe der Jahre, die er in Klein-Roda wohnte, an diesen lakonischen Umgang mit Leben und Tod gewöhnt. Er war schon längst kein sentimentaler Frankfurter mehr, der bei jeder plattgefahrenen Kröte Trauer trug. Und dennoch … Es gab Grenzen.

Endlich rauschte der Malteser Hilfsdienst an, gefolgt vom Notarzt. Sie verfrachteten Gottfried in den Krankenwagen und preschten unter vollem Einsatz von Licht und Lärm davon. Bremer hatte ihnen hoch und heilig versprechen müssen, sich um Gottfrieds Krankenkassenkarte zu kümmern.

Er blickte dem Wagen hinterher und dachte an den Schrei, den er gehört hatte, bevor Gottfried gestürzt war. Das war kein bloßer Schmerzensschrei gewesen. Das hatte nach purem Entsetzen geklungen. Bremer glaubte, ein Wort herausgehört zu haben, aber welches? Er kam nicht drauf.

Das Martinshorn hatte die Nachbarn hoch zum Friedhof gelockt, wo sie besorgt murmelnd zugesehen hatten, wie man Gottfried verarztete. »Maries Tod muss ihn sehr mitgenommen haben«, meinte Marianne mitleidig, Bremers Freundin, die Seele des Dorfs. »Du sagst Bescheid, wenn du was hörst, ja?«

Bremer nickte stumm. Sicher stand die Schubkarre noch auf dem Friedhof. Gottfried würde ihm nie verzeihen, wenn er sie dort ließe. Auf dem Land ging man, verdammt noch eins, mit seinem Werkzeug ordentlich um.

Das Tor zum Friedhof stand sperrangelweit auf. Maries Grab lag zur Linken der Aussegnungshalle, im Windschatten der Trauerweide. Das Grab war gepflegt, die ziegelrote Hortensie blühte noch immer. Gottfried hatte eigentlich keinen Grund, schon wieder etwas umzupflanzen. Und wo war die verdammte Schubkarre?

Bremer drehte sich um die eigene Achse. Der Friedhof von Klein-Roda war nicht groß, aber es gab noch Platz.

Links vor der Friedhofshalle, Typ Grillhütte aus den siebziger Jahren, lagen gerade mal drei Urnengräber. Die meisten seiner Nachbarn, allen voran seine Freundin Marianne, lehnten ein Urnenbegräbnis ab. Marianne wollte unter dem mächtigen, geschwungenen Stein aus rötlichem Granit begraben werden, der auf dem Grab der Familie Kratz stand, wo bereits ihre Schwiegereltern lagen und eine früh verstorbene Schwägerin, da war noch Platz genug. »Ich will den Würmern ein Festessen sein«, sagte Marianne gern, wenn sie vom Friedhof kam, wo sie das Grab so versorgte, wie sie ihren Haushalt führte: untadelig und keimfrei.

Rechts das Grab des Ortsvorstehers. Ein klassischer, schwarzpolierter Stein, ohne gestalterischen Firlefanz, preußisch. Ganz wie der alte Herr, der Letzte des Dorfes, der noch von der Nazizeit erzählen konnte, als die SA mit großem Tamtam und wogender Hakenkreuzfahne eine Eiche an den Ortseingang gepflanzt hatte. Der erste Herbststurm hatte den prächtigen Baum vor einem Jahr gefällt, seither stand an gleicher Stelle eine magere junge Buche. Weil das angeblich besser zur hiesigen Flora passte, wie der Landschaftsschützer behauptet hatte. Alle im Dorf hatten sich darüber aufgeregt. Was konnte eine Eiche dafür, dass die Nazis sie gepflanzt hatten? Und was schützten diese Sesselfurzer eigentlich außer ihrem Job? Und dass man neuerdings einen Antrag stellen musste, wenn man seine Gartenabfälle abfackeln wollte, war auch nicht in Ordnung. Fanden alle.

Bremer mochte Klein-Rodas Friedhof. An den Grabsteinen konnte man vergangene Moden ablesen. Der größte Stein gedachte der Gefallenen des Ersten und Zweiten Weltkriegs. Rührende Bildersprache: links über den Namen der Toten eine Taube mit einem Olivenzweig im Schnabel, rechts eine Hand, deren ausgestreckter Zeigefinger gen Himmel wies. »Die da starben zur See, auf dem Land, / sie ruhen alle in Gottes Hand.« Gleich drei Männer aus der Familie Borst waren hier verzeichnet. Keiner mit diesem Namen lebte noch in Klein-Roda. Hatten die beiden Kriege die Familie ausgelöscht?

Weiter unten lag Sophie Winter, die Schriftstellerin, die sich im vorletzten Winter in den Schnee auf dem Hoherodskopf gebettet hatte, um nicht mehr aufzuwachen. Eins der drei Blumenkinder, die hier vor Jahrzehnten einen *Summer of Love* verbracht hatten ... Aber das waren Geschichten, über die man in Klein-Roda nicht gern redete. Für Sophie hatte eine Firma aus Frankfurt eines Tages eine Stele aus grob behauenem Sandstein angeliefert, mit einer geöffneten Rosenblüte an der Spitze. Niemand hatte herausfinden können, wer diesen Grabstein gestiftet hatte.

Und zwei Reihen weiter ...

Die Schubkarre. Sie stand vor dem Grab, um das Marie sich immer gekümmert hatte, aufopfernd, Sonntag für Sonntag und manchmal auch unter der Woche. Dort, unter einer schlichten Marmorplatte und den sanft gebogenen Zweigen eines Maiblumenstrauchs, lag ihre Schwester, nur zwanzig Jahre alt geworden. Gottfried hatte Maries Pflichten übernommen, obwohl er sie immer übertrieben gefunden hatte. Und auf dem Grab ...

Bremer hielt die Luft an. Er hörte ein Geräusch, das ihm vertraut war. Das Geräusch, das Hunderte kleiner Flügel machen.

Er lief den kiesbestreuten Friedhofsweg hoch. Plötzlich fiel ihm das Atmen schwer. Und endlich sah er das, was Gottfried gesehen haben musste, bevor er einen Schrei des Entsetzens ausstieß. Eine Gestalt lag quer über dem Grab, die Füße unter dem Maiblumenstrauch. *Deutzia gracilis*, dachte Bremer unsinniger-weise. Der Mann trug blaue Arbeitshosen und Hosen-träger über einem schmutzig grauen T-Shirt. Er lag auf dem Rücken, den Kopf nach hinten gebogen. Sein Gesicht war nicht zu erkennen.

Oberhalb des Halses eine schwärende Masse aus schwarzem Blut, rotem Fleisch und weißen Knochen, von Fliegen belagert, die wie besoffen über den Lei-chentrümmern kreisten und sich auf die saftigsten Stücke fallen ließen.

Bremers Hirn nahm alles auf und katalogisierte es, registrierte die Mütze, die neben dem zertrümmerten Schädel lag, und versuchte abzuschätzen, was es ge-braucht hatte, um aus einem menschlichen Antlitz eine formlose Masse zu machen. Das war kein Un-fall gewesen. Hatte jemand den Hammer genommen? Eine Schaufel oder Hacke? Er sah nichts, was als Tat-waffe geeignet gewesen wäre. Und wie oft hatte der Mörder zugeschlagen? Hatte bereits der erste Hieb jeden Widerstand ausgelöscht? Oder hatte das Opfer sich noch gewehrt?

Er trat näher. Die linke Hand des Toten sah aus wie von einem kräftigen Fuß in den Schmutz getre-ten. Die rechte Hand lag auf der Brust, mindestens ein Schlag musste sie getroffen haben, die Knöchel waren blutig und der Zeigefinger stand im falschen Winkel ab.

Er trat noch einen Schritt näher, holte sein iPhone aus der Hosentasche und fotografierte den Toten. Fotografierte ihn so, wie er dort lag. Das Opfer einer berserkerhaften Wut.

Scheiß auf die Pietät.

Und dann tippte er zum zweiten Mal an diesem Tag den Notruf an.

»Aber ich hab Ihnen doch gerade erst einen Krankenwagen geschickt!« Die Frau von der Leitstelle.

»Ich brauche eben noch einen.«

»Ist bei euch Kirmes oder was?«

Sehr witzig. »Den Arzt kann man sich allerdings sparen, fürchte ich.«

Jetzt wurde sie böse. »Also wirklich, junger Mann, wir haben hier verdammt viel zu tun und keine Zeit für blöde Witze!«

Bremer hasste es, junger Mann genannt zu werden. Schließlich hatte er lange genug daran gearbeitet, es nicht mehr zu sein.

»Gute Frau, dann schicken Sie eben die Bestattungsfirma.« Wenn man es recht bedachte, reichte das eigentlich. »Und die Polizei.«

»Also jetzt hören Sie mir mal zu ...«

»Hier liegt ein Toter. Verstehen Sie?«

Das brachte sie endlich zum Schweigen.

Bremer stellte sich vor das Friedhofstor und wartete. Klein-Roda starb. Aber nicht Stück für Stück, sondern Schlag auf Schlag.

Frankfurt am Main, im Sommer

Man hatte ihn nicht befördert. Man hatte ihn strafversetzt. Aber das macht einen echten Mann nur noch härter.

Giorgio DeLange lümmelte sich in den windschiefen Bürostuhl, ein museumswürdiges Stück aus dem vergangenen Jahrhundert, streckte die Beine von sich und betrachtete sein Refugium. Es war verdammt gemütlich hier unten.

Kein Vergleich mit seinem lichten Beamtenställchen oben im vierten Stock. Hier, im zweiten Untergeschoss des Polizeipräsidiums, gab es kein Tageslicht. Er hockte im zugerümpelten Vorraum des Polizeimuseums, an einem farbbekleckerten Stahltisch neben einem Regal mit historischen Mützen und Uniformen. Auf der Bühne im Vortragssaal nebenan befanden sich noch die Requisiten für die Videoinstallation über den »Hammermörder«, die sie während der »Nacht der Museen« gezeigt hatten. Der Mann hatte sechs Obdachlose mit dem Hammer erschlagen. Der Fall war der Renner bei den friedfertigen Frankfurter Bürgern. Dafür standen sie stundenlang an – in froher Erwartung berstender Schädel und spritzender Hirnmasse.

Unter dem Tisch lagerten zwei Bierkästen und der schwarze Koffer mit dem Yamaha, dem Altsaxophon, das ein Kollege vom Polizeiorchester dem Museum vermacht hatte. Dessen Lieblingsstück war *Baker Street* von Gerry Rafferty gewesen – er hatte das berühmte Saxophonsolo sogar halbwegs gut draufgehabt. Und daneben stand ein bis zum Rand vollgestopfter Papierkorb, den seit Jahren niemand geleert zu haben schien.

Super hier. Er hatte viel Zeit zum Nachdenken.

Vor ein paar Monaten, als ihm gedämmert war, dass aus der Beförderung nichts werden würde, hatte er das noch anders gesehen. Er war Amok gelaufen. Hatte eine Spur der Verwüstung hinterlassen, bevor er aus dem Schussfeld gegangen war.

Eine Woche nach dem Maskenball in der Alten Oper hatte es begonnen, eine Woche nach seiner einprägsamen Begegnung mit Neumann-von Braun. Er hatte sich erst nichts dabei gedacht, als die Gespräche der Kollegen verstummten, wenn er in der Nähe war. Es hatte ihn auch nicht irritiert, dass von seiner Beförderung nicht mehr die Rede war. Bürokratische Abläufe dauern. Und dauern. Und dauern. Man kennt das.

Doch irgendwann bekam sogar er was mit. In der Kantine, in der Schlange vor der Essenstheke. Ein Kollege, der nicht merkte, dass DeLange direkt hinter ihm stand, sagte zu einem anderen: »Jo wird das nicht gefallen, aber es ist Essig mit seiner Beförderung.«

Wutschnaubend hatte er sich seinen Weg durch die Schlange der Kollegen gerempelt, war durchs Treppenhaus in den vierten Stock gerannt, weil er nicht auf den Aufzug warten wollte, und in das Zimmer vom Chef gestürmt, am Vorzimmerhuhn vorbei, Lovely Rita genannt, die mit offenem Mund dastand und sich nicht entscheiden konnte, ob sie sich ihm entgegenwerfen oder die Hände hochnehmen sollte.

Der Skipper telefonierte. Seelenruhig. Knetete dabei seinen kleinen bunten Gummiball und dachte nicht daran, das Gespräch zu beenden, nur weil DeLange mit hochrotem Kopf vor seinem Schreibtisch hin und her tigerte. Endlich legte er auf. Und DeLange legte los.

Er konnte nicht ohne ein Gefühl von Peinlichkeit und großer Befriedigung daran denken. Er hatte einfach alles rausgelassen. Auch wenn es für ganze Sätze nicht mehr gereicht hatte.

»Unverschämtheit … unfair … unerträgliche Beleidigung eines verdienten Mitarbeiters … demütigend … ohne auch nur ein Wort … diskriminierend … am Ende der Nahrungskette … hab die Faxen dicke … Schicht im Schacht … Kündigung mit sofortiger Wirkung.« Alles, was der Betriebsrat genehmigte und darüber hinaus. Mit voller Lautstärke. Und brüllen hatte er gelernt. Bei der Ausbildung.

Als er leer war, saß der Skipper immer noch gleichmütig da und blickte ihn freundlich an.

»Du solltest Karen endlich ein Angebot machen, das sie nicht ablehnen kann, findest du nicht?«, sagte er in aller Ruhe.

Immer noch spotzend vor Wut, wollte DeLange wieder loslegen. Aber er hatte plötzlich Sand im Getriebe. Irgendwas hatte der Skipper getroffen, und das gefiel ihm nicht. Ganz und gar nicht.

Kanitz seufzte und legte die Beine auf den Schreibtisch. »Ich hätte es dir schon noch gesagt, dass sie dich ausbremsen. Und ich hab mein Bestes getan, sie daran zu hindern. Aber mein letzter Versuch ist gerade eben in die Hosen gegangen.«

DeLange presste ein ärmliches »Warum?« hervor. Am Rande seines Bewusstseins meldete sich ein leiser Verdacht.

»Ich hab dich bei der Beförderungsrunde vorgeschlagen, aber der Polizeipräsident hat gemauert. Da ist was im Gange gegen dich, was, hab ich nicht rausfinden können. Jedenfalls hat der PP Luftveränderung empfohlen. Du sollst mal wieder an deinen kriminalpolizeilichen Kompetenzen arbeiten. Weißt schon.«

In der Tat. DeLange wusste genau, was das hieß: Der muss mal an seine Verwendungsbreite gehen. Der wird ausgewildert. Am besten ins K 20. Luschen bearbeiten. Ungeklärte Altfälle wie Diebstahl oder Verkehrsdelikte. Da kann er nix kaputtmachen.

Wenn er sie dabeigehabt hätte, wäre DeLanges Dienstwaffe auf dem Chefschreibtisch gelandet. Seinen Dienstausweis hatte er bereits in der Hand. Aber dann war er raus und zum Personalrat gelaufen. Wie ein dummer Junge. Weil er immer noch nicht begriffen hatte, was sich da zusammenbraute. DeLange spürte, wie ihm die Galle hochstieg beim Gedanken an diesen Sesselfurzer.

»Verstehe.« Der Typ hatte seine fetten Patschhändchen auf die Schreibtischplatte gelegt und auf psychologisch geschult getan. »Es tut mir leid, dass du dich übergangen fühlst. Aber die Kolleginnen und Kollegen ...«

»Ich *fühle* mich nicht übergangen! Ich *werde* übergangen!«

»Sicher. Aber das kann jedem mal passieren.«

Jedem? Nicht mir. DeLange hatte sich vor dem Schreibtisch aufgebaut und die Fäuste geballt. »Das ist Mobbing. Ich will ...«

»Nein.« Das Arschgesicht hatte sogar gelächelt dabei. »Ich kenne Kollegen und Kolleginnen ...«

»Und ich kenne Mörder und Mörderinnen, falls es dich interessiert.« DeLange funkelte den Dicken an. Er hasste dieses verlogene, angeblich frauenfreundliche Gequatsche. »Ich verlange ...«

»Wie ich schon sagte: Das ist kein Mobbing. Der Richtlinie zufolge ...«

Wieder war DeLange explodiert. Der Flurfunk zehrte noch Wochen von seinem legendären Wutanfall. Damals hatte er fest vorgehabt, die Klamotten hinzuschmeißen.

Bis sein Verstand wieder einsetzte.

Er wusste jetzt, wer dahintersteckte. Er hätte es gleich wissen können. Dr. Karl-Heinz Neumann-von Braun. Für jemanden wie den war es eine der leichteren Übungen, eine Beförderung zu sabotieren. Dazu brauchte man nur die richtigen Kontakte. Und Neumann hatte erstklassige Kontakte, vor allem zum Innenministerium. Da nörgelt man hier ein bisschen herum, äußert da ein Missbehagen, deutet dort was an, und schon telefoniert der Staatssekretär Innen mit dem Leitenden Oberstaatsanwalt in Frankfurt. Der dicke Horst spricht beim nächsten Stammtisch den Polizeipräsidenten an. Ich hab da was gehört, das klingt nicht gut, das könnte Ärger geben.

Da weiß doch jeder vernünftige Berufsbeamte, was er zu tun hat.

Die erste Runde ging also an Neumann. Jetzt kam es darauf an, die zweite zu gewinnen. DeLange sah sich um. Sein neuer Stützpunkt im Keller, den er sich ausbedungen hatte, war genau die richtige Ausgangsbasis für eine gepflegte Rache. Neumann hatte sich verkalkuliert. Er hatte überreagiert. Auf eine kleine unauffällige Anspielung auf den Leuchtenden Pfad. Und auf die Erwähnung von Klein-Roda, die auch Margot von Braun hellhörig gemacht hatte. Der Leuchtende Pfad führte nach Peru. Auf eine dürre, staubige Hochebene, auf der einst ein Dorf namens Ayla gestanden hatte. Und mit Klein-Roda war ein jahrzehntealtes Drama verbunden, an dem Neumann beteiligt gewesen war. Als was und wie auch immer. Wer darauf so heftig reagierte, empfand Vergangenes nicht als vergangen. Sondern als brandaktuell und gefährlich.

DeLange stand auf und inspizierte das Regal. Rache braucht Platz. Und Platz brauchte allein schon die Strafarbeit, die er hier unten erledigen sollte und die ihm der Skipper vor ein paar Tagen als edel und ehrenhaft verkauft hatte. Die historischen Mützen und Uniformteile mussten also weichen. Fast zärtlich nahm er den Tschako vom obersten Regal, ein Sammlerstück aus der Zeit, als die DDR noch SBZ hieß, und blies den Staub vom Stern mit dem Brandenburger Wappen in der Mitte.

Seine Strafarbeit – »Du musst das als Bewährungsaufgabe verstehen, Jo!« – war ein Witz. Der Polizeipräsident wünschte sich eine Dokumentation zur Geschichte des Frankfurter Polizeipräsidiums. Einen opulenten Bildband, der zwar zu spät kam zum 100. Gründungstag, aber trotzdem am besten schon gestern erscheinen sollte. Mit Dokumenten zu den spektakulärsten Fällen in der Geschichte der Frankfurter Polizei. Der PP hatte an öffentlichkeitswirksame Fälle gedacht, die möglichst keine Gefühle von Hinterbliebenen mehr verletzten. Fälle, bei denen die Polizei ermittlungstechnisch brilliert hatte. Damit der Bürger das beruhigende Gefühl der Sicherheit empfand, wenn er an SEINE Polizei dachte.

DeLange drehte sich einmal um die eigene Achse. In dieser Zelle war kein Platz für eine Polizeihelmsammlung. Der Tschako musste in die Kiste. Ebenso die Schirmmütze mit Hammer und Sichel.

Für SEINE Polizei interessierte sich der Bürger nicht. Der wollte Sex and Crime und keinen Freund und Helfer. Der Hit bei den Führungen durchs Polizeimuseum war jahrelang die Geschichte vom Mädchen Rosemarie gewesen, jedenfalls solange man dort ihren Schädel ausgestellt hatte. Rosemarie Nitribitt, »Lebedame« – sprich: Edelhure –, hatte eine schicke Wohnung am Eschenheimer Tor besessen und einen eleganten Mercedes 190 SL mit roten Ledersitzen gefahren, bevor sie im Herbst 1957 ermordet wurde. Der Täter war nie gefunden worden. Einer der peinlicheren Gründe dafür war die skandalös schlampige Ermittlungsarbeit der Polizei gewesen.

In der DDR gab es so was nicht, hatten deren Funktionäre immer behauptet. Keine Edelnutten, keinen Mord, keinen Totschlag. DeLange blies den Staub von einer grauen Fellmütze, die der VoPo gern im Winter trug. Man konnte die Seiten herunterklappen und über die Ohren ziehen. In der DDR gab es nur ein paar abgeschossene Republikflüchtlinge. Aber das zählte nicht. Er zielte mit der Mütze auf die Kiste und ließ sie hineinsegeln.

Beim Fall Helga Matura – die Prostituierte war 1966 erstochen aufgefunden worden – hatten die bienenfleißigen Kollegen zwar ermittelt, was zur mutmaßlichen Tatzeit im Hessischen Rundfunk gespielt wurde: *Moonlight and roses*, zum Beispiel. *Rosen sind rot*. Oder *Red roses for a blue lady*. Das nannte man vorbildlich. In der Akte fand sich auch der Vermerk: »Gegenstände asserviert. Vorsorglich gesichert. Unter-

59

schrift Osterloh Sachbearbeiter.« Aber man hatte keinen der möglichen Spurenträger aufgehoben.

Das war das nächste Problem: Es gab keine brillante Ermittlungsarbeit der Polizei, mit der man die gewünschte Erfolgsbilanz bestreiten konnte. Oder meinte der PP das ruhmreiche Feuergefecht mit dem niederländischen Raubmörder Antonius Terburg vor gut vierzig Jahren? Das hatte mehrere Stunden gedauert, bis dato Rekord in der deutschen Kriminalgeschichte. Immerhin hatten die Kollegen irgendwann gewonnen, allerdings erst, nachdem sie eine ganze Jahresration Munition verbraten hatten.

Wie sollte man daraus eine Dokumentation zu Ruhm und Ehre der Polizei machen? Das wenige dafür geeignete Material war schnell gefunden. Aber das musste man ja nicht gleich lauthals verkünden. DeLange hatte vor, seine Aufgabe möglichst gründlich zu erledigen. Hinter dieser Kulisse ließen sich noch ganz andere Ziele verfolgen.

»Ähhh ...«

DeLange blickte auf. »Kannst du nicht guten Tag sagen wie alle anderen auch?«, knurrte er.

Man hatte ihn leider keineswegs ohne eine zusätzliche Last aufs Abstellgleis geschoben. Diese Last hieß Kai und war ein bulliger sommersprossiger Kriminalauszubildender, der eine Pflichtrunde durch die Presseabteilung machte. Wo er alle nervte. Also hatten sie ihn zu DeLange in den Keller geschickt.

»Die Kollegen vom K 11 lassen fragen, wozu Sie die Akte Tristan anfordern? Der Fall ist nicht abgeschlossen. Also nicht geeignet. Sagen die.«

Dass die vom K 11 zickten, war nichts Neues. »Gibst du dir nicht etwas zu viel Mühe für einen bloßen Bildband mit ein bisschen Text als Beigabe?« Spitze Frage eines alten Freundes. Seine ehemaligen Kollegen glaubten offenbar, er wolle ihre Arbeit kontrollieren. »Willst du dich beim PP einschleimen?« Auch so eine beliebte Unterstellung. Fast so gut wie: »Jo DeLange schreibt heimlich Krimis.«

»Kai.« Er nahm die Beine vom Schreibtisch. »Die haben uns gar nichts zu sagen. Die haben uns zuzuarbeiten. Und die Entscheidung, was geeignet ist oder nicht, treffe erst einmal ich. Und dann noch mal ich. Und dann ...«

»Noch mal Sie!«

»Und ganz zum Schluss der Polizeipräsident. Verstanden?«

Kai schob grinsend ab.

DeLange räumte weiter. Die Mütze eines Colonnello aus San Marino war ein besonders exquisites Teil: handgesticktes Abzeichen aus goldenen Lurexfäden auf rotem Samt. Sah aus wie eine Granate. Schwarzes Stegband, zweifach geflochtene Kordel in silbernem Lurex. Gastgeschenk aus Anlass des Besuchs einer Gruppe Kollegen aus San Marino. War eine lustige Truppe gewesen.

Im Grunde war er froh, dass er wieder allein war. Der Fall Tristan nahm ihn noch immer mit. Er war Mitglied der Soko Tristan gewesen, 1998, als sie alle noch im alten Polizeipräsidium untergebracht waren. Noch nicht einmal vierzehn Jahre alt war Tristan Brübach gewesen, als ihn jemand in einem Tunnel am Liederbach, nahe Bahnhof Höchst, geschlagen, gewürgt und erstochen hatte.

DeLange spürte, wie sich die Härchen auf seinen Armen aufstellten, wie immer, wenn er an diesen Fall dachte. Wie Schlachtvieh hatte der Kerl das Kind ausbluten lassen. Mit einem Schnitt durch die Kehle, der fast bis zur Wirbelsäule reichte. Fachmännisch. Wie gelernt. Der Täter hatte dem Jungen den Hodensack aufgeschlitzt und beide Hoden entfernt. So, wie man Ferkel kastriert. Und ihm Stücke aus Gesäß und Oberschenkel geschnitten. Ob er das Fleisch gegessen hatte? Bis heute gab es keinen Hinweis auf den Mann, trotz einer Reihenuntersuchung in zwei weiteren Vororten.

DeLange warf die beiden Nazi-Mützen, die er ganz oben in der hintersten Ecke des Regals gefunden hatte, in die Kiste, ohne sie vorher zu entstauben. Nein, auch der Fall Tristan war nichts für die Jubeldokumentation, die der PP haben wollte. Aber vielleicht fiel ihm beim Aktenstudium ja etwas auf, das Grund genug war, um eine erneute DNA-Analyse vorzuschlagen? Manchmal führte ein Abgleich noch nach Jahrzehnten zu einem überraschenden Resultat, zumal sich die Genauigkeit ständig erhöhte.

Er konnte das Gesicht des Jungen nicht vergessen, er sah das Fahndungsfoto noch immer vor sich. Eine blonde Prinz-Eisenherz-Frisur, karamellbraune Augen. Ein bisschen ähnelte er Lukas, dem neuesten Schwarm von Flo. Wenn er kein so eifersüchtiger Vater wäre, könnte er Lukas sogar mögen. Stattdessen fürchtete er sich vor dem Tag, an dem auch Caro einen Freund mit nach Hause bringen würde. Vor dem Tag, an dem er von den beiden Abschied nehmen musste. Das wäre der Tag, an dem er endlich ein eigenes Leben leben konnte. Mit Karen, wenn sie dann noch wollte. Und davor fürchtete er sich, wenn er ehrlich war, auch.

Rational war das nicht. Aber so war das mit den Gefühlen.

Beim Gedanken an seine Töchter war sie plötzlich wieder da, diese würgende, gallebittere Wut, die Neumanns Worte bei ihm ausgelöst hatten, als sein Bodyguard ihn im Herrenklo der Alten Oper im Griff hatte. »Ihre Töchter gefallen mir. Aus denen wird mal was. Wenn nichts dazwischenkommt.«

DeLange räumte die Akten in das freigeräumte Regalbrett. Mürbe Pappdeckel, unter denen sich gelbstichiges Papier wellte. Er sog den Duft ein, diesen säuerlichen Zersetzungsgeruch von stockfleckigem Papier, beigemischt der Duft von Buchstaben, die noch mit Farbbändern aufs Papier gehämmert worden waren. Typoskripte vor der Einführung von Computer und Laserdrucker, manche kaum noch lesbar. Botschaften aus einer Zeit, die seltsam fern gerückt schien, seit mit der digitalen Revolution und dem Internet alles so nah und verfügbar geworden war.

Wenn Neumann beim Leuchtenden Pfad gewesen war … Ja, was dann? Falls man ihm Strafrelevantes nachweisen konnte, war es verjährt. Es sei denn, er hätte mitgemordet. Natürlich würden sich die Medien auf den Stoff stürzen. Doch wenn Neumann geschickt war, kam er aus der Klemme genauso sauber raus wie damals der grüne Außenminister Joschka Fischer. Der hatte sogar Bilder überlebt, die ihn zeigten, wie er auf einen am Boden liegenden Polizisten eintrat. Jugendsünden.

DeLange hatte also nicht viele Optionen. Dem Stichwort »Leuchtender Pfad« konnte er hier unten nicht nachgehen. Neumanns Verbindung mit »Klein-Roda« aber war ein anderes Thema. Man konnte Kai auf den Fall ansetzen, ganz unauffällig. Auf den Fall Alexandra Raabe, der DeLange seit der Ausbildung beschäftigte.

Seminar in Wiesbaden. Kriminalübernahmelehrgang. Thema: Was man so alles versieben kann. Beispiel: ein Fall aus dem Jahr 1968. Eine junge Frau, eine Studentin aus Frankfurt, verschwindet kurze Zeit nach einer tätlichen Auseinandersetzung aus einem hessischen Dorf. Bei der Auseinandersetzung kommt es zu geringfügigen Sach- und Personenschäden. Der Tatortbericht ist geradezu penibel, er umfasst sieben Seiten. Die restliche Beweisaufnahme ist lückenhaft, das Bildmaterial spärlich, Blutspuren sind nicht gesichert worden. Das perfekte Beispiel für schlampige Ermittlung, und insofern nichts für den Jubelband des PP.

Aber das musste man ja niemandem auf die Nase binden. Als ihm die Geschichte wiederbegegnet war – in einem Roman, der unter dem Titel *Summer of Love* verfilmt worden war –, hatte er den Fall Raabe erneut aufgegriffen und dabei entdeckt, dass Karl-Heinz Neumann der Mann im Dreierbund gewesen war. Neumann hatte damals überzeugend behauptet, der Tod von Alexandra Raabe sei ein Unfall gewesen. Allerdings hatte er sich geweigert, den Ort zu nennen, wo er und seine Komplizin ihre Leiche vergraben hatten. Dem hätte man nachgehen müssen, aber DeLange hatte damals anderes im Kopf.

Neumann-von Braun wollte offenbar an den alten Fall nicht erinnert werden. Also war DeLange damals beim Aktenstudium irgendetwas entgangen. Irgendwas, das gegen Neumann sprach. Und deshalb musste er die Akte aus dem Jahr 1968 endlich in die Finger kriegen.

»Äääh … Also …«

DeLange sah auf. Wieder Kai.

»Mehr gibt's heute nicht, haben die gesagt.«

»Ach nein?«

»Sie haben gefragt, was das alles soll.«

»So? Haben sie?« DeLange lehnte sich in den Schreibtischstuhl und deutete auf den farbbekleckerten Stuhl neben der Tür, auf dem ausnahmsweise keine Akten lagen. »Setz dich.«

Kai setzte sich, den Kopf gesenkt.

»Und jetzt hör mir zu. Wir sind die letzte Instanz der Toten. Mord verjährt nicht. Okay?«

Kai hob den Kopf.

»Es gibt bei uns in Frankfurt keine Extraabteilung für Altfälle wie in München, wo man drei Leute dafür abgestellt hat. Das ist ein Skandal. Wir werden die Lücke füllen.«

»Aber unser Auftrag lautet doch …«

DeLange fegte den Einwand vom Tisch. »Wir werden unseren Auftrag erfüllen und nebenbei ein paar alte Fälle daraufhin überprüfen, ob es Gründe für eine Wiederaufnahme gibt. Wenn wir auf Gold stoßen, fragt niemand mehr nach dem Auftrag.«

Kai sah beinahe tatendurstig aus. Das war wohl eine Aufgabe, die ihm zusagte.

»Und jetzt mach den Kollegen die Hölle heiß. Ich warte schon seit Wochen auf die Akte Raabe. Der Fall ist zwar aus dem Jahr 1968, aber sie werden die Akte ja nicht durchs Klo gespült haben.«

Kai lächelte. »Wozu gibt's Schredder?«, fragte er.

Was für ein Glück. Der Junge hatte Humor.

DeLange machte früh Schluss. Er hatte eine Idee. Aber er wusste nicht, ob es eine gute Idee war.

Er schloss die Tür zu seinem Kämmerchen hinter sich ab und trat auf den Gang. Sein Exil lag direkt neben den Asservatenkammern, über die ein alter Bulle herrschte, der ihn an den autoritären Hausmeister erinnerte, die Paraderolle von Matthias Beltz. Der legendäre Frankfurter Kabarettist war schon lange tot. Es erwischte immer die Falschen.

»Ja, hammer's dann?« war sein Lieblingsspruch, wenn ihm was zu lange dauerte. Wahrscheinlich dauerte ihm alles zu lange. Der Alte war am liebsten allein in seinen Katakomben.

Verwahrstücke waren das polizeiliche Gedächtnis: Hier lag, was von einem Menschenleben übrig blieb, genannt Spurenträger – Kleidung, Schuhe, aber auch Knochen, Hautfetzen. In Zeiten der DNA-Analyse ein wertvoller Schatz, mit dessen Hilfe man Mord noch nach Jahren aufklären konnte, weshalb DeLange nichts davon hielt, hier mal »aufzuräumen«, wie es übereifrige Kollegen alle Jahre wieder vorschlugen. Der Alte war der Schatzhüter. Und das sollte auch so bleiben.

»Ja, hammer's dann?« Eine der Stahltüren mit Bull-auge stand auf, zwei Männer mit Rollwagen luden irgendetwas aus oder ein, der Asservatenverwalter drängelte. DeLange hob fragend die Augenbrauen. Der Alte hielt Daumen und Zeigefinger vor die Nase und zog geräuschvoll hoch.

Also diesmal keine Spurenträger oder beschlag-nahmte Waffen und Diebesware. Die Kollegen hatten offenbar eine Ladung Koks erwischt. Bravo. Er fürch-tete sich davor, dass auch Flo und Caro auf Partys so beiläufig Koks schnupfen könnten, wie sie morgens ihr Müsli aßen. Bloß weg mit dem Dreck. Andererseits wusste er, wie wenig die Drogenfahndung ausrichte-te: Auf jedes Kilo beschlagnahmter Drogen kam das Zigfache, das seinen Weg auf den Markt fand. Dieser Hydra schlug niemand den Kopf ab, es verdienten zu viele daran. Am wenigsten natürlich die, die am Be-ginn der Drogenkette standen. Zum Beispiel die Ko-kabauern in Peru. Tomás Rivas hatte ihm erzählt, dass die *Cocaleros* neuerdings Protektion genossen. Von den übriggebliebenen Genossen des *Sendero Lumino-so*. Da war es wieder, das Rätsel, das er nicht lösen konnte. Noch nicht.

»Vorsicht!«

»Pass doch auf, du Depp!«

Die beiden Uniformen hatten es geschafft, den Roll-wagen mit seiner Ladung auf die Seite zu legen. Da der Alte sich bereits in seine Klause zurückgezogen hatte, sprang DeLange ein und half den beiden, die Kisten mit dem Pulver wieder aufzusammeln, wofür sie sich mürrisch bedankten.

Endlich war er auf dem Weg Richtung Treppenhaus. Seine Schritte hallten in dem leeren, hellerleuchteten Gang. Doch plötzlich hatte er das Gefühl, dass er nicht allein war hier unten in diesem unergründlichen Labyrinth. Er blieb stehen und lauschte. Nichts.

Irgendwo hinter ihm fiel eine Tür zu.

»Nichts ist für die Ewigkeit!« Der Leitende Oberstaatsanwalt legte das Kinn in malerische Falten und machte es sich noch ein bisschen bequemer in seinem Schreibtischsessel.

»Eigenartig. Warum nur habe ich das Gefühl, dass ich schon seit Ewigkeiten Staatsanwältin bin?«, sinnierte Karen Stark und ließ den Blick über den verstaubten Ficus vorm Fenster zum blassblauen Himmel draußen gleiten.

»Wir müssen halt alle ein Stück weit flexibel sein während des Umbaus.« Horst Meyer, das Michelin-Männchen der Frankfurter Staatsanwaltschaft, zupfte sich die Strickweste über dem Bauch zurecht. »Dir fällt das doch nicht schwer, oder?«

Karen seufzte und stand auf. Das hat man nun von seinem guten Ruf. »Woher du das schon wieder weißt.«

»Köpfchen!«, sagte der LOStA, tippte sich an die glänzende Stirn und entließ sie mit einem strahlenden Lächeln.

Ihr neues Büro, in das sie während des Umbaus des Landgerichts umziehen musste, war ihr altes: Gebäude D, vierter Stock, Zimmer 473. Dort hatte sie die Blüte ihres Lebens gelassen. Es lag im alten Teil des

Landgerichts und war mindestens fünf Quadratmeter kleiner als das auch nicht gerade große Zimmer im Neubau, in dem sie in den letzten paar Jahren ihre Pflicht erfüllt hatte. Als sie mit dem vollbepackten Aktenwagen dort ankam, montierte der Hausmeister gerade das Schild an. StAin Dr. Karen Stark. Zuständig für allgemeine Strafsachen, R (ohne Ra), Sa-Sal.

Das Zimmer roch nach ungewaschenen Herrensocken. Sie riss das Fenster auf und sah sich um. Es wäre hübsch gewesen, wenn jemand die Regale entstaubt oder die Fenster geputzt hätte. Und der große dunkle Fleck neben dem Papierkorb wirkte auch nicht gerade anheimelnd.

Leise vor sich hin fluchend, räumte sie Akten und Handbücher ins Regal und stellte Ordnung auf dem Schreibtisch her, eine Ordnung eigener Klasse, die aus verschieden hohen Stapeln mehr oder weniger unerledigter Vorgänge, Zeitschriften, Prospekte und anderer Drucksachen bestand. Der Dienstplan kam auf den dritten Stapel links und das Wochenmenü der Kantine nach ganz hinten rechts. Und bevor sie es vergaß, unterschrieb sie die grässliche Karte mit dem zahnlos grinsenden Baby, mit dem die ganze Abteilung der lieben Kollegin Frau Staatsanwältin Sabine S. dazu gratulierte, dass sie während des ganzen langen Elternjahres, das sie sich gönnte, ihre Arbeit von den Kollegen miterledigen lassen durfte.

Bis zum späten Nachmittag war es Karen gelungen, das Hamsterställchen so vollzuräumen, dass sie sich wohl zu fühlen begann. Schon deshalb ging sie früher, warf die Tür hinter sich zu und lief durch den langen Flur zum Ausgang. Ihre Absätze knallten auf das Linoleum. Mit irgendetwas musste man sich den Spitznamen »Maschinengewehr Justitias« ja verdient haben.

Endlich war sie draußen, in Sonne und Wärme, und bog in die Porzellanhofstraße ein. Links führte die Heiligkreuzgasse zum Gefängnis, ein abstoßender Steinklotz, in dem 115 Jahre lang Blut, Schweiß und Tränen vergossen worden waren – in unbeheizten Zellen ohne Klo. Das preußische Gefängnis, später Gestapoknast, war letztes Jahr Museum geworden, was sie sehr begrüßt hatte.

Karen kreuzte die Straße vor einer afrikanischen Kneipe namens Serengeti und bog ab auf die Zeil. In einer Gruppe kichernder Koreanerinnen überquerte sie die Kurt-Schumacher-Straße zum Konstablermarkt, normalerweise ein leerer, unwirtlicher Platz, bis auf donnerstags und samstags, wenn hier Bauernmarkt war. Heute war erfreulicherweise Donnerstag.

Der Markt war eine Frankfurter Institution und einer ihrer liebsten Plätze. Nicht, weil man dort Obst und Gemüse, Fleisch oder Käse kaufen konnte, damit pflegte sie sich nicht zu belasten, das meiste würde doch nur im Kühlschrank vergammeln. Vor allem war der Markt ein herrlicher Ort, um sinnlos herumzustehen, zu quatschen, zu lachen, zu essen und zu trinken. Hier traf man schwule Hundefreunde, elegante ältere Damen mit Hackenporsche, trinkfeste Griechen, pensionierte Lesben und junge Männer mit Baby vor der Brust. Und Geri, mit der Kamera in der Hand, klein, rothaarig, alterslos und immer in Bewegung. Wenn man nicht aufpasste, fand man sich am nächsten Tag auf Geris Website wieder, »www.

ichliebefrankfurt.de«, mit einem Schnappschuss, der nicht immer schmeichelhaft war, wenn sie jemanden bei haltlosen Exzessen mit Apfelwein und Handkäs' erwischt hatte. Geri arbeitete fast täglich an ihrer Chronik der Stadt und ihrer Menschen, für die sie die Goetheplakette verdiente, fand Karen. Wenn nicht das Bundesverdienstkreuz, wo doch schon Fußballer eins kriegten.

Sie beschleunigte ihre Schritte. Es fiel schwer, aber sie musste sich entscheiden. Zwischen Handkäs', Vogelsberger Bratwurst, Mozzarellaknoten von der Herbertsmühle, Mettbrot oder Rohkostteller. Zwischen Milchshake, Biobier, Holundersaft, Apfelwein, Met oder Riesling. Und zwischen Heike und Ernst, Otto, Rudi oder Jörg.

Karen sog den Duft von Bratwurst und Blumen ein, der ihr entgegenschlug, und entschied sich für den Stand von Heike und Ernst Berger. Dort gab es lange Biertische im Schatten einer Markise. Das schränkte die Wahl allerdings ein: auf Mettbrot, Handkäs' und Apfelwein.

Als sie ankam, war ihr Lieblingsplatz besetzt. Irgendjemand schien Geburtstag zu haben, jedenfalls verdeckte ein Strauß aus Rosen und Ranunkeln die Sicht. Doch irgendwo war immer was frei. Sie kämpfte sich durch den schmalen Gang vor zur Theke.

»Handkäs' und Gespritzter? Wie immer?«, fragte eine Stimme hinter ihr. Sie stand stockstill.

Ihre Beziehung zu Giorgio DeLange war nach dem Abend in der Alten Oper im Februar erst abgekühlt und dann versandet. Natürlich waren sie Freunde geblieben. Aber sicher doch. Sie waren schließlich erwachsene Menschen, oder? Ach, was man alles so sagt aus lauter Hilflosigkeit.

Karen hatte erst nicht verstanden, warum er sich zurückzog nach einem so innigen Abend. Aber je ehrlicher sie sich erinnerte, desto klarer wurde ihr, dass das Ende an diesem Abend bereits begonnen hatte. Seit er von der Toilette zurückgekommen und über Schmerzen im Rücken geklagt hatte.

»Ein Hexenschuss?«

»Muss wohl.« Er war blass gewesen und schien zu leiden. Sie nahmen zwei Taxis nach Hause.

Und danach? Er wich aus. Sie zog sich zurück. Die Arbeit am Mann ist einzustellen, das war eine Erkenntnis der frühen Frauenbewegung, mit der sie restlos einverstanden war. Auch wenn es in diesem Fall weh tat. Ach was: Es tut immer weh.

Ein einziges Mal hatten sie darüber gesprochen. Er sagte, was Männer so sagen. Dass er sich nicht so auf sie einlassen könne, wie er es sich wünsche und sie es verdiene. Dass er es sich und seiner verstorbenen Frau schuldig sei, sich um die Töchter zu kümmern. Dass er ihr nicht zumuten wolle, darauf zu warten, bis die beiden aus dem Hause wären. Und so weiter. Und so fort. Bei jedem Satz hatte sie verständnisvoll genickt. Bis ihr der Kopf weh tat.

Klar waren sie gute Freunde geblieben. Sie waren schließlich erwachsen.

Als sie sich umdrehte und in sein lächelndes Gesicht sah, spürte sie, wie wenig Lust sie hatte auf die gute Freundschaft mit ausgerechnet diesem Mann.

»Hunger?« Er zeigte auf den Tisch mit den Blumen.

»›Hunger‹ gibt meine Verfassung nicht annähernd präzise wieder«, sagte sie, ließ sich auf die Bank fallen, griff zum Messer, schnitt ein Stück Handkäs' ab, schob es sich mitsamt der Zwiebeln aufs Brot und in den Mund und nahm einen kräftigen Zug aus dem Gerippten.

»Ich mag das, wie du isst.«

DeLange grinste. Unverschämter Kerl.

»Du nippst nicht, du stocherst nicht, du lässt nicht die Hälfte liegen.«

Sie wischte sich den Mund mit dem Handrücken ab.

»Und deine Tischmanieren passen auch. Du bist eine der wenigen Frauen, die ich kenne, die mit Vergnügen essen.«

»Willst du mir damit was sagen?« Sie zog die Augenbrauen hoch. Karen kannte solche Betrachtungen. Von ihrer Mutter, die immer sagte: »Wie schön, dass es dir so gut schmeckt«, und fünf Minuten später auf ihre Kleidergröße oder vielversprechende Diäten zu sprechen kam.

DeLange lachte. »Kein Netz, kein doppelter Boden.«

Sie sah ihm in die Augen. Er hatte braune Augen, keine tiefbraunen, wie man es bei einem Italiener erwarten könnte, sondern Augen mit Sonnenflecken. Mit grünen Lichtern. In denen man versinken konnte.

Und dann stach sie der Hafer. Statt die Klappe zu halten und zu essen, statt zu nehmen, was ihr angeboten wurde und still zu genießen – die Blumen. Und dass er nicht vergessen hatte, wo sie Donnerstag nachmittags am liebsten hinging. Dass er das Risiko eingegangen war, dass sie nicht kam. Oder nicht hierhin. Oder nicht allein.

Statt sich mit alledem zufriedenzugeben, platzte es aus ihr heraus.

»Lass uns wegfahren.« Sie nahm seine Hand. »An den Lago Maggiore. Oder an die Ostsee.«

»Bei dieser Hitze lieber nach Grönland.«

»Gut, dann Südamerika. Da haben sie minus zwanzig Grad in den Bergen. Reicht dir das?«

DeLange lachte. Aber er lachte aus Verlegenheit. Und seine Hand erwiderte ihre Berührung nicht. Sie zog ihre zurück.

»Dann hol uns ersatzweise einen Wein, ja?«

Er stand auf und verbeugte sich leicht.

»Mir einen Riesling. Spätlese, bitte.«

»Sehr wohl, Ma'am.« Wie erleichtert er war, dass er gehen durfte.

Karen hatte einen Kloß im Hals, als sie ihm hinterhersah. Vor dem Abend in der Alten Oper hatte sie gedacht, er würde sich langsam entspannen und aufhören, immer den Überpapa zu spielen. Die Mädchen waren fünfzehn und siebzehn, also keine Kinder mehr, und fänden es wahrscheinlich cool, wenn ihr Alter sie mal in Ruhe lassen würde. Sicher, die Mutter der Mädchen war vor zwei Jahren gestorben, weshalb er glaubte, den Verlust gutmachen zu müssen. Aber wie lange noch, bis er sich ein eigenes Leben zugestand?

Nein, es hatte keinen Sinn zu warten. Sie neigte nicht zu falschen Hoffnungen. Sie war zu alt, um noch Illusionen zu haben.

Mittlerweile hatten sich zwei Paare zu ihnen gesetzt, die schon mehr als ein Glas Wein getrunken hatten. Die Stimmung stieg und lenkte davon ab, dass Jo und sie sich nichts zu sagen hatten. Die Blumen hatte er unter den Tisch gestellt, als ob sie ihm plötzlich peinlich wären. Und die Frau, die sich neben DeLange gesetzt hatte, rückte ihm immer näher. Mit Interesse studierte Karen die Szenerie, das lenkte ab vom ziehenden Schmerz in ihrer Brust, der sie überraschte. Und irritierte: Auch das Leiden am Mann ist einzustellen. Sie hatte geglaubt, das längst gelernt zu haben.

Die Haarfarbe der Frau, die bei jedem Satz albern kicherte, glich der ihres vornehmen Irish Setters, der gelangweilt neben dem Tisch saß. Die Farbe des Rotweins, den sie im Glas hatte, passte nicht ganz. Karen beobachtete, wie der Wein im Glas schwappte, das nach jedem Schluck ein wenig näher an Jos Glas rückte. Bis es ihm zu nahe kam.

Die Szene war drehbuchreif. Wie das Glas in Zeitlupe umkippte, wie die Frau ungeschickt danach griff, wie sie dem Glas damit zusätzlichen Schwung verlieh, wie der Rotwein über den Tisch schwappte und auf DeLanges Hose landete, der mit blödem Gesicht dasaß und zusah.

Karen lachte. Und lachte noch mehr, als die Frau mit einer durchweichten Serviette den Rotwein von Jos Hose wischen wollte. Jo sah auf. Er sah ihr in die Augen. Und da war es wieder, das alte Einverständnis. Gleich würde auch er loslachen. Sie würden prusten vor Gelächter, sie würden sich ausschütten vor Lachen. Sie würden alles weglachen, was zwischen ihnen stand.

My guy, dachte Karen.

Doch das Drehbuch sah vor, dass just in diesem Moment sein Mobiltelefon klingelte. Einigkeit und Recht und Freiheit. Flo hatte ihrem Vater zur Fußballweltmeisterschaft den Klingelton der deutschen Nationalhymne geschenkt. Wenn Deutschland rief, riefen Flo oder Caro an, für die der Klingelton reserviert war. Das war mindestens so wichtig wie das Vaterland. Ach was: wichtiger.

»Hallo?« Er lauschte. Sein Gesicht veränderte sich. »Ich komme«, sagte er und stand auf.

»Ist was mit den beiden?« Karen fragte, als ob es daran Zweifel gäbe.

Er nickte. »Ich muss nach Hause.«

Er küsste sie zum Abschied auf beide Wangen. Dabei war der Abstand zwischen ihnen zum Abgrund geworden.

»Es tut mir so leid wegen Ihrer Hose«, lamentierte die Frau mit der Hundefarbe im Haar.

»Ihre Blumen!«, rief Karens Sitznachbar ihr hinterher.

Aber weder Karen noch DeLange drehten sich um.

Auf dem Weg nach Hause stolperte Karen über einen verschobenen Pflasterstein, zerriss sich die Strumpfhose und hatte endlich Grund zu all den Flüchen, nach denen ihr schon seit zwei Stunden war.

Nachdem sie erst den Pflasterstein, dann Jo und schließlich sich selbst aufs gründlichste verwünscht hatte, war sie endlich in der Lage, zu versuchen, was alle Welt für solche Fälle empfahl: Sieh's doch einfach positiv!

Urlaub mit Giorgio DeLange? Nicht ohne seine

Töchter. Sie sah ein familienfreundliches Hotel am Strand vor sich, Horden schreiender Kinder und zeternder Mütter, hatte den Geruch von Sonnencreme und vollen Windeln in der Nase. Abends Grillparty mit Sangria. Später Disco. *Ragazzi, ragazzi!* Genau das Richtige für zwei hübsche Teenager, die man nicht allein dorthin gehen lassen konnte, wenn man ein leidenschaftlicher italienischer Vater namens Giorgio DeLange war.

Sie sah sich und ihn am Rande der Tanzfläche stehen, zwei steinalte Leutchen, und zaghaft die Hüften schwingen.

Nein! Und nochmals nein. Alles war besser als das.

Erst als sie sich gründlich betrunken hatte, sah sie die Nachricht auf ihrem Mobiltelefon. Paul Bremer mit einer kryptischen Botschaft und der Bitte um Rückruf. Zu spät. Aber morgen war ja auch noch ein Tag.

KAPITEL 2

Die Polizei hatte den Tatort gesichert, die Leiche war abtransportiert worden und Bremer hatte alle Fragen nach bestem Wissen und Gewissen beantwortet. Zu seiner Überraschung fühlte er sich allein, als sie gegangen waren.

Niemand war auf der Straße, niemand saß unter der großen Linde vor Gottfrieds Haus, wo sich normalerweise alle versammelten, wenn es etwas zu bereden oder zu berichten gab. Es war, als hätten alle Nachbarn die Flucht ergriffen.

Selbst Marianne, deren Haus an seinen Garten grenzte und die immer die Erste war, die das Küchenfenster öffnete und ihn mit Dorfklatsch versorgte, ließ sich nicht blicken. Erwin von gegenüber hörte man wenigstens husten, aber er saß nicht wie sonst an schönen Sommertagen auf seinem Rasenmäher, um seinen makellosen Rasen noch makelloser zu machen.

Seit er die Leiche auf dem Friedhof gefunden hatte, fühlte Bremer sich wieder als der, der er war: als geduldeter Fremder. Das Dorf hatte dicht gemacht. Aus irgendeinem Grund wollten sie nicht reden über das, was Bremer unaufhörlich beschäftigte: Wer war der Tote auf dem Friedhof? Wer hatte den Mann so unfassbar brutal erschlagen? Warum? Und warum hatte sich das Opfer nicht zur Wehr gesetzt?

Missmutig beschäftigte sich Bremer in seinem Garten, bis es dunkel wurde. Missmutig öffnete er eine Flasche Pinot Noir, der ihm ausnahmsweise nicht schmeckte. Missmutig ging er ins Bett. Und nach missmutigen Träumen wachte er viel zu früh auf. Weil in aller Herrgottsfrühe das Telefon klingelte.

Karen? Eigentlich wusste sie, wie gesprächig er am frühen Morgen war.

Ohne Rücksicht auf Nemax und Birdie schlug er die Bettdecke zurück und lief zum Telefon im Flur.

»Ja?« Wehe, jemand sagte jetzt »Falsch verbunden«.

»Herr Bremer?« Eine zaghafte Frauenstimme.

»Ja!«, bellte er.

»Evangelisches Krankenhaus. Schwester Anja. Ich rufe wegen eines Patienten an. Gottfried Funke. Ihre Telefonnummer war als Kontakt angegeben, und ich dachte …«

»Das ist in Ordnung«, sagte Bremer, jetzt gnädiger. »Wie geht's ihm?«

»Gut. Besser. Es ist nichts Ernstes.«

Und deshalb riefen die so früh an?

»Herr Funke benötigt ein paar Schlafanzüge. Unterwäsche. Waschzeug.«

»Ist gut. Ich komme«, brummte Bremer, der auch das nicht für dringend hielt.

»Und – Herr Bremer, wenn ich Sie darum noch bitten dürfte – die Krankenkassenkarte. Der Chef sitzt mir im Nacken.«

Ach so. Das war natürlich das Wichtigste.

Bremer hatte das Nachbarhaus nie betreten, ohne dass Marie oder Gottfried da gewesen wären. Oder Basti, ihr Enkel, der oft auf der Bank im Hof oder in der Küche saß und auf seiner Steirischen spielte. Frodo, ein melancholischer Weimaraner, der Nachfolger von Fritz und Franz, war kurz vor Marie gestorben.

Er öffnete die Haustür und ging durch den winzigen Flur in die Küche. Hier hatte Marie gestanden, er sah sie noch immer vor sich, Marie mit den vielen Lachfältchen um die Brombeeraugen, stets in Bewegung und immer beschäftigt. Er sah sie wie durch Wasserdampf hindurch, denn irgendwas kochte immer in der Küche, das Essen oder der große Topf, in dem sie die Bohnen einmachte, Bohnen, für die Gottfried jeden Frühling die Stangen aufstellte. In diesem Jahr hatte er zum ersten Mal darauf verzichtet.

In der Tür zum Wohnzimmer blieb er stehen. Dort befand sich der kleine Schreibtisch, an dem Gottfried seinen Papierkram erledigte. Es roch nach kalter Asche. Auf dem Sessel vor dem Kamin, Gottfrieds Stammplatz, lag zusammengerollt die Katze, die alarmiert davonsprang, als sie Bremer bemerkte. Und vor dem Schreibtisch und dem kleinen Bücherregal sah es aus, als ob ein Kind beschlossen hätte, mal gründlich aufzuräumen. Bremer trat vorsichtig näher. Bücher, Briefe, Bankauszüge, Aktenordner und ein Fotoalbum lagen auf dem Boden, so, als ob jemand kurz hineingeblickt, sie langweilig gefunden und fallen gelassen hätte.

Bremer hob das Fotoalbum auf, um es zurück auf den Schreibtisch zu legen. Dabei fiel ein Bild heraus, das ihm vertraut vorkam. Es zeigte eine Beerdigung auf dem Friedhof von Klein-Roda. Ein heller Sarg stand dort, wo heute die Aussegnungshalle war. Davor im Halbkreis das halbe Dorf. Ein Foto also, das weit vor seiner Zeit aufgenommen worden sein musste.

Das Bild war eingerissen, in der Mitte, dort, wo der aufgebahrte Sarg stand. Jemand hatte ihn mit Gewalt und einem spitzen Gegenstand durchgestrichen.

Bremer blätterte durch das Album. Bilder von der Hochzeit Gottfrieds und Maries, sorgfältig eingeklebt. Das Brautpaar, die Trauzeugen, Gäste. Eines der Bilder, nein, zwei waren herausgerissen worden. Auch bei den Bildern von der Beerdigung der Eltern Maries fehlten Fotos. Nur die letzten Albumseiten waren unbeschädigt, man sah Basti mit seiner Steirischen beim Talentwettbewerb. Die Beerdigung Wilhelms. Und die Maries.

Er legte das Album auf den Schreibtisch. Die Schublade stand weit auf, man sah Gottfrieds Führerschein neben einem Scheckheft und einer Brieftasche liegen. Er nahm die Krankenkassenkarte heraus und ging hinauf, erst ins Bad, für das Waschzeug, dann ins Schlafzimmer, wegen der Pyjamas. Irgendwie beschlich ihn das Gefühl, nicht allein zu sein. Und noch auf der Straße bildete er sich ein, dass ihn jemand beobachtete.

Bremer gab die Krankenkassenkarte in der Verwaltung ab und wartete auf den Aufzug, eine Tüte mit Wäsche, einer Rätselzeitschrift und einer Schachtel Pralinen aus dem Supermarkt in der Hand.

»Die Zimmernummer von Herrn Funke? 213!« Eine junge Schwester mit osteuropäischem Akzent empfing ihn. Auf dem Flur roch es nach Großküchenessen und Desinfektionsmittel.

Als Bremer die Tür zu Zimmer 213 öffnete, gesellte sich der Geruch nach alten Männern mit Hygieneproblemen dazu. Alle Fenster waren geschlossen. Der Fernseher plärrte, ohne dass jemand hinsah. Zwei der Patienten saßen auf dem Bett eines dritten und kloppten Karten. Statt einer Antwort auf seine freundliche Begrüßung rief einer der rüstigen Rentner: »Hosen runter!« Skat also.

Er verstaute die Wäsche in einem der Spinde, bevor er zu Gottfried ging, der im Bett am Fenster lag. Wenigstens da roch es besser, nach den Lilien, die in einem dicken Strauß auf seinem Nachttisch standen. Er musste also Besuch gehabt haben. Bremer legte Pralinen und Heft neben die Blumen, rückte den Besucherstuhl heran und setzte sich.

Der Alte schlief, den Mund leicht geöffnet. Bremer griff nach seiner Hand. Sie war trocken und kühl. Endlich schlug Gottfried die Augen auf.

»Ja so was … Paul … Du hier!« Schwach und heiser.

»Wundert dich das etwa?« Bremer reichte ihm den Becher, der auf dem Nachttisch stand. Der Alte nahm einen Schluck. »Machste denn für Sachen?«

»Frag nich.«

»Und wie isses?«

»Geht so.«

Bremer nahm ihm den Becher wieder aus der Hand. »Sieh zu, dass sie dich bald entlassen. Mir ist langweilig. Wenn ich aus dem Fenster auf dein Haus gucke, ist alles dunkel.«

»Mach ich«, flüsterte Gottfried.

»Und die Elstern in deiner Linde machen nicht nur Krach, die kacken auch den ganzen Hof voll.«

Gottfrieds Dreiseitenhof lag direkt gegenüber Bremers Haus. Sein Fachwerkhaus war zwar angeblich das älteste am Ort, dafür aber das kleinste. Aus seinem Arbeitszimmer blickte er auf Gottfrieds mächtige Linde. Wenn in Bremers Garten die Sonne bereits untergegangen war, beschien sie noch die Feierabendbank unter dem Baum, auf der Gottfried Abend für Abend saß und bereitwillig beiseite rückte, wenn ihm jemand Gesellschaft leisten wollte.

Bremer hatte oft da gesessen und den Hühnern zugesehen, die eifrig pickend über die Wiese liefen, schwarze Zwergwyandotten, für die Gottfried schon viele Züchterpreise bekommen hatte. Manchmal gurrten über ihren Köpfen sechs indische Pfauentauben, die Gottfried für seinen Enkel Basti hütete.

Basti war eine überregionale Berühmtheit, seit er beinahe den ersten Preis bei der Castingshow »Hessen sucht den Superstar der Volksmusik« gewonnen hätte. Damals, als seine Eltern in Amerika waren, lebte er bei den Großeltern und übte jeden Tag auf seinem Akkordeon, einer steirischen Harmonika »Alpenklang«. Bald kannte der Junge alle einschlägigen volkstümlichen Hits auswendig, ohne auch nur eine Note lesen zu können. Er war eben ein Naturtalent. Sagten alle, die es volkstümlich mochten. Bremer gehörte nicht dazu.

Und deshalb hätte er es nie für möglich gehalten, dass er einmal ein Lied wie *Hej, Slavko, spiel uns eins* vermissen würde. Es hatte irgendwann zum Klangbild seines Dorfes gehört wie der Ruf der Milane, das Gurren der Tauben, das Grollen ferner Flugzeuge und das Geplapper der Meisen. Ein Klangbild, das nur zerriss, wenn Willi mit schwerem Gerät über die Dorfstraße bretterte, und das sich hinter ihm gleich wieder zusammenfügte.

Damals. Das war das Paradies.

Gewesen.

»Meine Hühner. Die Kaninchen.« Gottfried hielt nur mühsam die Augen offen.

»Marianne sieht täglich nach den Tieren. Mach dir keine Sorgen.« Bremer tätschelte die Hand des Alten.

»Marie ...«

Marie war tot. Hatte Gottfried das vergessen? Bremer spürte seine Brust eng werden. Was, wenn der Alte sich nicht wieder erholte?

»Marie ... Eri ...«

Also darum ging es. Er tätschelte dem Nachbarn erleichtert die Hand. »Ich kümmere mich um die Gräber. Keine Sorge.«

Er hatte auf Erikas Grab wieder Ordnung geschaffen, nachdem die Leiche abtransportiert worden war, Blut und Gehirn vom Grabstein gewischt und den Kies ums Grab herum glattgeharkt. Die Vergissmeinnicht waren zerdrückt und die Margerite nicht zu retten gewesen, aber die Rose blühte und blühte. Rosen waren so zäh wie Weinreben, die konnte nichts umbringen. Bei Marie hatte er den Rhododendron gegossen und die Vogelmiere ausgerupft. Das Kraut war essbar und angeblich supergesund. Aber Salat vom Friedhof hatte irgendwie keine positive Aura.

»Eri ...« Gottfried hatte die Augen aufgeschlagen und sah ihn aus wässrigen blauen Augen an. »Die Blumen ...«

»Sehr schön. Wer hat sie dir mitgebracht?«

»Tu sie weg. Bitte.«

Es war der Duft. Manche Menschen konnten duftende Lilien nicht ertragen. Wer brachte auch ausgerechnet so was mit ins Krankenhaus? Er nahm die Vase und stellte sie auf den Tisch an der Stirnseite des Raumes.

Als er zurückkam, war Gottfried in heller Aufregung. Alarmiert legte Bremer ihm die Hand auf die Stirn. Sie war schweißnass. In Gottfrieds Augen konnte man den panischen Versuch lesen, durchzudringen zu ihm, sich verständlich zu machen, ihm etwas zu erklären.

»Was ist los?«, fragte Bremer behutsam.

»Eri …«

»Was ist mit Eri?«

»Da …«, flüsterte Gottfried und schloss die Augen.

Bremer fand die Klingel nicht auf Anhieb, aber als er sie gefunden hatte, hielt er sie gedrückt, während er Gottfrieds Hand streichelte. Jetzt nicht aufgeben, Alter. Hörst du? Jetzt nicht. Halt durch.

Es dauerte eine Ewigkeit, bis jemand kam. Eine Schwester, die als Erstes die Vase mit den Lilien packte und wieder auf Gottfrieds Nachttisch stellte, gemütlich: »Jetzt wollen wir doch keinen Ärger machen, oder?«, sagte und wieder hinausmarschierte. Bremer starrte mit wachsender Verzweiflung auf den Alten, auf seinen Nachbarn, seinen Freund seit so vielen Jahren. Gottfried atmete rasselnd, als ob es ihm Mühe bereitete, Luft zu holen.

Wieder drückte Bremer die Klingel. Diesmal kam eine andere Schwester, sagte: »Wieso ist denn der Arzt noch nicht …«, und stürzte wieder hinaus. Gottfried nahm einen tiefen Atemzug, der nach letztem Seufzer klang.

Endlich kam ein Arzt, legte dem Alten eine Sauerstoffmaske an, setzte ihm eine Spritze und ließ das Bett aus dem Zimmer rollen.

Wie betäubt ging Bremer hinterher. Er fühlte, wie das Fundament bröckelte, auf dem sein Leben in den vergangenen Jahren geruht hatte. Etwas ging zu Ende. Mehr als ein Menschenleben.

Caro hatte noch nie erlebt, dass ihr Vater tobte oder schrie. Auch gestern Abend hatte DeLange nicht getobt oder geschrien. Aber er hatte sich geschworen, dass er das letzte Mal der liebe Daddy gewesen war. Nie mehr würde er sich von einer seiner beiden Prinzessinnen ausnutzen lassen. Nie mehr würde er Karen sitzenlassen, weil Caro oder Flo glaubten, auch über sein Privatleben verfügen zu können. Das letzte Mal. Der Gedanke hielt ihn aufrecht, den ganzen Tag über, obwohl Karen nicht zu erreichen war und er ihr seine Bitte um Entschuldigung nicht aufs Handy sprechen wollte.

Er war nassgeschwitzt zu Hause angekommen, panisch durch die Wohnung gelaufen, schließlich in die Küche gerannt. Und da saß sie. Seelenruhig. Blätterte in ihrer Lieblingszeitschrift. *Das Pferd*. Blickte hoch, sah ihn kurz an, aus großen unschuldigen Augen. Senkte den Blick wieder. Als ob er störte.

Und dann hatte sie »Fehlalarm« gesagt.

In diesem Moment war ihm der Kragen geplatzt.

Es dauerte, bis sie mit der Sprache herausrückte.

Offenbar hatte sie einen Mann gesehen, der zigaretterauchend vor dem Haus stand. Hatte sich bedroht gefühlt und völlig aufgelöst ihren Vater angerufen. So weit, so gut. Doch die Sache hatte sich bald aufgeklärt: Es hatte sich um den Freund der Nachbarin gehandelt, der auf sie gewartet hatte, so wie überall auf der Welt Männer auf ihre Frauen warten.

Und was tat das kleine Luder, nachdem es seinen Irrtum begriffen hatte? Rief es vielleicht seinen Vater an und gab Entwarnung? Nichts da. Es ließ den Alten außer Atem nach Hause laufen und Männchen machen. Er war sich wie das größte Weichei ganz Frankfurts vorgekommen.

Ein Vater, der vergessen hatte, dass er auch noch ein Mann war. Doch damit war Schluss. Ab sofort.

Er saß bereits seit sieben Uhr früh über seinen Akten, erledigte lustlos Routinesachen und ging erst in die Kantine, als die meisten seiner Kollegen bereits verdauten. Zwischendrin ließ er seine Unzufriedenheit an Kai aus, der sich bereitwillig von ihm scheuchen ließ. Zur Belohnung würde er ihn früher in den Feierabend schicken.

»Also …«

Kai stand in der Tür. Und »Also« war ein Fortschritt, verglichen mit »Ähhh«.

»Also ich hab noch mal nachgehakt. Wegen der Akte Raabe. Sie ist nicht da, wo sie sein *sollte*, sagen die Kollegen. Und sie wissen nicht, wo sie sein *könnte*. Und wir …« Kai stockte.

»Was und wir?«

»Und wir sollen endlich aufhören zu nerven.«

Das gab DeLange den Rest.

»Feierabend«, knurrte er.

Kai blieb unschlüssig in der Tür stehen.

»Das gilt auch für dich.«

DeLange schloss seine Bude ab und ging aufs Klo. Unschlüssig stand er vor dem Spiegel und zupfte sein Hemd zurecht. Normalerweise ging er nach Dienstschluss heim. Er bestand auf dem gemeinsamen Essen, auch wenn Flo und Caro in letzter Zeit genervt taten. Mindestens eine gemeinsame Mahlzeit am Tag gehörte zu einem ordentlichen Familienleben dazu. So hatte er es von seiner Mutter gelernt, und alle acht DeLanges hatten sich daran gehalten, etwas anderes wäre undenkbar gewesen.

Und so hatte er es bis gestern ebenfalls gehalten. Aber was tat der neue Mann, der beschlossen hatte, kein Weichei mehr zu sein?

DeLange sah sein Spiegelbild grimmig an. Ein finsterer Kerl wie der geht in die Kneipe und nimmt erst mal ein Feierabendbier.

Nicos, der Chef der Nibelungenschenke, in der es keine zum Namen passende germanische Urwaldkost gab, sondern verblüffend gute griechische Küche und ausgezeichnete deutsche Weine, begrüßte ihn überschwenglich, fragte nach Karen, schnalzte mit der Zunge, als DeLange »zu viel zu tun« murmelte und zapfte ihm ein Bier.

Dann führte er ihn an einen Tisch im Hof. In den Ästen der Kastanie schwebten Lampions, in der Luft hing der Duft von blühendem Geißblatt, und auf allen Tischen stand ein Teller mit Olivenöl und frischem Thymian, in das man sein Brot tunken konnte.

Das Bier entspannte. Ohne Schuldgefühle bestellte DeLange den Vorspeisenteller und ein Glas Chardonnay. Der Garten füllte sich, bald waren alle Tische besetzt. Und dann geschah, was er befürchtet hatte. Nicos wollte einen Gast an seinen Tisch setzen, weil bei ihm ja noch Plätze frei seien, einen sympathischen jungen Mann, »der stört bestimmt nicht«. DeLange nickte gottergeben.

Bis er sah, um wen es sich handelte. Zu Kais Gunsten konnte man anführen, dass er zögerte, bevor er sich setzte. Und dass er hundeelend aussah.

Der Chardonnay beflügelte DeLange in der Erkenntnis, dass zu einem Mann, der nicht mehr das Weichei seiner Töchter spielen wollte, ein wenig männliche Solidarität ganz gut passte. Er war schon längst beim zweiten Glas und bestellte gleich noch eins für Kai, der den guten Stoff todesmutig in sich hineinkippte.

»Langsam«, sagte DeLange und bestellte noch eins.

»Willst du darüber reden?«, fragte er endlich, nachdem Kai es aufgegeben hatte, lustlos im Essen zu stochern.

Der Junge starrte vor sich hin und sagte gar nichts. DeLange atmete auf. Noch einmal davongekommen.

Doch dann legte Kai los und hörte nicht mehr auf. Es war die alte Story, die jeder neu erlebt. Er will sie, sie will ein Kind, er hat einen Job, sie keine Lust auf ihren – kurz: Sie macht Schluss. Per SMS.

»Vergiss sie.«

Kai schüttelte verzweifelt den Kopf.

»Vergiss es.« Als ob das so leicht wäre.

»Ich kann nicht.«

Natürlich nicht, dachte DeLange. Liebe mochte eine Krankheit sein, die vergeht, auch wenn das niemand glaubt, den sie erwischt hat. Und je schneller man sie vergehen lässt, desto besser. Aber Vergessen ist eine der schwersten Übungen.

Er bestellte noch zwei Glas Chardonnay und hörte Kai geduldig zu, der in seinem Leid kreiste wie eine Fliege im Todeskampf. Der Junge war kein Karrierehengst, er hatte Gefühle. Das war ja nicht das Schlechteste.

Ob er ihm vertrauen konnte? Es kam auf einen Versuch an.

Als vertrauensbildende Maßnahme bot er Kai das Du an. Darauf einen Ouzo. DeLange übernahm die Rechnung. Den nächsten Ouzo spendierte Nicos. Dann gingen sie zum Auto.

DeLange merkte sofort, dass jemand hinter ihnen ebenfalls angefahren war und sich nun in die rechte Fahrspur einfädelte. Er beschleunigte und wechselte die Spur. Das andere Auto blieb dran.

Sein Puls wurde schneller. Es sah ganz so aus, als ob ihnen jemand folgte. Sein Blick ging nach rechts. Kai war auf dem Beifahrersitz zusammengesunken und selig eingeschlafen. DeLange griff über ihn und versuchte, das Handschuhfach zu öffnen.

Die Dienstwaffe war nicht da. Ihn durchfuhr ein eisiger Schreck. Ein Bulle, dem man seine Pistole klauen konnte, war ein toter Bulle. Das war ehernes Gesetz, das auch für einen Sesselfurzer von PÖ galt. Er klappte das Handschuhfach wieder zu.

Kai schreckte hoch. »Ich muss mal pinkeln. Kannst du rechts ranfahren?«

In letzter Sekunde bog DeLange vom stark befahrenen Alleenring in eine dunkle Nebenstraße ab und stellte den Wagen in eine Einfahrt. Erst jetzt fiel ihm ein, wo sein Dienstrevolver war. Im Polizeipräsidium. Eingeschlossen. Im Schrank in seinem Büro. Er war so erleichtert, dass er sich neben Kai stellte und ihm half, einen freundlichen Straßenbaum zu bewässern. So beginnt eine wunderbare Freundschaft, dachte er und zog den Reißverschluss wieder hoch. Dann sah er den Wagen, der langsam auf sie zurollte. Den Wagen seiner Verfolger.

Er stellte sich instinktiv vor Kai und spannte alle Muskeln an. Ein Mann mit kurzen blonden Haaren steckte den Kopf aus dem Beifahrerfenster. Er hielt etwas in der Hand. Eine Plastikkarte. Blauer Hintergrund, Passfoto links unten, Sheriffstern mit hessischem Löwen rechts oben. Der Dienstausweis der Polizei. Ihnen war eine Zivilstreife gefolgt.

DeLange hätte fast gelacht. Sein Polizistenhirn dachte immer nur an Verbrecher, wenn er sich verfolgt fühlte. Nicht an die Ordnungsmacht. Und nun? Er hatte vier Gläser Wein und zwei Ouzo gekippt – und damit wäre die Pappe gelocht. Ein Mann ohne Führerschein ist ein kastrierter Mann. Ein Leben ohne Auto? Da wurden selbst Schwerverbrecher geständig.

Die Mädchen würden ihn lynchen. Caro wollte zum Reiten in den Taunus gebracht werden und Flo brauchte zum Wochenende meist ebenfalls einen Chauffeur.

Aber was ging ihn das an? Hatte er sich nicht emanzipieren wollen von seiner Rolle als bemutternder Hausvater, der einem Eunuchen immer ähnlicher wurde?

DeLange lachte, obwohl er wusste, dass Streifenpolizisten das gar nicht abkonnten. Dumm gelaufen, Jungs. Hier stand ein befreiter Mann.

Der Blonde stieg aus dem Wagen. »Ihren Führerschein und die Wagenpapiere, bitte.«

DeLange fummelte beides aus der Brieftasche. Kai war näher gekommen und stand jetzt neben ihm.

»Haben Sie etwas getrunken, Herr DeLange?« Immer höflich, der Kollege. Als Mitarbeiter der Presseabteilung sollte er eigentlich dankbar dafür sein, dass hier mal kein Imageproblem der Polizei vorlag.

Das aber beantwortete nicht die Schicksalsfrage. Sollte er »Ja, ein Glas« sagen, was gelogen war, oder »Nein, gar nichts«, was erst recht nicht stimmte?

Neben ihm räusperte sich Kai. »Ich«, sagte er.

Der Kollege sah ihn flüchtig an und widmete sich dann wieder DeLange. »Sie sind Schlangenlinien gefahren.«

DeLange wusste nicht, was er sagen sollte. Etwa: Das waren keine Schlangenlinien, ich musste einen Verfolger abschütteln?

»Ich«, sagte Kai.

Misch dich nicht ein, Bub, dachte DeLange. Das hilft nicht weiter.

»Ich bin gefahren.«

Der Kollege sah auf. Sichtlich irritiert.

»Und ich hab auch was getrunken.« Kai hielt ihm seinen Führerschein entgegen.

Das brachte den Blonden völlig aus dem Konzept.

Er beugte sich hinunter zum Fahrer des Autos und redete auf ihn ein. Der schien zu überlegen und schüttelte den Kopf.

Und dann ging alles ganz schnell. Der Blonde reichte DeLange und Kai die Papiere zurück, sprang ins Auto, und sein Kollege legte einen Kavalierstart hin. DeLange blickte entgeistert den Rücklichtern nach. Neben ihm krümmte Kai sich vor Lachen.

»Danke, Kumpel«, murmelte DeLange. Er war dem Jungen etwas schuldig.

Er ließ es sich gefallen, dass Kai ihn nach Hause fuhr. Die beiden Zivilen waren an Kai nicht interessiert gewesen. Nur an ihm. Auch deshalb wurde er das Gefühl nicht los, dass sie ihm aufgelauert hatten. Irgendjemand hatte sie auf ihn angesetzt. Die Tour war beliebt, damit hatte man schon mehr als einen Promi aus dem Verkehr gezogen. Aber ihn?

Zu Hause brannte kein Licht mehr. Es war ja auch schon fast zwölf, da hatten die Mädchen längst im Bett zu liegen. Er verbot sich, nach ihnen zu sehen, wie er es normalerweise jeden Abend tat, ging ins Bett und schlief sofort ein.

Als er aufwachte, war es stockdunkel. Aber es klingelte an der Tür, lang anhaltend, ungeduldig. So, wie jemand klingelt, der schlechte Nachrichten hat. Als er sich endlich den Bademantel übergezogen hatte, war Caro bereits an der Tür und machte auf. Sie brachten Flo.

Es war halb vier Uhr morgens.

Flo erschien erst zum Frühstück, als er schon abgeräumt hatte.

Gestern Nacht war sie sternhagelvoll gewesen. Die Mutter einer Freundin hatte sie nach Hause gebracht, auf deren Gesicht klar und deutlich abzulesen war, was sie von solchen Familienverhältnissen hielt: nichts. Hier war der Beweis, dass alleinerziehende Väter unfähig waren, sich um ihre Töchter zu kümmern. Und wo war überhaupt die Mutter?

Tot. Und DeLange hatte begründete Zweifel daran, dass Feli die bessere Erziehungsberechtigte abgegeben hätte.

»Seit wann besäufst du dich?« Keine richtig schlaue Frage, aber ihm fiel nichts Passenderes ein. »Willst du dir den letzten Funken Intelligenz aus dem Schädel blasen?«

Sie sagte nichts und nippte am Kaffee, den er ihr hingestellt hatte. Als liebender Vater. Als Idiot der Familie.

DeLange wollte schreien. Geschirr zerschmeißen. Irgendwas. Sogar seine wunderschöne Tochter, seine sonst so kluge Älteste entpuppte sich als dummes Huhn wie alle anderen auch. Womit hatte er das verdient?

»Sieh mich an, verdammt noch mal!«

Wer nicht schreien will, sollte flüstern. Das wirkt manchmal genauso gut.

»Papa! Lass sie doch!« Caro. Die sollte sich besser raushalten. Die Prinzessin mit dem Verfolgungswahn.

»Sieh mich an, hab ich gesagt!«

Flo hob das Gesicht.

»Weißt du, dass du mich ankotzt? Eine lallende Siebzehnjährige mit verschmierter Wimperntusche, die kaum noch gehen kann, weil sie sich zugesoffen hat?«

Flo blickte ihm starr in die Augen. Dann stürzte sie aus der Küche. Fast hatte er Mitleid, als er die Geräusche aus dem Bad hörte.

Aber nur fast. Wer sich besäuft, ist erwachsen genug, um zu kotzen.

Kurz hatte er überlegt, ob man ihr vielleicht K.-o.-Tropfen in einen der Drinks getan hatte. Ob Neumann spitzgekriegt hatte, dass DeLange nicht lockerließ, auch wenn irgendjemand im PP dafür gesorgt hatte, dass die Akte Alexandra Raabe unauffindbar war. Ob er jetzt Rache an Flo und Caro nahm, wie er angedroht hatte.

Aber Flo hatte eine derartige Fahne gehabt, dass man allein davon sturzbetrunken wurde.

Nein. Sie war erwachsen. Und er hatte beschlossen, sich von den beiden Gören nicht mehr terrorisieren zu lassen.

Im Polizeipräsidium war an einem Samstag selten viel los. Diesmal stieg DeLange nicht hinunter in den Keller, sondern ging in sein Büro im vierten Stock. Auf dem Schreibtisch stapelte sich die Post. Er sortierte das Wichtigste aus – und selbst das war nicht wirklich wichtig: Informationen zur Personalratswahl. Mit Kandidatenfotos wie aus dem Fahndungskatalog. Der Essensplan der Kantine für die nächste Woche. Die neueste Ausgabe der *Hessischen Polizeirundschau*. Und der IPA-Report, das Nachrichtenblatt der *Inter-*

national Police Association, mit ein paar extrascharfen mexikanischen Kolleginnen auf der Titelseite. Uniformen sind halt sexy.

Dann fuhr er den Computer hoch und versuchte, seine Gedanken zu sortieren. Als er zwei Absätze geschrieben hatte, stürzte das Programm ab. Er schlug in ohnmächtigem Zorn auf die Tastatur und warf die Maus in die Ecke. Erfahrungsgemäß nutzte das nichts. Doch beim zweiten Versuch formulierte er seine Gedanken schon klarer.

Was steckte hinter der Weigerung der Kollegen, die Akte Raabe rauszurücken? a) Karl-Heinz Neumann oder b) das Übliche: Faulheit, Schlamperei, Zufall? Er hatte den Fall nach Aktenlage noch halbwegs im Kopf. Neumanns Anwesenheit in der Nacht von Alexandra Raabes Verschwinden stand außer Zweifel, eine Enthüllung der alten Geschichte war insofern nicht besonders gefährlich, zumal ihm nicht nachzuweisen war, was er DeLange gegenüber zugegeben hatte: dass er Alexandra Raabes Leiche vergraben hatte.

Doch daraus folgte erstens, Mord oder Totschlag an Alexandra Raabe konnte man ihm nicht vorwerfen, solange man die Leiche des Mädchens nicht fand. Und zweitens: Den angeblichen Unfall zu verschweigen und die Leiche einfach zu verbuddeln war zwar strafbar. Aber diese Straftat war verjährt.

Er klickte sich zum zigsten Mal durch die offizielle Biographie des Dr. Karl-Heinz Neumann-von Braun. Geboren in Goddelau. Vater Rechtsanwalt, Mutter Hausfrau. Abitur. Studium der Jurisprudenz. Erstes Staatsexamen. Das zweite Staatsexamen acht Jahre später. In dieser Zeit musste er in Peru gewesen sein.

Was hatte er dort wirklich getrieben? Dass ein Mann, der von freier Liebe und Drogen gekostet hatte, es so lange als Schullehrer in einem einsamen Andendörfchen ausgehalten hatte, klang unwahrscheinlich. Oder waren es Jahre der Buße gewesen?

DeLange legte die Beine auf den Schreibtisch und sah aus dem Fenster. Die Bäume im Innenhof des Polizeipräsidiums waren in den letzten Jahren kräftig gewachsen. In diesem Sommer konnte man bereits in ihrem Schatten sitzen. Er hatte das lange nicht mehr getan. Vielleicht, weil niemand von den Kollegen mehr Wert darauf zu legen schien, sich neben ihn zu setzen.

Der Bildschirm gähnte ihn an. DeLange gähnte zurück. Und klickte sich spaßeshalber durch Facebook. Seine Aktivitäten dort näherten sich null, aber es schadete nicht, mal bei den anderen nachzuschauen. Flo hatte seit zwei Tagen nichts mehr gepostet. Hoffentlich kamen ihre Freunde nicht auf die Idee, ein Foto von ihr ins Netz zu stellen, das ihren Zustand auf der Party gestern zutreffend wiedergab. Karen war natürlich vertreten, in ihrer Funktion als Pressesprecherin der Frankfurter Staatsanwaltschaft. Er betrachtete ihr Foto, auf dem sie unnahbar und streng wirkte, was an seiner Sehnsucht nichts änderte. Dann suchte er nach Neumann. Der hatte zwar zahllose Namensvettern auf Facebook, war aber selbst nicht dabei.

DeLange verpasste der Gruppe »Mein Freund ist Polizist und das ist auch gut so« ein »Gefällt mir«, verließ Facebook und öffnete erneut seinen Text. Wo war Neumanns Achillesferse? Was war das Fenster der Verwundbarkeit? Geld? Margot von Braun hatte nicht nur das Adelsprädikat, sondern angeblich auch viel Geld mit in die Ehe gebracht. Neumann war also mehrfach abgesichert. DeLange legte in Gedanken den Vorgang »Margot von Braun« an.

War Neumann seiner Frau treu? Gab es Gerüchte von Affären? Wusste sie, was ihr erfolgreicher Ehemann in seiner Jugend so getrieben hatte – hatte er ihr von der flotten Dreierbeziehung auf dem Land erzählt? Von *Sex, Drugs and Rock 'n' Roll*? Und vom schrecklichen Ende der Hippieidylle? Fürchtete er sich womöglich nicht so sehr vor einer öffentlichen Entblößung, sondern vor seiner Frau?

Oder hatte er nur auf DeLanges Erwähnung des Leuchtenden Pfades reagiert? Wenn Peru der Schlüssel war – Peru und der Leuchtende Pfad –, dann gab es keinen Zusammenhang mit dem Verschwinden einer jungen Frau im Sommer 1968. Oder doch?

Er kam nicht weiter. Außerdem machte er sich Sorgen. Um Flo und Caro? Auch, das würde er nie ganz ablegen können. Aber er war auf dem Weg der Besserung.

Zum Beweis rief er Karen an. Aber sie hatte ihr Handy ausgeschaltet. Er ahnte, warum. Sie hatte die Nase voll von ihm.

DeLange lief die ganze Strecke nach Hause zu Fuß. Der warme Wind roch nach blühenden Rosen, und das Laufen machte den Kopf frei. Viel zu schnell stand er vor seinem Haus, fingerte nach dem Hausschlüssel und versuchte, sich keinen Kopf zu machen, ob Flo und Caro schon da waren oder nicht. Und dann stand dieser Kerl vor ihm. Schwarze Lederjacke, Jeans und eine Visage, die ihm bekannt vorkam. Der Kerl grinste. Bevor DeLange etwas sagen konnte, packte ihn ein anderer von hinten an den Armen. Polizeigriff. Und dann stieß der Kerl ihm mit voller Wucht die Faust in den Magen.

DeLange krümmte sich, schnappte nach Luft, schmeckte Blut und Galle. Er trat dem Kerl hinter ihm auf den Fußknöchel, der Griff lockerte sich, und er landete einen Treffer. Dann hatten sie ihn wieder. Sie schlugen ihn in die Nieren und in den Magen, bis er hilflos auf dem Boden lag. Und traten nach ihm, spielerisch, so wie Katzen ihre Mäuse zurichten, bevor sie sie töten.

Das Letzte, was er hörte, war ein Knacken, wie von einem trockenen Zweig. Dann zerriss eine graue Leinwand vor seinen Augen in lauter winzige Puzzleteile und das Licht ging aus.

Klein-Roda

Die Sonne stand schon über der Hauptstraße, aber sie musste erst über den First des Nachbarhauses klettern, um Bremers Garten zu erreichen. Noch war es dort kühl.

Ein Maulwurf hatte tiefe Furchen in die Obstwiese gezogen. Er hatte damit begonnen, den Gemüsegarten zu unterqueren und einen Haufen zu hinterlassen, wo zuvor drei Salatpflanzen gediehen waren. Die Igel hatten nachts die heruntergefallenen Frühäpfel und die Sonnenblumenkerne vertilgt, die gierige Meisen und Spatzen fallen gelassen hatten.

Bremer griff zur Gartenschere und begann, die abgeernteten Johannisbeerbüsche auszulichten. Danach lockerte er das Gemüsebeet und häufelte den Lauch an. Auf dem Weg ins Haus sah er die Katzen auf ein Häufchen vor ihren Pfoten starren. Sie hatten den Maulwurf erwischt.

So war das Leben. Alles war gut. Und nichts in Ordnung.

Mit einem Espresso setzte er sich an den Gartentisch und versuchte, Karen anzurufen. Wer, wenn nicht sie? Sie war seine beste Freundin seit Menschengedenken, genauer: seit sie beide im Philosophischen Seminar nebeneinander gesessen und sich eingestanden hatten, dass sie weder Hegel noch Adorno verstanden. Ihre Freundschaft hatte bislang alles überlebt, sogar, dass sie mal zusammen im Bett gelandet waren. Und jetzt? Warum antwortete sie nicht? Er hatte gemailt, gesimst, auf alle erdenklichen Mobilboxen gesprochen. Sie ging noch nicht mal im Büro ans Telefon.

Er wischte über den Bildschirm seines iPhone. Ein Fehler. Jetzt war die Butter auf dem Scheißding gelandet, dieser eierlegenden Wollmilchsau, die mehr konnte, als er brauchte. Egal. Karens Nummern kannte er auswendig. Wieder versuchte er es mit ihrer Durchwahl im Büro. Sie war dafür bekannt, dass sie dort gerne auch samstags auftauchte. Heute nicht. Also versuchte er ihr Mobiltelefon, zum zigsten Mal. Er wusste, dass sie mitkriegte, wenn er sie anrief, außerdem hatte sie seinem Kontakt ein Foto hinzugefügt, auf dem er aussah wie der junge Robert Redford, wenn auch mit weißen Haaren. Behauptete sie. Aber sie ließ auch das Handy unbeantwortet. Entnervt wählte er ihre Privatnummer, was er selten tat, sie war schließlich selten zu Hause.

»Ja?« Ganz vorsichtig. Sehr verhalten.

Er hatte die Luft angehalten und atmete aus. »Sprichst du noch mit mir?«

»Paul!«

Immerhin, das klang nicht unfreundlich.

»Tut mir leid. Ich weiß, du hast versucht, mich zu erreichen, aber ...«

»Das Übliche?« Zu viel zu tun. Dank Schwangerschaftsvertretung. Das war der Grund, den er in den letzten Monaten zu hören bekommen hatte.

»Sozusagen. Aber warte – da war was mit einer Leiche in Klein-Roda, oder? Du weißt, dass ich mich in die Ermittlungen nicht einmischen darf.«

»Natürlich.« Er wollte nur reden. Er wollte keine praktische Hilfe. Problemlösungen nannten sie untereinander »Blaumann«. Über Probleme reden hieß »Rotwein«.

»Spätburgunder vom Weingut Zelt«, sagte er.

Sie lachte. »Verstehe. Wer stolpert schon gern über tote Menschen. Aber im Moment ist es etwas – ungünstig.«

Ungünstig. Was das nun wieder hieß.

»Paul – ich ...« Sie klang gequält. »Ich melde mich, wenn es besser passt, ja?«

Dazu fiel ihm nichts ein. Oder doch. »Wie geht's Jo?«, fragte er.

»Es gibt Leute, die kaum ein Fettnäpfchen verfehlen. Und du bist darin Weltmeister.«

»Hallo, Paul!« Gottfried war wach. Er lag allein im Krankenzimmer. Ohne Unterhaltung, ohne Fernseher, ohne Buch oder Zeitschrift. Diesmal roch es nicht nach alten Männern. Und nicht nur nach Lilien. Neben dem Strauß auf dem kleinen Esstisch stand ein ebenso gewaltiges Gebinde weißer Rosen.

Bremer schob den Besucherstuhl neben das Bett und setzte sich. »Du siehst gut aus.« Tatsächlich war der Alte nicht mehr ganz so blass. »Wann kommst du nach Hause?«

»Nach Hause …« Gottfried drehte den Kopf zur Seite.

»Es ist ein bisschen einsam da.«

Zwar fuhren zur Erntezeit die Bauern ihr schweres Gerät von morgens bis abends an seinem Haus vorbei, kam um fünf der Lastwagen, der schreiende Schweine zum Schlachter transportierte, meldete sich um sieben der Bäckerwagen mit lautem Gehupe. Aber er hatte noch immer das starke Gefühl, dass die Nachbarn ihm aus dem Weg gingen.

»Hast du Besuch bekommen?« Bremer deutete mit dem Kopf auf die Blumen. »Von Willi? Oder Marianne?«

Gottfried schüttelte den Kopf.

Die teuren Sträuße passten nicht zu Willi und schon gar nicht zu Marianne. Aber dass sie ihren Nachbarn nicht besucht hatte, passte ebenso wenig.

»Das gefällt mir nicht«, sagte er. »Wenigstens Marianne hätte doch mal vorbeikommen können.«

Der Alte räusperte sich. »Sie wissen nicht, was das alles bedeutet, verstehst du?«

»Da muss man schon im Güllefass getauft sein, um

das nicht zu verstehen, oder? Ein brutaler Mord, und du fällst vor Schreck in Ohnmacht.«

»Nein, ich meine – Ernst tot und ausgerechnet auf dem Grab von Eri. Das ist – ein schlechtes Omen.«

Gottfrieds Augen waren klar und hell. Er schien bei Verstand zu sein. Er meinte, was er sagte.

»Ernst? Du hast den Toten erkannt?« Unwahrscheinlich, eigentlich, angesichts des zerschmetterten Schädels.

»Mein Schwager Ernst. Der Bruder von Marie. Auf dem Grab von Eri. Ihrer Schwester. Und jetzt erzähl mir nicht, dass das kein schlechtes Omen ist.« Gottfried ballte die Hand zur Faust. »Bei uns denkt niemand gern an Eri«, flüsterte er. »Alle fürchten …« Er schüttelte den Kopf.

Bremer kannte die Geschichte von Eri, dem schönsten Mädchen von Klein-Roda. Wer kannte sie nicht? Das Mädchen, das allen Männern den Kopf verdreht hatte. Das alle liebten. Und das mit zwanzig Jahren jämmerlich ertrunken war. Selbstmord, sagten sie.

»Ernst und ich sind damals zu den Hippies gegangen, als sie Eri belästigt haben, du weißt schon.«

Damals. 1968. Die Geschichte war ebenfalls bekannt. Drei junge Leute, zwei Frauen, ein Mann, waren in ein altes Haus in die Nähe von Klein-Roda gezogen, weil sie naiverweise geglaubt hatten, auf dem Land so leben zu dürfen, wie sie wollten. Mit *Love and Peace* und *Sex, Drugs and Rock 'n' Roll*. Aber der Geist von Flower-Power hatte sich nicht bis zu Klein-Roda herumgesprochen. Und als sich Erika mit den dreien anfreundete, war die Wut übergeschäumt.

»Gut, du hast dem Hippie eine gelangt. Und irgendwie kann ich das mittlerweile sogar verstehen.« Bremer hatte den absurden Wunsch, den Alten und Klein-Roda zu verteidigen – selbst in all ihrem kleinkarierten Spießertum.

»Ach, das.« Gottfried machte eine müde Bewegung mit der Hand. »Das meine ich nicht.«

»Was dann?« Eine der beiden jungen Frauen aus der Hippiekommune war damals verschwunden und nie wieder aufgetaucht. Wahrscheinlich war sie tot. Plötzlich glaubte auch Bremer an ein Omen. Hatte Ernst etwas mit dem Verschwinden der Frau zu tun gehabt? Und was war dann – mit Gottfried?

»Meinst du Rache für das verschwundene Mädchen?«

»Ach, Paul.« Gottfrieds Gesicht hatte seine Farbe wieder verloren. »Wenn du wüsstest ...«

Im Auto roch es nach Lilien und Rosen. Gottfried hatte ihm die beiden Sträuße regelrecht aufgedrängt. Sobald er die Autobahn verlassen hatte, öffnete Bremer das Fenster, um frische Luft hereinzulassen.

Erst auf der B 49 fiel ihm wieder ein, was Gottfried gesagt hatte, bevor er ihm die falschen Fragen gestellt hatte. Er hatte nicht von den Hippies gesprochen oder davon, dass man sich damals schuldig an ihnen gemacht hätte. Er hatte gesagt, dass sich alle vor Eri fürchteten. Und das offenbar noch heute.

Aber sie ist tot, so tot wie ihr Bruder, dessen Leiche man auf ihrem Grab gefunden hat, dachte Bremer. Sie kann keine Rache mehr nehmen. Wofür auch immer.

Giorgio DeLange schlug die Augen auf und sah weiß. Weiße Bettwäsche, weiße Wände, weiße Zimmerdecke. Ein stilles, verlässliches, beruhigendes Weiß. Er starrte hinein, bis seine Augen zu tränen begannen.

Gedankenfetzen. Fragen. Wo bin ich hier. Was ist los. Er dämmerte weg.

Als er die Augen wieder öffnete, hatte das Weiß einen roten Fleck bekommen. Ein roter Fleck vor einem weißen Rechteck. Der Fleck bewegte sich. DeLange versuchte, sich zu konzentrieren. Er glitt zurück in den Schlaf.

Irgendwann war er wach. Jemand war im Zimmer. Stand neben seinem Bett. Hielt ihm das Handgelenk und sah auf die Uhr. Was ist los, wollte er fragen.

Und dann fiel ihm alles wieder ein. Er versuchte, sich aufzusetzen, und sank kraftlos zurück.

»Langsam«, sagte eine weiche Stimme.

»Polizei«, brachte er heraus. Hals und Zunge waren wie ausgetrocknet.

»Die Polizei kümmert sich um alles. Sie sind hier bei uns im Markus-Krankenhaus und auf dem Weg zur Besserung.« Der Jemand mit der weichen Stimme legte seine Hand zurück auf die Bettdecke.

DeLange wollte den Kopf schütteln. Das hätte er besser gelassen. Sein Kopf platzte schier vor Schmerz. Als er wieder sehen konnte, blickte er in das Gesicht einer Frau mit Sommersprossen auf dem Nasensattel. Auf einem Schild an ihrem Kittel stand: »Dr. Claudia Nagel«. Sie sah furchtbar jung aus.

»Wann kann ich hier raus?«, flüsterte er.

Die Frau schüttelte lächelnd den Kopf.

Er schloss die Augen. Die Mädchen. Was war mit den Mädchen.

»Flo? Caro?«

»Ihre Töchter? Die kommen sicher bald zu Besuch.«

»Sind sie in Ordnung?«

»Ich denke schon.« Die Ärztin schien sich über seine Frage zu wundern. »Aber es war für Ihre Älteste sicher ein Schock, Sie nachts vor dem Haus liegen zu sehen. Sie haben viel Blut verloren.«

Er krümmte sich bei der Vorstellung, dass Flo ihren Vater als hilfloses, blutendes Opfer gesehen hatte. Und – nachts? Wieso nachts?

»Nun machen Sie sich mal keine Sorgen.« Dr. Nagel mit der freundlichen Stimme legte ihm die weiche Hand auf die Stirn.

Er schloss die Augen. Öffnete sie wieder. »Wann kann ich nach Hause?«

»Schlafen Sie erst noch ein bisschen.« Die Ärztin zog die Bettdecke zurecht. »Sie brauchen Ruhe. Das ist das Wichtigste.«

Er schlief. Wachte auf. Schlief wieder ein. Wenn er wach war, versuchte er, seine ruhelos kreisenden Gedanken zu ordnen. Es waren zwei Schläger gewesen. Aber er hatte nur den einen gesehen. Und der war ihm vertraut vorgekommen. Ein schlanker Mann mit Sonnenbankbräune. Braune Augen. Ein haarloser, blankpolierter Schädel.

Irgendwann kam endlich Besuch, aber nicht der, auf den er am meisten wartete. Kai stand in der Tür des Krankenzimmers, verlegen lächelnd, in der Faust einen Strauß schlapper Supermarktblumen.

»Wir haben es heute erst gehört. Ist ja furchtbar.« Kai
sah sich suchend im Zimmer um, entdeckte eine leere
Vase auf dem Fensterbrett, ließ Wasser hineinlaufen
und stopfte den halbtoten Strauß hinein. »Hier. Für
dich.« Schwungvoll stellte er die Vase auf DeLanges
Nachttisch. »Und? Wie sieht's aus?«

»Geht so«, knurrte DeLange. »Paar Prellungen. Gehirnerschütterung und so. Wird schon wieder.«

Kai setzte sich auf die Bettkante. »Böse Sache. Wen
identifiziert?«

»Es waren zwei.«

»Feige Säcke.«

Dazu war nicht viel zu sagen. Kai stand auf und
setzte sich wieder hin.

»Gibt's was Neues?«, brummte DeLange.

»Tjaaa«, machte Kai.

»Spuck's aus.«

Kai stand auf und holte sich den Besucherstuhl, auf
dem er nervös hin- und herrutschte.

»Was machen die lieben Kollegen?«

»Na ja …« Kai ließ die Blicke durch das Krankenzimmer wandern. »Es tut natürlich allen sehr leid.«

»Mir kommen die Tränen.«

»Die ganze Abteilung lässt grüßen.«

»Wie schön.«

»Natürlich glaubt niemand, dass du …« Kai stotter-
te und stockte.

Oho. Es wurde spannend. »Was glaubt niemand?«

»Na ja …«

»Herrgott noch mal, nun sag schon!«

»Also – weil du ja an dem Tag da warst, als sie das
Koks in die Asservatenkammer gebracht haben.«

Ja, und? DeLange verstand rein gar nicht.

Kai wich seinem fragenden Blick aus. »Es fehlt was«, sagte er leise. »Hat man heute früh entdeckt.«

DeLange hielt die Luft an und atmete dann langsam wieder aus. »Bemerkenswert«, murmelte er. »Und was hat das mit mir zu tun?«

»Ach, nur ein Witz.« Kai schien endlich gemerkt zu haben, dass er sich verrannt hatte. »Mach dir nix draus. Glaubt ja eh keiner.«

»Ich liebe Witze, Kai«, sagte DeLange. »Tu mir den Gefallen und erzähl mir die Pointe.«

»Komm, du kennst doch deine Kollegen. Immer dabei, wenn Phantasie gefragt ist.«

»Na, dann her mit der Phantasie.«

Kai seufzte. »Also gut, knapp zusammengefasst: Du hast den Stoff mitgehen lassen, wolltest ihn verticken, aber deine Kunden wollten nicht zahlen. Haben sich die Ware abgegriffen und dich zusammengeschlagen, als du sie nicht freiwillig rausgerückt hast. Ist so in etwa die Idee.«

DeLange nickte langsam. »Logisch.« Sehr logisch. So macht man aus einem Opfer einen Täter.

»Aber wie gesagt: Das glaubt niemand. Also jedenfalls nicht bei uns.«

Kai war rot im Gesicht. DeLange bekam fast Mitleid. Der Junge war ja nur der Überbringer der Botschaft. Der hatte keine Ahnung, wie die Erfahreneren unter den Kollegen drauf waren. Die glaubten an alles, nur nicht ans Gute im Menschen. Und deshalb würden sie auch das schäbigste Gerücht noch plausibel finden. Schließlich gab es korrupte und kriminelle Bullen nicht nur im Kino.

Er versuchte, sich an die Szene unten im Keller zu erinnern. Da waren Alf Mattes, der Archivverwalter, und die beiden Uniformierten, die das Koks auf dem Rollwagen zur Asservatenkammer gebracht hatten. Er kannte keinen der beiden, erinnerte sich nur an den misstrauischen Blick, den ihm der eine zugeworfen hatte. Und dann war der Rollwagen aus unerklärlichen Gründen umgefallen. Er hatte geholfen, die Pakete aufzusammeln und einzuräumen.

»Tu mir einen Gefallen«, sagte er schließlich, als er merkte, dass Kai immer unruhiger wurde auf dem Besucherstuhl. »Halt mich auf dem Laufenden. Sag Bescheid, wenn es irgendwas Neues gibt, ja?«

Der Junge nickte, stand linkisch auf, fegte dabei die Pillenschachtel vom Nachttisch und musste halb unters Bett kriechen, um sie wiederzufinden. Als er hochkam, hielt er die Schachtel und ein Heft in der Hand. Den IPA-Report, den DeLange dabeigehabt hatte, als er überfallen worden war.

»Schau mal, was ich gefunden habe.« Kai strahlte und legte ihm das Heft aufs Bett. »Da hast du wenigstens was zu lesen.«

Er war noch wach, als die Stationsärztin ins Zimmer kam. Kais Besuch hatte ihn mehr mitgenommen, als er zugeben mochte. Und die, an denen ihm am meisten lag, ließen sich nicht blicken. Weder Caro noch Flo. Oder Karen.

»Sie hatten Besuch, habe ich gehört! Eigentlich ist das noch nicht erlaubt! Ich hab das auch Ihren Kollegen von der Polizei gesagt.«

Wen meinte sie? Nicht Kai, offenbar.

»Sie sind noch nicht vernehmungsfähig!« Die reizende Frau Dr. Nagel, hoffentlich von niemandem Dr. Sargnagel genannt, machte ein strenges Gesicht. Fast hätte DeLange gelacht. Aber in dieser Sekunde kam ihm ein Verdacht.

»Hat sonst noch jemand angerufen? Außer der Polizei?«

»Nicht dass ich wüsste.«

»Aber Sie haben nicht zufällig auch meinen Töchtern gesagt, dass ich nicht ansprechbar bin?«

»Ihren Töchtern?« Frau Doktor schüttelte langsam den Kopf. »Aber nicht doch. Die sind natürlich jederzeit willkommen. Sie haben Ihnen vorgestern Ihre Sachen gebracht. Daran werden Sie sich nicht erinnern. Aber – seither …« Sie schüttelte den Kopf. »Seither habe ich sie nicht mehr gesehen. Und jetzt schlafen Sie schön. Morgen bekommen Sie jeden Besuch, den Sie möchten.«

Sie justierte die Durchlaufgeschwindigkeit des Tropfs, an dem er noch immer hing.

»Ach so, natürlich, eine Dame war da, Frau Stark. Sie kümmert sich um Ihre Töchter, Sie müssen sich also keine Sorgen machen!«

Sie lächelte vielsagend und verließ den Raum.

Es gab für alles eine plausible Erklärung. Auch dafür, dass die drei sich nicht blicken ließen. Er war auf dem Weg der Heilung, die Mädchen mussten in die Schule, es gab keinen Grund, ihm das Händchen zu halten. Und hatte er sich nicht vorgenommen, den beiden ein wenig mehr Selbständigkeit zuzumuten? Sie waren keine Kinder mehr. Sie waren junge Erwachsene.

Und Karen – er musste ihr dankbar sein, dass sie sich um Flo und Caro kümmerte. Denn ihr durfte er eigentlich gar nichts zumuten.

Wenn nun aber die Sache mit dem Koks bereits die Runde gemacht hatte und nicht nur die Mädchen, auch Karen ihn für einen korrupten Bullen hielten? Und wenn sie sich deshalb nicht blicken ließen? Sich für ihn schämten? Der Gedanke tat so weh, dass ihm die Brust schmerzte.

Er richtete sich mühsam auf. Das Telefon. Es musste hier irgendwo sein. Er öffnete die Nachttischschublade. Seine Fingerspitzen berührten etwas, das sich richtig anfühlte. Doch das Ding aus der Schublade zu ziehen überforderte ihn fast. Endlich hatte er es in der Hand. Und ließ es fallen. Am liebsten hätte er geheult vor Wut.

Als sein Atem wieder leichter ging, beugte er seinen schmerzenden Körper aus dem Bett, fand das Telefon, hob es hoch und versuchte, es einzuschalten. Tot. Kaputt. Oder der Akku war leer. Egal.

Er musste hier raus. Die nette Frau Doktor war erfreut gewesen über DeLanges »Fortschritte« und hatte ihm eine Entlassung bereits in einer Woche in Aussicht gestellt. Aber so lange hielt er es nicht mehr aus.

Er musste vor die Lage kommen. Das war das A und O. Dem Gegner voraus sein. An die Wurzel des Übels gehen. Sich von jedem Verdacht reinwaschen. Dann konnte er allen wieder unter die Augen treten.

DeLange brachte seinen schmerzenden Körper dazu, aufzustehen. Hielt sich am Ständer des Tropfs fest und begann, langsam durchs Zimmer zu gehen.

Hielt erst nur zehn Minuten durch. Beim nächsten Mal schon fünfzehn.

Zum Frühstück gab es pappweiches Brot mit dünnem Magerquark und Marmelade. Er aß alles auf, stopfte sogar die Banane in sich hinein, obwohl er Bananen hasste. Trainierte weiter bis zum Mittagessen. Machte nach dem Kaffee Lockerungsübungen. Trotz schmerzender Muskeln und protestierender Bänder und Sehnen begann DeLange, über den langen Krankenhausflur zu schlurfen und, als er sich gut genug fühlte, die Treppen hinauf- und hinunterzusteigen.

Er wollte hier raus, so schnell wie möglich. Er *musste* hier raus.

Er wusste, wo ihm der eine der beiden Angreifer schon mal begegnet war. Der schlanke Typ mit den braunen Augen und dem Glatzkopf. Damals hatte er Anzug und Krawatte getragen. Auf dem Maskenball in der Alten Oper. Er hatte hinter Neumann und dessen Frau gestanden. Neumanns Bodyguard.

Ja, es gab nur eine Möglichkeit: an die Wurzel des Übels gehen.

Karen Stark starrte auf das Rezept. Und dann auf das farbige Bild daneben: Verführerisch räkelten sich zarte Scheiben von Kalbshaxe auf einem Bett aus Tomaten und ausgesuchten Kräutern. Zum Anbeißen. Über der Gebrauchsanweisung stand: »Ganz einfach. Kann vorbereitet werden.« Also kinderleicht. Prima. Wenn sie jetzt noch wüsste, was man unter »1 Tsp« versteht und wie man »25 ml« abmisst, wäre alles bingo.

Sie schlüpfte aus den Schuhen, lehnte sich in ihren Schreibtischsessel und legte die Beine auf den Tisch. Um diese Zeit platzte hoffentlich keiner mehr unangemeldet in ihr Hamsterställchen und ertappte StA Dr. Karen Stark beim Missbrauch des behördeneigenen PC für das Studium von Kochanleitungen, Abteilung »ganz leicht« und »für Anfänger«.

Bei ihrem ganz alltäglichen Chaos. Kaum hatte sie es sich gemütlich gemacht, geriet einer der Stapel auf dem Schreibtisch in Bewegung. Fluchend stand sie auf und sammelte den Krempel wieder ein. Unter einer Unmenge von Presseerklärungen und einigen Laufmappen fanden sich Pretiosen wie eine Uraltausgabe der *Brigitte*, ein *Spiegel* vom letzten Monat und ein Katalog für »Wellnessreisen«. Sie blätterte durch die Hochglanzbroschüre mit den vielen Fotos von glücklich lächelnden und supergut aussehenden Frauen. Den hatte Marion ihr überreicht, mit diesem wissenden Lächeln, das beste Freundinnen so an sich haben. »Tu doch mal was für dich! Ayurveda! Yoga! Lomi Lomi vielleicht? Oder ...« Oder was? Wahrscheinlich hatte Marion, die Frau mit der perfekten Figur, heimlich an eine Schönheitsfarm gedacht, sadistische Anstalten, in denen Frauen von Karens Kaliber drei Wochen lang exquisite Quälereien erduldeten – in der vergeblichen Hoffnung, damit ein paar Pfunde und Krähenfüße loszuwerden. »Und du solltest mal über eine andere Haarfarbe nachdenken. Rot sieht so nach Parteibuch aus. Völlig *no go*.«

Danke, Marion. Ich habe gerade andere Probleme.

Karen warf die Broschüre in den Papierkorb, türmte

den Rest wieder auf den Schreibtisch, ließ sich in ihren Sessel fallen und klickte durchs Inhaltsverzeichnis von »Kochen leichtgemacht«. Für sie war das alles Hegel & Adorno. Sie hatte nie kochen gelernt, und daran würde auch die präziseste Anleitung nichts mehr ändern. Und wenn es gar ums Parieren, Pochieren und Reduzieren ging, schaltete sie ab. Sie war schon in der Schule an gymnastischen Übungen gescheitert, die so oder so ähnlich hießen.

Aber Ossobuco war natürlich ganz einfach. Das kocht Muttern doch mit links! Nach fünf Minuten warf sie »Kochen leichtgemacht« vom Bildschirm.

Ach, es ging gar nicht ums Kochen. Es ging um ihre verdammte Hilflosigkeit. Natürlich hatte sie die Mädchen aufgenommen nach dem Überfall auf Giorgio. Aber sie fühlte sich von Flo und Caro – ja, was eigentlich? Überfordert, dachte sie. Sie kannte keine jungen Mädchen in diesem Alter, und sie erinnerte sich nur noch vage an ihre eigene Teenagerzeit. War sie auch so furchtbar anstrengend gewesen?

»Karen. Bitte. Ich krieg keinen Bissen runter.« Hand auf den Magen, leidendes Gesicht. Das war am ersten Abend gewesen. Verständlich, dass die Mädchen keinen Appetit hatten. Vor allem Flo war anzusehen, wie tief der Schock noch immer saß, den eigenen Vater in einer Blutlache liegen zu sehen.

»Ich kann nicht. Wirklich nicht. Mir wird ganz schlecht.« Theatralisches Augenrollen. »Aber iss *du* nur.« Blick auf Karens Leibesmitte. Das war am nächsten Abend gewesen, da war ihnen erst recht nicht nach Essen zumute. Auch nicht nach der Pizza, die Karen bestellt hatte. Dabei war sie 1a im Pizzabestellen.

Vielleicht hätte sie es mit Spaghetti versuchen sollen? Damit kann man nichts falsch machen. Kinder *lieben* Nudeln.

Kinder? Quatsch mit Sauce Bolognese. Die Mädel waren schon fünfzehn und fast siebzehn, und in dem Alter isst man keine Nudeln. »Kohlenhydrate machen dick.« – »Ich hab keinen Hunger.« – »Das ist ungesund.« Andererseits – DeLange war Italiener. Lag den Mädchen die Pasta nicht quasi im Blut?

Heute würde sie mit den beiden um die Ecke zu Rafaello gehen. Das war am einfachsten und hatte nur einen Haken: Sie tat es viel zu oft. Es war wirklich kein Wunder, dass sie nicht kochen konnte.

Und danach würde sie die Mädchen zu ihrem Vater ins Krankenhaus schleppen. Ohne Widerrede.

Sie hatten ihm am Tag nach dem Unfall seine Sachen gebracht. Wenigstens das. Aber seitdem wehrten sich beide mit Händen und Füßen gegen einen Besuch oder auch nur einen Anruf bei Jo. Vor allem Caro. Das Mädchen war in Tränen ausgebrochen und aus dem Zimmer gelaufen, als Karen vorschlug, ihren Vater zu besuchen. Was war das? Kindliche Sensibilität? Pubertäre Gefühlsstörung? Also war sie allein zu ihm gegangen, hatte neben seinem Bett gesessen, ihm zugesehen, wie er schlief, und sein zerschlagenes Gesicht betrachtet. Und mit einem Mal tierische Angst gekriegt. Es geschah etwas mit ihm, mit ihnen, das sie nicht einschätzen konnte.

Sie griff zum Telefonhörer und rief die Nummer auf: Markus-Krankenhaus. Unfallchirurgie. Das Schwesternzimmer. Eine gehetzt klingende Frauenstimme am Telefon.

»Herr DeLange? Momentchen.« Aus einem Momentchen wurden Minuten.

»Auf wen warten Sie?« Endlich. Eine andere Stimme. Karen fragte erneut nach Giorgios Befinden.

»Den Umständen entsprechend.« Knapp, kurz, ungeduldig.

Karen merkte, wie sie vor der Autorität der Krankenschwester kuschte. »Ich würde ihn gern besuchen«, sagte sie schüchtern.

»Heute nicht mehr. Wir haben später Visite, und Dr. Nagel sieht es nicht gern, wenn ...«

Sie verstand und beendete das Gespräch. Also morgen. Sie musste wissen, was passiert war. Und wovor man sich womöglich künftig zu fürchten hatte.

Niemand begegnete ihr auf dem Weg zur Tiefgarage, wo der Mini ihr Schlüsselsignal mit freundlichem Blinken erwiderte. Karen öffnete das Verdeck, drehte das Radio auf und fuhr mit wummernden Bässen hinaus an die warme Luft.

Nach einem müßigen Versuch, dem Feierabendstau auszuweichen, war sie endlich auf der Eschersheimer Landstraße und bog hinter dem Grüneburgweg links ab in ihre Straße. Heute gab es sogar einen bequemen Parkplatz direkt vor dem Haus. Trotzdem schaffte sie es, den Mini so einzuparken, dass er mit dem Vorderreifen auf der Bordsteinkante hing. Normalerweise ließ sie das nicht auf sich sitzen, aber heute hatte sie keine Lust zu korrigieren. Es sah ja niemand zu.

Müde schloss sie die Wohnungstür auf. Im Flur war es dunkel. Die Tür zum Zimmer der Mädchen war geschlossen. Als sie vorsichtig klopfte, rührte sich erst nichts. Dann öffnete sich die Tür einen Spalt weit und Caro steckte den Kopf heraus. Verstrubbelte Haare, verschlafenes Gesicht.

»Guten Abend, Liebes. Hattet ihr einen schönen Tag?«

Das Mädchen schüttelte wortlos den Kopf.

»Was wollt ihr essen?«

»Nichts«, murmelte sie. »Ich mag nichts essen.«

»Und Flo?« Karen versuchte, an ihr vorbei ins Zimmer zu schauen.

»Die will nicht gestört werden.« Caro machte Anstalten, die Tür wieder zuzuziehen.

Karen gab nicht auf. »Ihr müsst was essen, ihr verhungert ja sonst.«

Caros Blick veränderte sich. Wenn sie mir jetzt wieder auf die Figur starrt, drehe ich durch, dachte Karen.

»Und dein Vater wird schimpfen, wenn er zurück ist.«

Caros Gesicht versteinerte. »Essen wird überbewertet«, sagte sie. »Und mein Vater auch.«

Das verschlug Karen die Sprache.

»Und *du* – du solltest endlich aufhören, uns zu bemuttern.«

Caro knallte ihr die Tür vor der Nase zu.

Karen brauchte eine Weile, um sich zu fassen. »Ihr werdet jedenfalls morgen euren Vater besuchen, ist das klar?«, rief sie schließlich.

»Nein!« Ein Wutschrei.

Und jetzt, endlich, schrie Karen zurück. »Ihr seid verwöhnt und undankbar!«

Einer musste den Gören ja mal die Wahrheit sagen.

Alkohol, und das schnell. Sie ging in die Küche, öffnete den Kühlschrank, räumte all die weitgehend unangetasteten Vorräte an Diätjoghurt, Magerquark und Smoothies zur Seite und kämpfte sich vor zur einzigen Flasche Weißwein, die noch im Kühlschrank geduldet wurde.

Sie hatte sich eigentlich schnell an die Gegenwart der beiden gewöhnt, sogar an die Schuhe und Strümpfe, die plötzlich überall herumflogen. Oder an die Frühstücksteller mit dem angeknabberten Knäckebrot, die auch abends noch auf dem Küchentisch standen. Aber Caros Feindseligkeit erschreckte sie zutiefst. Wenn die Mädchen so zu ihr standen, konnte sie eine Beziehung zu DeLange endgültig vergessen.

Sie nahm einen großen Schluck Wein und hätte sich fast daran verschluckt, als das Telefon klingelte. Jo?

»Karen?«

Der Kollege Manfred Wenzel, kleinlaut. Kam auch nicht gerade häufig vor. »Was ist?«

»Würdest du etwas für mich tun?«

»Ungern. Ich trinke Alkohol. Ich habe zwei Aliens in der Wohnung. Und ich ...«

»Kannst du für mich einspringen?«

Ihr schwante nichts Gutes. Er hatte Bereitschaftsdienst. »Lass mich raten. Du hattest einen Unfall? Oder eine Lebensmittelvergiftung? Musst zu einem sterbenden Angehörigen?«

Er lachte gequält. »Fast so schlimm. Ich habe Durchfall, seit einer Stunde.«

Na prima.

»Könntest du nicht, ausnahmsweise? Mir geht es wirklich ganz furchtbar, ich muss dauernd ...«

Bevor er ins Detail gehen konnte, sagte sie ja und amen.

»Und es sieht nach einem ruhigen Abend aus.«

Sie kannte diese ruhigen Abende, die sich zu einer stürmischen Nacht entwickelten und bis in die Morgenstunden anhielten. »Wer's glaubt! Und verdient hast du's auch nicht«, sagte sie spitz.

Sie schenkte sich Wein nach, setzte sich mit dem Telefon auf den Balkon, und sah zu, wie die Abendröte im Himmel verging.

Der Anruf kam um kurz nach neun. Ungeklärter Todesfall. Das hatte sie nun von der immerwährenden Freude an ihrem Beruf. Eine Adresse im Bahnhofsviertel. Das versprach besoffene Männer, die auf den Bürgersteig kotzten, und abgetakelte Nutten, die so bedürftig waren, dass sie selbst ihr Rabatt anboten.

Auf dem Weg hinaus donnerte sie an die Tür der Mädchen. »Ich muss noch mal weg! Es gibt eine LEICHE!«

Erst im Taxi fiel ihr ein, das dieser Ruf für die Töchter eines Kriminalkommissars womöglich nicht ungewöhnlich war.

Ein Altbau in der Taunusstraße, im Originalzustand, noch nicht aufgerüscht für potente Mieter und das 21. Jahrhundert wie die benachbarten Häuser. Im Treppenhaus roch es nach irgendwas Unaussprechlichem.

»Vierter Stock«, sagte der Uniformierte, der im Hausflur Wache schob.

Vierter Stock. Tatorte lagen aus unerfindlichen Gründen niemals im Parterre. Karen versuchte ein sportliches Tempo, ohne außer Atem zu geraten, was natürlich misslang. Luftschnappend kam sie oben an.

Die mittlere der drei Wohnungstüren stand offen, in der kleinen Wohnung die Leute vom K 11 und die Weißen von der Spurensicherung. Scheinwerferhelle. Fotoblitzlicht. Ein übernächtigt wirkender jüngerer Mann in Jeans, der mit frustriertem Gesicht ein Formular ausfüllte. Der Notarzt, sie kannte ihn, aber sie erinnerte sich nicht an seinen Namen.

Karen marschierte hinein. Niemand beachtete sie. Der Schrank stand offen, das Bett war ungemacht. Ein Tisch, umgeworfen. Fleckige Tapete, durchgetretener Teppich. Soweit man den Teppich sehen konnte: Vor dem Schrank türmten sich Kleider und Schuhe. Dazwischen Plastiktüten vom Penny-Markt, Werbeprospekte, Pizzakartons, Coladosen.

In einem Sessel am Fenster lag ein Kleiderbündel. Über einem gelblichen Kragen sah man graue, verfilzte Haare auf einem fleckigen Schädel. Mann oder Frau? Frau. In der Hitze des vergangenen Sommers mumifiziert oder im eiskalten Januar gefriergetrocknet. Jedenfalls saß sie gewiss schon länger in dem großen Sessel unter dem Fenster mit Blick auf die Taunusstraße.

»Könnte Raubmord gewesen sein«, sagte eine kühle Oberkommissarin vom K 11 mit Blick auf die Leiche. »Muss aber nicht.«

»Muss aber nicht? Und dafür versaut ihr mir den Abend?«, fragte Karen schlecht gelaunt.

Die Frau zuckte mit den Schultern. »Der Notarzt hat ›ungeklärt‹ auf den L-Schein geschrieben. Und so, wie es hier aussieht ...«

Wie es hier aussieht? Wie in der Wohnung einer al-

120

ten Frau, die mit dem Leben nicht mehr zurechtkam, dachte Karen.

»Wahrscheinlich natürlicher Tod«, räumte die Frau vom K 11 ein. »Also …«

»Also hätte ich gar nicht erst antanzen müssen.«

»Äh, ja. Korrekt.«

»Na, danke vielmals!«

Der Abend war zwar verdorben, aber wenigstens kam sie hier halbwegs schnell wieder weg. Karen fühlte sich berührt von der Wohnung der alten Frau. Was heißt schon »natürlicher Tod«, wenn man an Einsamkeit und Verlassenheit stirbt? Vielleicht war die alte Frau verhungert, verdurstet – erloschen, weil sie niemandem mehr wichtig war? Das Zimmer sah aus, als ob seit Jahren niemand mehr aufgeräumt, den Müll entsorgt, geputzt hätte. So endet man, wenn man allein ist.

Andererseits – so konnte es auch nach einem Raubüberfall aussehen. »Wir haben eine viel zu hohe Dunkelziffer«, murmelte sie. »Bei alten Leuten glauben die meisten Ärzte an ein natürliches Ende. Unser Kollege hier war wenigstens vorsichtig.«

Die Kripofrau lächelte plötzlich. »Der ist immer vorsichtig. Übervorsichtig. Denn wenn die alte Dame Erben hätte, die beim Ableben nachgeholfen haben, wäre sie viel früher entdeckt worden. Ohne Leiche kein Erbschein.«

Ohne Familie stirbt man allein und mit Familie womöglich schneller, aber man wird früher gefunden? Interessante Idee, dachte Karen. Familie war offenbar eine zweischneidige Angelegenheit. Aber das ahnte sie schon länger.

»Alles Weitere entscheidet Dr. Carstens, wenn er die Leiche auf dem Tisch hat. Der Fall wird ihm Spaß machen.« Die Frau sah mitleidlos auf das Gerippe im Sessel.

Dr. Carstens vom Rechtsmedizinischen Institut. Vorname Gunter. Diesmal löste sein Name nicht den spitzen Schmerz aus, den Karen von früher kannte. Das also war vorbei. Endlich.

Als sie zu Hause eintraf, empfing sie eine dunkle, kalte Wohnung. Die Mädchen waren im Bett. Müde ging sie in ihr Arbeitszimmer.

Sie schaltete das Licht ein. Und blieb im Türrahmen stehen. Erst wurde ihr heiß, dann kalt. Und dann übel. Jemand war hier gewesen, in ihrer Abwesenheit. Jemand hatte die Schubladen des Schranks geöffnet und durchwühlt. Hatte Aktenordner, Bücher und Bilder aus den Regalen gezogen, zerfleddert und auf den Boden geworfen. Hatte seine Wut mit einem scharfen Messer am Schreibtischsessel ausgelassen.

Mehr erfasste sie nicht auf den ersten Blick. Das genügte, um sie in Panik über den Flur hetzen zu lassen, zum Gästezimmer.

Die Mädchen.

Sie öffnete die Tür, halb gelähmt vor Angst. Ein Schwall kühler Luft strömte ihr entgegen. Die Balkontür stand sperrangelweit auf. Flo und Caro lagen regungslos im Bett. Karen machte einen Schritt in den Raum hinein und stolperte über etwas, das auf dem Boden lag. Sie blickte hinab. Ein Schuh. Noch ein Schuh. Eine Bluse. Unterwäsche. Höschen, Hemdchen, Büstenhalter.

Jedes Kleidungsstück fein säuberlich in Streifen geschnitten. Und so angeordnet und ausgelegt, dass es auf dem Parkett ein Muster bildete. Ein Herz.

Ihres stolperte, bevor es sich wieder fing. Sie tastete sich unsicher vor zum Bett, horchte in die Dunkelheit.

Stille.

DeLange nahm den Flug mit Spanair um 17.55 nach Madrid und bezahlte mit Kreditkarte. An dieser Spur sollten sie ruhig ein bisschen herumkauen. Er hatte sich auf dem Flughafen einen leichten Reisekoffer, Hemden, Hosen und Schuhe gekauft und sogar einen dicken amerikanischen Thriller, falls er sich langweilen sollte. Aber er war zu unruhig zum Lesen.

Wahrscheinlich war es völlig verrückt, was er tat. Aber er hatte gründlich nachgedacht, so gründlich, wie sein bematschtes Hirn es zuließ. Er musste an die Wurzel des Übels gehen, was hieß: Neumann zu kriegen. Wenn er allerdings in Deutschland bliebe, würden ihm die polizeilichen Ermittlungen dazu keine Gelegenheit mehr lassen. Die Sache mit dem Koks musste man ernst nehmen. Der Urheber dieses Gerüchts wusste genau, wie man jemanden in Misskredit brachte. Und er bezweifelte, dass sich die ermittelnden Kollegen von ihm etwas über den Bodyguard von Dr. Karl-Heinz Neumann-von Braun erzählen ließen. Also hatte er keine Wahl.

Das Telefongespräch mit Beate war ausgesprochen unangenehm gewesen, aber er hatte nichts anderes erwartet. Beate, Felis Schwester, lebte in Rüdesheim.

Durch Beate hatte er Feli überhaupt erst kennengelernt, sie war die Freundin von DeLanges Freund Fred und schon damals unausstehlich gewesen. Beide Schwestern waren von ihren Eltern bei der Namensgebung zum Glücklichsein verdammt worden – Felicitas! Beate! –, doch Beate schien unter dieser Last besonders zu leiden. Feli hatte geglaubt, es diene der Versöhnung, wenn sie Beate zur Patin von Flo und Caro machte. Aber Beate war und blieb ein Scheusal, und ich, dachte DeLange, ich war immer dagegen, ihr die Patenschaft anzutragen. Pate sein heißt, dass man sich im Notfall kümmern muss. Und dieser Notfall war eingetreten.

»Ich wäre dir so dankbar, Beate«, hatte er ins Telefon gesäuselt. Die Telefonzelle im Krankenhaus war eng, stickig und roch nach Zigarettenrauch und Männerschweiß.

»Also ich weiß überhaupt nicht, wie du dir das vorstellst!«

»Du findest schon eine Lösung.«

»Völlig unmöglich. Ich habe keinen Platz. Und Zeit habe ich auch nicht.«

»Es ist ein Notfall. Ich möchte nicht, dass den beiden etwas zustößt, wenn ich …«

»Soll ich auch noch den Wachhund spielen?«

»Ich versuche, so schnell wie möglich zurück zu sein. Ich weiß, dass ich dir viel zumute, aber du bist ja nun mal die Patentante, und da …«

»Und da glaubst du, dass du die Kinder einfach so bei mir abstellen kannst. Also wirklich, Jo. Wir sind keine italienische Großfamilie.«

Hätte Beate vor ihm gestanden, wäre ihm die

Hand ausgerutscht. Nein – natürlich nicht. Er brauchte sie.

»Ich komme für alle Kosten auf.«

»Na, das ist ja wohl das mindeste! Du wirst die beiden nach Strich und Faden verwöhnt haben! Spaghetti con trufo alle Tage!«

Er hatte zu lachen angefangen. Seltsamerweise hatte das den Bann gebrochen. Sie hatte ihm versprochen, mit Karen Kontakt aufzunehmen und Flo und Caro in ihr Sommerhaus an den Lago Maggiore mitzunehmen. Damit waren die beiden aus der Schusslinie.

»Beate: Du bist ein Schatz.«

»Schönschwätzer.« Das erste Mal hatte Beate wie ein Mensch geklungen.

Natürlich hatte Frau Dr. Claudia Nagel die Nase mit den Sommersprossen gekraust und ihm dringend abgeraten.

»Sie tun sich keinen Gefallen, wenn Sie gehen! Gehirnerschütterung kann sehr gefährlich sein, und Sie sind noch längst nicht wiederhergestellt!«

Das stimmte. Dagegen half auch Treppensteigen nicht. Jedenfalls nicht sofort.

»Sie handeln auf eigenes Risiko!«

Was sonst. DeLange hatte genickt, sich seine Sachen aushändigen lassen und beim Pförtner ein Taxi bestellt. Bereits auf der Fahrt nach Hause bereute er seinen Entschluss. Die Sonne blendete und sein Kopf schmerzte. Beim Aussteigen waren seine Knie wie Kaugummi.

Im Treppenhaus war es angenehm kühl, aber er musste auf jedem Treppenabsatz eine Pause einlegen, bis er es in den dritten Stock geschafft hatte.

In der Wohnung duftete es nach den Mädchen. Nach Pfirsichshampoo und Frische. Er tastete sich durch die Räume wie ein Fremder, stand in der Tür zu Caros Zimmer und ließ das Chaos auf sich wirken: geöffnete Schranktüren, herausgezogene Schubladen, Shirts und Hosen auf dem Bett, die sie schließlich doch nicht hatte mitnehmen wollen. Bei Flo sah es nicht viel besser aus.

Sein eigenes Schlafzimmer roch ungelüftet. Auch hier offene Schranktüren und herausgezogene Schubladen. Und ein ungeordneter Haufen von Kleidungsstücken auf dem Bett.

Nur auf dem Tisch am Fenster gähnende Leere. Dort, wo normalerweise das Notebook stand. Na prima. Kein Notebook, kein funktionierendes Mobiltelefon. Aber das war jetzt auch egal. Er hätte keines der Geräte benutzen können, ohne Spuren zu hinterlassen. Und er wollte eine Weile untertauchen.

Er begann, den bunten Haufen aus Unterhosen und Shirts auf seinem Bett zu sortieren. Sein Lieblingspyjama lag zusammengeknüllt auf dem Boden. Lieblose kleine Schlampen.

Er hatte sich gewünscht, dass sich die enge Beziehung zwischen ihm und den beiden lockerte, das war richtig. Aber nicht, dass sie ihn im Krankenhaus liegen ließen, ohne nach ihm zu fragen oder ihn gar zu besuchen. Dass Karen nicht gekommen war – gut, das war zu verstehen. Aber das hier – er ließ ein zerknülltes Oberhemd auf sein Bett fallen und beschloss, den Wäschehaufen liegen zu lassen. Das hier war ein unfreundlicher Akt erster Güte.

Viel Spaß mit Tante Beate, ihr Ungeheuer, dachte er

schadenfroh. Die wird euch zeigen, wo der Hammer hängt. Dafür ist sie bekannt.

In Madrid hatte er vier Stunden Aufenthalt. Dann ging es mit LAN Chile weiter. Sein Name tauchte zwar auf der Passagierliste auf, seinen Ausweis musste er schließlich vorlegen, aber er hatte dafür gesorgt, dass sein Name nicht unter »D« wie DeLange, sondern unter L wie de Lange registriert wurde. Und vor allem hatte er das Ticket nicht mit der Kreditkarte bezahlt, sondern bar. Ein bisschen Spurenverwischen schadete nie.

Das größte Problem war Bargeld gewesen. Bis ihm einfiel, dass er Geld in seinem Safe hatte – genug Geld, um Flo einen Gebrauchtwagen zu kaufen. Genug Geld, um eine Zeitlang keine Zivilisationsspuren zu hinterlassen.

Endlich hob das Flugzeug ab. Er fühlte sich mit jedem Höhenkilometer leichter werden. Den Flug durch die Nacht verschlief er, und als die Maschine in den frühen Morgenstunden landete, ging es ihm besser.

Noch wusste oder ahnte niemand, wo er war. Wenn er richtiglag, würde Neumann seinem Kontakt im Polizeipräsidium zu verstehen geben, dass genau das der Sinn der Sache war: DeLange zum schadstoffarmen Verschwinden zu bringen. Er glaubte nicht, dass man ernsthaft nach ihm suchen würde, um ihn wegen dieser Koksgeschichte in die Mangel zu nehmen, dazu war die Spurenlage zu dünn. Man wollte ihn einschüchtern, ganz einfach.

Nun, Neumann sollte ruhig denken, dass er sein Ziel erreicht hatte. Das war der richtige Weg. DeLanges einzige Chance.

KAPITEL 3

Lima, Flughafen Jorge Chávez. Im Vergleich zu Frankfurt Rhein-Main ging es hier fast gemütlich zu. DeLange war mit seiner Reisetasche in wenigen Minuten am Ausgang. Die Tasche war nicht schwer, aber er spürte, wie schwach er noch immer war.

Das war nicht erlaubt. Er hatte ein Ziel. Schwäche war keine Option.

Am Ausgang hinter dem Zoll wartete Tomás Rivas, der treue Freund von der *International Police Association*, den er von Madrid aus angerufen hatte. Tomás umarmte ihn und klopfte ihm auf den Rücken. Wie Männer das so machen, zielsicher auf die Stellen, die noch immer schmerzten. Sagte: »Gut siehst du aus! Mit Boxernase! Hattest du Krach mit der Freundin?« DeLange lachte, wie es sich unter Männern gehört. Danach trug Tomás die Reisetasche und fragte nicht weiter.

Männer eben.

Der Weg durch die Halle führte an einem McDonald's vorbei zu den Parkplätzen. Draußen war es neblig und kühl, eine fast angenehme Abwechslung zum Hochsommerwetter in Frankfurt. Im Juli war hier Winter, und in den Anden konnte es auf drei- bis viertausend Metern verdammt kalt werden, hieß

129

es. Hoffentlich genügten der Fleecepullover und die Windjacke, die DeLange im Frankfurter Flughafen gekauft hatte.

Tomás verstaute das Gepäck im Kofferraum eines strapaziert aussehenden Opels und fuhr los, ohne Rücksicht auf den Straßenzustand. Die Stoßdämpfer ächzten, und DeLange hätte gerne mitgeächzt. Jeder Stoß verstärkte das dumpfe Hämmern in seinem Kopf. Er kannte Kopfschmerzen, seit ihn einer mit dem Messer im Gesicht erwischt hatte. Aber das hier war eine Steigerung. Sicher, er hatte Tramal dabei, für den Notfall. Zwölf Kapseln, in der Reisetasche. Doch die lag weit weg im Kofferraum, und Tomás um einen Halt zu bitten verbot die Ehre. Außerdem war es besser, mit dem Stoff sparsam zu sein. Man konnte nie wissen, was noch so alles auf einen zukam.

Tomás parkte in der Nähe eines Hotels im Kolonialstil. »Frühstück!«, verkündete er strahlend. Doch das Büfett war enttäuschend. DeLange hatte auf exotische Köstlichkeiten wie gegrilltes Rinderherz und geröstetes Meerschweinchen gehofft, stattdessen wellten sich die internationalen Stars der Käse- und Schinkenszene neben trockenem Weißbrot. Seine erste Reise nach Peru kam ihm im Nachhinein erheblich romantischer vor.

Auch Tomás schien verändert. »Schön, dass du wieder da bist«, sagte er, aber es klang nicht wirklich begeistert. »Was sind deine Pläne?«

Sein Gesicht mit den indianischen Zügen verriet nichts, höchstens freundliches Desinteresse. Konnte der Freund sich nicht denken, warum er hier war? DeLange zögerte.

Tomás schob sich ein Stück Marmeladentoast in

den Mund und kaute bedächtig, ohne DeLange aus den Augen zu lassen. »Also was ist? Was hast du vor? Trekking auf dem Indio-Trail? Koks kaufen? Quechua lernen?«

Koks kaufen. Einen Moment lang fürchtete DeLange, dass der Gestank aus der Frankfurter Gerüchteküche schon bis nach Lima vorgedrungen war.

»Du weißt doch, was ich will«, sagte er vorsichtig.

»Nichts weiß ich.« Tomás wischte sich den Mund mit der Serviette ab und schneuzte dann hinein.

»Ich hab's dir doch erzählt.«

»Hast du?«

»Hab ich. Erinnerst du dich nicht?«

Tomás holte einen Zahnstocher aus der Brusttasche seines Hemdes und reinigte sich die Zähne.

»Ich will mehr wissen. Über Ayla. Du weißt schon.«

»Was hast du bloß immer mit Ayla! Woanders ist es auch schön.« Tomás steckte den Zahnstocher zurück in die Brusttasche und grinste ihn unvermittelt an. »*Rimaykullayki allin taytáy*«, sagte er feierlich und verbeugte sich leicht.

»*Rimay* was?«

»Das ist Quechua. Es heißt: Ich begrüße dich, mein werter Herr.«

»Ich grüße zurück«, sagte DeLange und neigte seinerseits den Kopf.

»*Chaskillaykim taytáy*. Sprich mir nach!«

DeLange lachte. »Das ist mir zu kompliziert.«

Tomás schüttelte missbilligend den Kopf. »Wenn du schon ins Hochland willst, solltest du ein bisschen Quechua sprechen.« Er beugte sich vor. »Und um Ayla einen weiten Bogen machen.«

»Tomás«, sagte DeLange leise. »Du verstehst nicht. Mich interessieren Ayla und die Vergangenheit nicht die Bohne. Mich interessiert nur einer.«

Er beschloss, ihm den Teil der Geschichte zu erzählen, den er verstehen *musste*. Nicht die von Charles, dem Hippie in Peru. Sondern die Geschichte von Dr. Karl-Heinz Neumann-von Braun, einem mächtigen Mann, dem DeLange einen Karriereknick, einen berufsschädigenden Verdacht und schwere Körperverletzung zu verdanken hatte. Er appellierte an die Solidarität unter Kollegen.

»*Hijo de puta*«, murmelte Tomás und steckte sich eine Selbstgedrehte an. »Was hat der Kerl gegen dich? Du musst ihn anzeigen!« Er wischte die Tabakkrümel von der Tischplatte. »Deutschland ist ein Rechtsstaat! Du lebst doch nicht in Peru!«

Hast du eine Ahnung, dachte DeLange. »Ich bin auf der Suche nach den schwarzen Flecken auf Neumanns Weste, verstehst du?«

Tomás' Gesicht wurde zur unergründlichen Maske. »Hier? Bei uns?«

»Hier. Bei euch.«

Da andere Möglichkeiten ausschieden, hatte DeLange beschlossen, sich auf die Verbindung Neumanns mit Ayla zu konzentrieren. Ayla war die Wiege des *Sendero Luminoso* gewesen, so viel stand fest. Wenn man Neumann Kumpanei – oder Schlimmeres – mit einer Terroristengruppe vorwerfen konnte, die mindestens 30 000 Menschen auf dem Gewissen hatte, war er als Politikberater erledigt. Politiker sind um ihren Ruf besorgt. Man konnte es auch feige nennen.

»Vor über vierzig Jahren lebte Neumann in Peru.«

DeLange beobachtete den Freund scharf. Man sah keine Regung in dem dunklen Gesicht. »In Ayla. Wenn Neumann damals mit dem *Sendero Luminoso* Kontakt gehabt hat …«

Tomás setzte sich auf und fegte dabei eine Gabel vom Tisch. »Abimael Guzmán sitzt seit 1992 im Gefängnis. Der Leuchtende Pfad hat sich 1994 aufgelöst«, sagte er mit fester Stimme und geradem Rücken.

»Gut, aber …«

»Kein Aber. Was du suchst, gibt es nicht mehr.«

»Und wovor hast du dann Angst?«

In Tomás' Gesicht stand etwas Altes, etwas Uraltes. Ein Wissen um vergangene Götter und Geheimnisse.

DeLange versuchte es noch einmal. »Neumann muss einer der Deutschen gewesen sein, über die wir bei unserem Besuch im letzten Jahr gesprochen haben.«

»Haben wir darüber gesprochen? Ich erinnere mich nicht«, antwortete Tomás mit ausgesuchter Höflichkeit und nahm einen Schluck aus der Kaffeetasse. Schwarze Brühe, die schon längst kalt sein musste. DeLange hatte den Mund voll Kaffeesatz gehabt.

»Ich muss mit jemandem reden, der damals dabei war und ihn vielleicht kennt.«

Tomás setzte die Tasse ab. »Das ist nicht möglich.«

»Warum nicht?«

»Weil es zu gefährlich ist.«

»Für dich oder für mich?«

Tomás nahm das Buttermesser in die Hand und deutete mit der Messerspitze auf ihn.

Das werden wir ja sehen, dachte DeLange, als Tomás ihn ins Hotel fuhr. Ich bin Randy the Ram.

Mickey Rourke in *The Wrestler*. Du kannst mir die Fresse polieren, mich schlagen, treten, quälen. Aber ich komme immer wieder hoch.

Wetten?

Beim Frühstück am nächsten Tag kam DeLange mit Obstsalat vom Büfett zurück, weil wenigstens der exotisch aussah, als ein Junge in schmuddeligem T-Shirt und halblanger Hose an seinem Tisch stand, einen Brief in der Hand. Es war ein hübsches Kerlchen mit glänzenden schwarzen Haaren, zu einer Art Pilzkopf frisiert. Man muss ihm nur eine Panflöte in die Hand drücken, und schon passt der Junge in jede deutsche Fußgängerzone, dachte DeLange und gab ihm einen Euro. Dann riss er den Briefumschlag auf.

»11 Uhr. Starbucks, *Centro Civico*, Avenida Bolivia.«

Der Coffeeshop lag nicht weit von seinem Hotel entfernt. Dennoch kam er zu spät. Tomás saß bereits draußen, und obwohl es frisch war, hatte er die Jacke ausgezogen und trug ein Hemd mit kurzen Ärmeln. DeLange setzte sich auf den Stuhl neben ihm.

Tomás nahm ein paar hastige Züge aus der Zigarette. »Du lässt mich da raus.«

Tolle Begrüßung. DeLange nickte.

Der Kollege ließ den Zigarettenstummel in seinen Kaffee fallen, holte ein Notizbuch aus der Hosentasche, riss ein Blatt heraus, schrieb eine Nummer darauf, legte es unter eine Serviette und schob sie DeLange konspirativ zu. Er hätte fast gelacht, wenn Tomás nicht so furchtbar ernst ausgesehen hätte.

»Jorge heißt der Mann. *Él lo sabe todo y el mundo.* Du darfst nur nicht alles glauben, was er so erzählt.«

Tomás warf ein paar Münzen auf den Tisch und erhob sich. DeLange folgte ihm, die Straße hinunter, Richtung Sheraton, einem mächtigen Klotz Allerweltsarchitektur.

»Falls dich einer fragt: Ich habe dir als dein Freund einen Tipp gegeben für den Inka-Trail, okay?«

DeLange nickte.

»Du weißt, was das ist, oder?«

»*Más o menos.*«

Vor dem Sheraton wehten die Fallwinde Staub und Blätter auf, aber Tomás gelang es schon beim dritten Versuch, sich eine Zigarette anzuzünden. Was so ein echter Suchtcharakter alles vermag, dachte DeLange.

»Die Inkas haben gepflasterte Straßen und Wege angelegt, von Kolumbien bis nach Chile. Immer schön oben über die Anden. In Peru geht der Weg über fast siebzig Kilometer vom Rio Urubamba bis Machu Picchu.«

»Ziemliche Leistung«, sagte DeLange, nicht ohne Bewunderung.

»Schon«, knurrte Tomás. »Aber die Ahnen haben daraus keinen Sport gemacht. Den Mist hat uns Jorge eingebrockt. Österreicher. 1965 nach Peru gekommen. Der war der Erste mit Trekkingtouren durch die Anden.«

Rechts verbarg sich das Kunstmuseum von Lima hinter Baumveteranen, aber man konnte noch genug erkennen von dem filigranen Bau, dessen Fenster zu einer königlichen Orangerie gepasst hätten. So viel Schönheit.

»Für all die Idioten, denen es zu Hause nicht aben-
teuerlich genug ist. Die eine *sportliche Herausforde-
rung* brauchen.« Tomás klopfte sich an die Stirn. Er
hatte weiß Gott keine Figur, die Lust am Wandern erkennen ließ, dachte DeLange und grinste.

»Der Spaß ist Monate im Voraus ausgebucht. Mehr
als 500 Personen am Tag, die an den Wegesrand schei-
ßen und überall ihren Plastikmüll hinterlassen. Das
verkraftet der Trail nicht. Und das haben wir Jorge
und anderen Entdeckern zu verdanken.«

DeLange fächelte sich den Zigarettenrauch aus dem
Gesicht. »Tourismus bringt Geld«, sagte er.

Tomás sah ihn mürrisch an. »Sicher. Und das geben wir dann als Lösegeld für entführte Touristen
wieder aus. Und vergolden die Kreuze auf den Kirchen.«

Von vergoldeten Kreuzen war nichts zu erkennen.
Lima war in fetten, feuchten Nebel gehüllt, und es war
unangenehm kühl geworden.

»Dafür ist Lima Weltkulturerbe. Ist doch auch was
Feines.«

»Kultur! Erbe! Großartig!« Tomás sträubte sich wie
ein angriffslustiger Kater. »Lima, die Stadt der Könige,
wurde von einem Mörder und Verbrecher gegründet.
Francisco Pizarro González. Ein Spanier, falls du das
nicht in der Schule hattest.«

Die unterdrückte indigene Bevölkerung Perus belei-
digen geht *gar* nicht, dachte DeLange. Das fing ja gut
an.

»Außerdem wurde Lima durch zwei Erdbeben fast
völlig zerstört. Eins 1687, das andere 1746. Wo ist da
noch groß Erbe?«

»Schon gut, schon gut. Reg dich nicht auf.«

»Und wo, glaubst du, wohnen die zehn Millionen Peruaner, die seit den fünfziger Jahren nach Lima gekommen sind? Zu Fuß, mit dem Bisschen, was sie besitzen, auf dem Rücken? Im Regierungspalast? Im Rathaus? In der Kathedrale?«

DeLange spürte einen Stoß im Rücken und eine Bewegung hinter sich.

»*Vete a la mierda, hijo de puta*«, zischte Tomás und zog DeLange mit einer schnellen Bewegung beiseite. Der Straßenjunge verschwand in der Menge.

»Das ist unser Kulturerbe. Das haben wir hier dauernd. Diebstahl, Raub, bewaffnete Überfälle.«

DeLange griff mit beiden Händen nach hinten. Seine Brieftasche steckte noch in der Hosentasche. Er atmete auf.

»Und was, glaubst du, ist in den Vororten los, in den Barackenvierteln, den Slums? Erzähl mir bloß nichts von Kultur. Oder von Erbe.« Tomás spuckte aus.

Sie gingen schweigend weiter, zurück zum *centro historico*, vorbei an der Iglesia de la Merced, vor der Tomás stehen blieb.

»Wenn wir noch Zeit hätten, würde ich dir das Foltermuseum zeigen. Mit den Waffen der heiligen Inquisition. Das macht richtig Spaß!«

»Komm, Tomás. Du nimmst das viel zu ernst.« Der Titel »Weltkulturerbe« war ein Marketinginstrument. Das musste eigentlich auch ein dickköpfiger peruanischer Commisario begreifen.

»Du verstehst nicht.« Tomás drehte sich um, die Zigarette zwischen den Lippen, die er sich unterwegs gedreht hatte. »Wir wollen Blut. Und nicht Kultur.

Darin übrigens waren wir uns mit den Spaniern einig.«

Die Zigarette war krumm und schief geworden.

»Also Jorge«, sagte DeLange nach einer Weile. Tomás' Zorn hatte ihn müde gemacht.

»Jorge. Genau. Du nimmst den Bus nach Huancayo. Er holt dich ab. Vielleicht weiß er etwas. Vielleicht fährt er dich sogar nach Ayacucho. In die Höhle des Löwen.«

»Hast du nicht gesagt, der Löwe sei zahnlos geworden?«

»Verlass dich nicht drauf. Und merk dir eins ...« Tomás war stehen geblieben, die schwarzen Augen Schlitze. »Wir von der Polizei unterstützen keine Kontakte mit Terroristen. Wir finden es bedauerlich, dass wir noch nicht alle erschossen haben. Aber wir holen das jederzeit gerne nach. Und wenn ein deutscher Tourist dabei ums Leben kommt ...« Er zuckte die Schultern. »Schade, sehr schade.«

»Verstehe. Und wenn der deutsche Tourist selbst Polizist ist?«

»Sehr, sehr schade.«

Ein Kollateralschaden also. »Verstehe.«

»Woher sollen wir wissen, dass er Polizist ist? Hat er einen offiziellen Auftrag? Hat er eine Genehmigung? Ja? Nein?«

Nein, dachte DeLange. Sollte der deutsche Polizist ohne Auftrag in den Anden verschwinden, würde niemand davon erfahren. Denn niemand sucht ihn hier.

Im Internetcafé an der Plaza Castagneta rief er »Superbrain« auf, Flos Lieblingsforum, wo sich angeblich viele kluge Köpfe versammelten, um über die Art des künftigen Weltuntergangs zu streiten. Er loggte sich ein. Flo, Kampfname »L'ange«, also Engel, was er eher unpassend fand für ein Mitglied der geistigen Elite, hatte ihm das Alias »Braindad« verpasst, was er nicht sonderlich komisch fand. Aber man konnte es sich gut merken, ebenso wie das Passwort »Superbulle«.

Er klickte sich kurz durch die kryptischen Botschaften, die sie mit ihren Freunden austauschte, und hinterließ eine Nachricht in der In-Box. »Verzeih mir Tante Beate. Und misstraue bitte allen Gerüchten über mich. Ich melde mich, sobald ich den Job hier erledigt habe. Hast Du mein Notebook? Pass gut drauf auf! Grüße an C und K.« Das musste reichen.

An der Bushaltestelle stand eine Gruppe schwatzender Frauen in dicken Röcken und bunten Tüchern und mit breitkrempigen Hüten auf dem Kopf. Als der Bus eintraf, schnatterten sie auf DeLange ein und schubsten ihn als Erstes in den Wagen. Er zierte sich nicht und ließ sich auf einen Sitz in einer der hinteren Reihen fallen. Die Fahrtzeit nach Huancayo betrug immerhin sieben Stunden. Er beschloss, die Sache zu verschlafen. Vielleicht war es diesmal nicht ganz so schlimm mit den Kopfschmerzen.

Er hoffte vergebens. Diesmal war alles noch schlimmer. Viel, viel schlimmer.

Der Bus quälte sich unter den Flüchen des Fahrers voran, hoch, immer höher, Serpentine um Serpentine. Eine Heizung schien es nicht zu geben. Sogar die schnatternden Frauen wurden irgendwann still und hüllten sich in ihre Tücher. Ihm war so schlecht, dass er nicht wusste, ob er nicht auch noch fror.

Als sie oben auf dem Pass waren, lag alles unter einem weißen Schleier. Der Fahrer hielt und öffnete die Türen für eine kurze Pause. DeLange taumelte wie betrunken zum Ausgang. Als er endlich neben dem Bus stand in der kalten, dünnen Höhenluft, musste er sich übergeben – auf den weißen Schnee und unter den neugierigen Blicken der Peruaner, die sich zu wundern schienen, dass Gringos solche Waschlappen waren.

Gegen Kopfschmerzen half Tramal. Aber nicht gegen die Höhenkrankheit. Den Rest der Reise überstand er halb ohnmächtig. Erst kurz vor Huancayo ging es ihm wieder besser.

Klein-Roda

Karen kam sich unendlich idiotisch vor. Sie standen mitten auf der Dorfstraße, zwischen plattgefahrenen Pferdeäpfeln und zermatschtem Obst, umringt von enthemmten Fliegen und …

»Iiiih!« Caro schlug wild um sich.

… von Wespen.

Flo betrachtete die Dorfidylle mit gespieltem Gleichmut und hielt sich diskret die Hand vor die Nase. Karen wappnete sich für die nächste Zickenszene. Ja, es stank bestialisch. Nach Schweinen und dem, was aus denen so herauskam. Aber selbst sie hatte sich daran gewöhnt. So war das eben in Klein-Roda, Pauls freiwilligem Asyl.

Doch die Mädchen passten wirklich nicht hierher. Caro, ganz Emo, was Karen grässlich fand, war die Hose auf die Hüften gerutscht, das kurze schwarze Hemd ließ den gepiercten Bauchnabel frei. Flo hielt sich sehr gerade, der verkörperte Trotz, auf ihrem T-Shirt stand »*All this and brains, too*«. Weder von dem einen noch von dem anderen war viel wahrzunehmen. Die Mädchen waren so schön, wie man nur in diesem Alter ist. Und so hochnäsig, wie man gottlob auch nicht ewig bleibt.

Karen hielt in der rechten Hand eine Adidas-Tasche und in der anderen einen prall gefüllten Outdoor-Rucksack und kam sich vor wie Aschenputtel und böse Stiefmutter zugleich. Sie musste verboten aussehen nach einer schlaflosen Nacht auf einem unbequemen Stuhl im Flur der Frankfurter Wohnung. Und nach einer heftigen Auseinandersetzung mit den beiden Gören, die partout in Frankfurt bleiben wollten.

Dass jemand in ihr Zimmer eingedrungen war, während sie schliefen, und ihre Unterwäsche zerkleinert hatte, schien sie nur mäßig zu beunruhigen. Erst Karens zerschlitzter Schreibtischsessel überzeugte sie davon, dass es besser wäre, eine Zeitlang dorthin zu verschwinden, wo sie niemand suchte.

Hoffentlich ging der Plan auf. Der Anruf gestern war merkwürdig gewesen. Sie war nicht dran gegangen, sie kannte niemanden mit der Vorwahl 06722. Und dann die Stimme auf der Mobilbox: eine Frau, die mit schriller Stimme die Herausgabe der Mädchen forderte. Eine Wahnsinnige. Aber woher hatte sie die Nummer ihres Mobiltelefons?

Alles war irritierend. Das Mädel von der Polizei, das sich aufführte, als hätte Karen selbst ihr Büro auseinandergenommen. Entweder mochte die Frau keine Staatsanwältinnen oder ihr gefielen rote Haare nicht. Dann hatte Karen versucht, Jo zu erreichen. Es dauerte endlos lange, bis man sie von der Krankenhauspforte zur Station durchstellte. Und dann dauerte es ewig, bis sie jemanden am Telefon hatte.

»Dr. Claudia Nagel.« Eine freundliche Frauenstimme.

»Dr. Karen Stark.« Doktortitel konnte sie auch. »Ich würde gerne mit Giorgio DeLange telefonieren, es ist dringend.«

Die Ärztin antwortete nicht sofort. »Sind Sie Kollegin?«, fragte sie vorsichtig.

»Nein.« Ich habe einen richtigen Doktortitel – aber das verkniff sich Karen. »Ich kümmere mich um die Töchter.«

»Aha. Ja. Also er müsste eigentlich längst zu Hause sein.«

»Er ist schon entlassen?« Bis vor kurzem schien er noch todkrank gewesen zu sein.

»Das kann man so nicht sagen. Er hat auf seinen eigenen Wunsch und auf sein eigenes Risiko hin das Krankenhaus verlassen, gegen meinen ausdrücklichen ärztlichen Rat.«

Das hatte Karen für ein paar Sekunden die Sprache verschlagen.

»Sind Sie noch da?«

»Ja.« Sie konnte keinen klaren Gedanken fassen. Warum hatte er sich nicht gemeldet? Warum war er nicht vorbeigekommen?

142

»Passen Sie auf ihn auf. Mit einer Gehirnerschütterung ist nicht zu spaßen.«

Karen hatte das Gespräch abgebrochen, ohne sich für die freundliche Auskunft zu bedanken. Sie versuchte es bei Jo zu Hause, wählte zum x-ten Mal die Nummer seines Mobiltelefons (»Dieser Dienst ist zurzeit nicht verfügbar«) und rief sogar in seiner Abteilung im Polizeipräsidium an.

»Kriminalhauptkommissar DeLange ist nicht im Dienst«, antwortete eine gelangweilte Stimme.

Damit war die Sache entschieden. Sie hatte die Mädchen ohne Jos Segen ins Auto gepackt.

Und jetzt standen sie vor Pauls Haus, und sie war sich nicht mehr sicher, ob das wirklich eine gute Idee gewesen war.

»Willkommen in Klein-Roda.« Paul küsste Karen auf die Wangen und nahm ihr das Gepäck der Mädchen ab, die den Kopf kaum hochkriegten für ein müdes »Tag«. »Kommt rein. Setzt euch.«

Karen ließ sich auf die Bank am Gartentisch sinken. Sie war überzeugte Städterin und hielt nichts vom Landleben. Aber heute fand sie die blühenden Rosen und gaukelnden Schmetterlinge beruhigend. Selbst die Mädchen wirkten ein wenig entspannter. Flo hockte zwar auf der äußersten Stuhlkante, bereit zur Flucht. Aber Caro lächelte, als Pauls Kater ihr um die Beine strich. Wie hieß er noch? Nemax? Sehr passend für ein Tier, das auf dem Höhepunkt der vorletzten Finanzkrise geboren worden war.

Sie erzählte Bremer mit knappen Worten, was in den vergangenen Tagen geschehen war – und wie ihre Wohnung aussah. Dass Jo verschwunden war, wollte sie ihm in Gegenwart der Mädchen nicht erzählen.

»Kaffee? Tee? Wasser? Saft?«

Die Mädchen schüttelten den Kopf.

»Tee«, dekretierte Karen und folgte Bremer in die Küche. »Und – danke, Paul.«

Er sah sie prüfend an, während er den Wasserkocher füllte. »Das war wohl noch nicht alles, oder?«

»Nein. Jo ist verschwunden. Und die Mädchen fragen noch nicht einmal nach ihm.«

»Gibt's hier WLAN?« Flo stand in der Tür, die Hände in den Hosentaschen. Sie klang, als ob sie ein »Nein« erwartete.

»Netzwerk Schweinestall, Passwort Landluft4711«, antwortete Paul, goss den Tee ab, stellte Kanne und Tassen auf ein Tablett und ging voraus in das, was er Salon nannte und früher die gute Stube hieß. Es war angenehm kühl in dem Raum mit dem Boden aus rotbraunen Terrakottafliesen, die im Laufe der Jahre speckig geworden waren.

»Jo wurde erst gemobbt und dann überfallen, sehe ich das richtig?«

»Ich denke ja.« Jo hatte zwar so getan, als ob es völlig normal wäre, dass man ihn nicht befördert, sondern mit einem lächerlichen Archivjob kaltgestellt hatte. Sie hatte kein Wort davon geglaubt.

»Und die Mädchen wollten ihn im Krankenhaus nicht besuchen?«

»Wie ich schon sagte.« Bremers ruhige Art, die Dinge auseinanderzulegen, bevor er sie wieder zusammensetzte, machte sie ungeduldig.

»Aber auch sie werden bedroht. Und zwar in deiner

144

Wohnung. Also weiß jemand, dass sie vorübergehend bei dir wohnen.«

»Offensichtlich.« Der Anruf fiel ihr wieder ein. »Irgendeine Verrückte hat angerufen, der Jo angeblich den Auftrag erteilt hat, die Mädchen vor mir in Sicherheit zu bringen. Flo wäre am Telefon unhöflich zu ihr gewesen. Sehr obskur.«

»Na ja. Es wäre ja denkbar, dass Jo vor seinem Verschwinden irgendeine Verwandte beauftragt hat, oder?«

»Auf die Idee bin ich auch gekommen. Aber Flo sagt, sie habe keinen Anruf erhalten.«

»Merkwürdig. Jedenfalls ist es dem Täter allem Anschein nach gelungen, einen Keil zwischen Jo und seine Töchter zu treiben.«

Sie sah ihn an, während er Kringel in die Luft malte. Darauf war sie noch gar nicht gekommen, obwohl es nahelag. Nur das erklärte die Sturheit der beiden Mädchen, die ihren Vater normalerweise vergötterten. Was ja auch nicht ganz gesund war.

»Also …«

»Also?«

»Also müssen wir in Erfahrung bringen, woran Jo zuletzt gearbeitet hat.«

»An ollen Kamellen! Sie haben ihn abgeschoben. Er soll irgendetwas für irgendeinen Jubiläumsband des Polizeipräsidenten zusammensuchen, da ist nichts dabei, was …«

»Woher weißt du, dass Jo nicht seine eigenen Pläne hatte?«

Bingo. Treffer. Warum war sie darauf nicht gleich gekommen.

»Neumann«, sagte sie. »Er hat eine leichte Obsession mit unserem lieben Dr. Karl-Heinz Neumann-von Braun.«

»Charles?«

»Genau der.«

Charles und die Hippiekommune, die sich vor Jahrzehnten in Klein-Roda ausgesprochen unbeliebt gemacht hatten. So was vergisst ein Dorf nie.

Karen rührte gedankenverloren in ihrer Tasse. »Trotzdem. Ich kann mir nicht vorstellen, dass Neumann sich von Jos Obsession mit dem alten Fall so beeindrucken lässt, dass er ihm eine Schlägertruppe auf den Hals schickt.«

»Neumann«, sagte Paul leise. »Und Eris Grab ...«

»Eris Grab? Was hat das damit zu tun?«

»Vielleicht nichts. Ich muss darüber nachdenken.«

Karen seufzte. »Okay. Denk drüber nach. Und ich hör mich mal im Präsidium um. Ein paar Freunde wird er ja wohl noch haben.« Sie stand auf und sah sich in Bremers Salon um. Ein Sofa, eine Schlafcouch, ein Kamin. Zwei Stühle, zwei Bücherregale. Damit war das Zimmer auch schon voll. »Wo willst du eigentlich die Mädchen unterbringen? Etwa hier?«

Bremer lachte. »Ich bin nicht der richtige Umgang für die beiden. Bei Rena ist noch was frei.«

Rena. Die Tochter von Pauls alter Flamme, Anne Burau, die sich am liebsten in der Weltgeschichte herumtrieb, während ihre Tochter auf dem Land hockte und den Hof führen durfte. Aber das machte sie offenbar gut, wenn man Paul glaubte. Sie hatte die Kühe und Schweine nach und nach durch Pferde ersetzt und den Hof für Reiterferien und Seminare ausgebaut.

Karen verstand nicht, was an Pferden so faszinierend sein sollte. Sie waren vor allem groß. Auch, was das Gebiss betraf.

»Genial. Caro liebt Pferde.«

Als sie zurück in den Garten kamen, wirkten die Mädchen deutlich entspannter. Flo saß vor ihrem Notebook und lächelte. Caro streichelte hingebungsvoll Birdie, die es sich auf ihrem Schoß bequem gemacht hatte und schnurrte. Karen traute auch Katzen nicht. Sie bissen, wenn man sie streichelte. Angeblich nur, weil sie kitzlig waren. Und Hunde wollten nur spielen, das kannte man ja. Seit sie beim Joggen im Scheißhaufen eines Riesenköters ausgerutscht und sich ein Bein gebrochen hatte, war ihr Verständnis für den besten Freund des Menschen begrenzt.

Auf der Fahrt zum Weiherhof hob sich die Stimmung. Caro begeisterte sich an der Aussicht auf tägliche Ausritte. Und Flo beschäftigte nur eine Frage, als sie aus dem Auto stiegen. »Gibt es hier WLAN?«

Rena kam um die Ecke, die beiden Hunde vorneweg. Karen hatte deren Namen längst vergessen, aber sie wusste immerhin noch, dass die Hündin irgendwas Edles aus Ungarn war und der kleine Köter ein Jack Russell.

»Hanya!«, rief Rena. »Bodo! Langsam!«

Aber Bodo war schon auf Caro zugesprungen, die in die Knie ging, um ihn hinter den Ohren zu kraulen. Und Hanya …

Raffiniert, dachte Karen. Die Hündin verhielt sich wie ein professioneller Eisbrecher. Sie hatte sich vor Flo gesetzt, musterte sie aus bernsteinbraunen Augen und neigte leicht den Kopf, als ob Majestät generöserweise gestattete, dass man sie kraulte. Flo streckte die Hand aus. Na bitte.

Nachdem die beiden ihr Zimmer bezogen hatten, brach Caro mit Rena zur Hofbesichtigung auf, während Flo sich an den Tisch vor den Hofladen setzte und in ihr Notebook starrte. Fast hätte Karen »Aber deine Augen, Kind!« gerufen, wenn sie sich nicht rechtzeitig an ihre Mutter erinnert hätte, die ihr mit diesem besorgten Ausruf das Lesen hatte vermiesen wollen.

Die Mädchen gingen früh ins Bett. Rena hatte erst eine, dann eine zweite Flasche Wein geöffnet und auf den Tisch gestellt. Jeder hing seinen eigenen Gedanken nach, Bremer mit gerunzelter Stirn, Rena mit entspanntem Gesicht. Karens Gedanken kreisten um Jo. Dennoch musste sie eingenickt sein. Sie schreckte hoch aus einem Alptraum. Von einem Mann ohne Gesicht.

»Ist eigentlich schon raus, wer den Mann getötet hat, den du auf dem Friedhof gefunden hast?«, fragte sie in die Stille.

»Eine furchtbare Geschichte«, murmelte Rena.

»Ein Sexualstraftäter war es ja wohl nicht.«

»Der müsste dann schon auf alte Männer stehen«, antwortete Paul. »Mach dir mal keine Sorgen um die Mädchen.«

»Ich mach mir Sorgen um meinen Führerschein.« Karen gähnte. »Darf ich bei dir übernachten, auch wenn ich morgen schon um fünf Uhr rausmuss?«

»Wenn's sein muss. Weil du es bist.«

Das war für Pauls Verhältnisse ein geradezu enthusiastisches Ja.

Es war kühl geworden nach diesem heißen Tag. Paul nahm den Promilleweg nach Klein-Roda, durch Weizenfelder und Obstwiesen. Sie hatten beide Seitenfenster heruntergelassen. Karen atmete tief ein. Ein Duft strömte hinein, den sie noch nie gerochen hatte.

»Was riecht hier so gut?«, murmelte sie.

»Siehst du da am Feldrand die langen Stengel mit den weißen Blütenschleiern?«

»Hmhmm.«

»*Filipendula ulmeria.*« Paul lachte leise. »Zu deutsch Mädesüß. Hat aber mit Mädchen nichts zu tun.«

»Hätte mich auch gewundert«, antwortete Karen schläfrig. »Zu unseren beiden passen Disteln besser.«

Über der Flussaue hörte man den leisen Ruf einer Eule. Ein Igel schlurfte im Scheinwerferlicht gemütlich über den Weg. Und vor der Haustür lag ein Geschenk. Von den beiden Katzen. Karen wäre fast draufgetreten.

»Ist doch bloß eine Ratte.« Paul packte den Kadaver am nackten Schwanz und trug ihn fort.

»Ich mach mir Sorgen«, sagte Karen, als sie hochgingen ins Arbeitszimmer, wo Paul ihr das Schlafsofa bereitete.

Bremer schlief unruhig. Irgendwann hörte er ein Auto. Es musste fünf Uhr sein. Karen war auf dem Weg zurück nach Frankfurt. Schade, dachte er und schlief wieder ein.

»Kannst Jörg zu mir sagen!« Jorge war ein großer dürrer Mann mit schmutzig blondem Haar, das er, obwohl es sich an den Schläfen bereits lichtete, straff nach hinten gekämmt und zum Pferdeschwanz gebunden hatte. Der Mann musste an die siebzig sein, hatte kaum Fleisch auf den Rippen, aber klar definierte Muskeln unter dem knappen T-Shirt.

»Freut mich. Ich bin Jo.« DeLange erwiderte den kräftigen Händedruck. Er wunderte sich nicht, dass Jorge ihn gleich erkannt hatte. Auf dem Busbahnhof von Huancayo wimmelte es von Einheimischen und Rucksacktouristen. Die einen waren keine Europäer und die anderen zu jung, um als Kriminalhauptkommissar aus Deutschland durchzugehen.

»Hattest du eine angenehme Fahrt?«

DeLange verzog das Gesicht.

Jorge lachte. »Na, wenigstens hast du es überlebt.«

Er griff nach der Reisetasche und ging voraus, auf einen staubigen Landrover zu. Als sie näher kamen, öffnete sich die Tür und eine sehr kleine Frau mit einem ziemlich großen Hund purzelten heraus.

»Carmencita«, sagte Jorge mit zärtlichem Stolz.

Carmencita war jünger als ihr Mann, klein und rund, eine Mestizin, die in einem schnellen, rauen Spanisch auf DeLange einredete. Soweit er sie verstand, hieß sie ihn willkommen – »in diesem gottverlassenen Land«.

Der Hund tat das auf seine Weise. Er beschnüffelte DeLanges Schuhe und seine Hosen, beschloss, dass

150

der Fremde freundlich roch, und schmiegte sich an sein Bein.

»Gut, dass ihr euch vertragt! Ihr müsst euch nämlich den Rücksitz teilen.« Jorge öffnete die Tür, und der Hund sprang vor DeLange hinein. Das Tier war groß und elegant, sah wie rasiert aus und wedelte vor Begeisterung über seinen Sitznachbarn mit dem ganzen Hinterteil.

Jorge beobachtete grinsend im Rückspiegel, wie DeLange versuchte, den Hund und dessen nasse Zunge auf Abstand zu halten. »*Perro sin pelo*«, sagte er. »Peruanischer Nackthund. Der hier heißt Lord Henry und sitzt dir gleich auf dem Schoß, wenn du nicht aufpasst.«

Jorge legte krachend den Gang ein und fuhr los. Er und seine Frau wohnten nicht weit entfernt von einem Ort namens Chupaca. »Chupaca heißt Land der Helden.« Jorge lachte. Er schien das auf sich zu beziehen.

»Wir haben eine Finca in der Nähe der Lagune. Nahuimpuquio. Die Artuahuro haben da gesiedelt. Sonnenanbeter.«

Wieder sah DeLange Jorges Blick im Rückspiegel. Hatte Tomás ihm etwa erzählt, er sei ein Tourist, der sich für Landeskunde unter Berücksichtigung religiöser Mythen und Rituale interessierte?

»Die Indios von heute sind freundlich, naiv und furchtbar katholisch. Kürzlich hat einer von ihnen behauptet, in einem Baum sei über Nacht ein Marienbild gewachsen. Seither pilgern sie zu Hunderten in unseren ruhigen kleinen Ort und beten vor dem Baum. Dabei ist das ›Bild‹ nur ein Astloch mit ein paar Verwachsungen.«

DeLange hatte Lord Henry dazu gebracht, sich hinzulegen, und versuchte, es sich bequem zu machen.

Jorge steuerte den Wagen beherzt durch die Kurven. »Huancayo ist uns zu groß. Und nach den beiden Erdbeben von 1969 eher ungemütlich geworden.« Nach einer besonders scharfen Kurve landete Sir Henry wieder da, von wo er vor einer Minute noch erfolgreich vertrieben worden war: auf DeLanges Schoß. Der fand sich für den Rest der Fahrt damit ab.

Jorges Finca war ein weißgestrichener Bungalow und lag im Schatten dreier seltsam gewundener Bäume mit schuppiger roter Borke. Rechts und links vom Eingang standen ausladende, über und über mit kleinen tulpenförmigen roten Blüten übersäte Sträucher.

»*Qantuta*«, sagte Carmencita, die seinen Blick bemerkt hatte. »*La Flor Sagrada de los Incas.*«

Im Inneren des Hauses war es angenehm kühl. Lord Henry ließ sich auf den gefliesten Boden fallen und schloss seufzend die Augen. Jorge dirigierte DeLange zu einem Sofa, und Carmencita kam kurze Zeit später mit Drinks zurück. »Machu Picchu«, sagte sie verschwörerisch, als sie ihm das beschlagene Glas reichte.

Der erste Schluck des grünlichen Getränks war Balsam in DeLanges ausgedörrter Kehle. Erst nach dem zweiten Schluck merkte er, dass das heilige Inkagetränk eine Alkoholbombe war und die kleinen Zwerge in seinem Schädel wieder aus dem Schlaf geholt hatte, die prompt zu hämmern begannen.

»*Pobre muchacho*«, säuselte Carmencita, als sie merkte, dass er sich kaum noch aufrecht halten konnte. Unter der mitfühlenden Anteilnahme von Lord Henry wurde DeLange von Jorge ins Gästezimmer geschleppt und ins Bett gepackt.

Er erwachte von einem Krampf in den Waden. Im Traum war er auf der Flucht vor seinen Verfolgern tagelang durch menschenleere, karge Höhenlandschaften gelaufen und hatte sich unendlich einsam und verlassen gefühlt.

»Bist du so weit?« Jorge hielt die Tür zum Landrover auf. »Tomás hat mir gesagt, welche Informationen du brauchst.«

Hatte er das? DeLange hegte so seine Zweifel. Sie schwiegen während der Fahrt über holprige Wege und staubige Pisten. Nach ein paar Kilometern bremste Jorge und ließ den Wagen am Straßenrand ausrollen.

Das Haus stand an einer Straßenkreuzung. Kein Baum, kein Strauch. Die schmuddelige Fassade des flachen Baus musste vor unvordenklichen Zeiten mal einen weißen Anstrich gehabt haben. Über dem Eingang ein Schild: »Granja Öhi«.

Jorge sah ihn von der Seite an, grinsend. »Hättest du das gedacht? Der gute alte Alm-Öhi. Ein Ehepaar aus dem Allgäu hatte hier mal ein Restaurant. Aber nicht lange.«

Als Jorge die Tür zum Gastraum öffnete, war es sekundenlang still, bevor das Palaver wieder einsetzte. An schmalen Holztischen saßen ein paar Jungs in Wanderstiefeln, die Rucksäcke neben sich, und löffelten Suppe. An der Bar standen Männer, offenbar Einheimische, aber keine Indios, die meisten von ihnen hatten spanische Gesichtszüge.

Es roch nach Schnaps und Bier, nach Fisch und Fritteusenfett.

Jorge lotste ihn durch die Menge, grüßte die meisten mit einem Schlag auf die Schulter und schleuste ihn durch eine weitere Tür in ein Hinterzimmer.

Der Tabakrauch stieg DeLange in die Augen und in die Nase. Er konnte kaum erkennen, wo er war.

»Setz dich.« Jorge drückte ihn auf einen Holzstuhl. »Das ist José.«

Auf dem Tisch standen eine Flasche Pisco und drei Gläser. Eine knotige Hand mit schwarz angelaufenen Fingernägeln griff nach einem der Gläser, hob es an und prostete ihnen zu. Das Gesicht des Mannes war ein dunkles Faltengebirge. José sah aus, als ob er schon viel gesehen und viel vergessen hatte.

Der Alte erzählte ohne Punkt und Komma. José war beim Militär gewesen. José hatte seine Pflicht erfüllt. José war seit zwölf Jahren pensioniert. José erinnerte sich an alles. »Frag nur.«

DeLange konnte kaum folgen, der Mann sprach ein Spanisch, das ihm fremd war. Jorge übersetzte, wenn er es nicht gerade vergaß, und bestellte ansonsten eine Runde nach der anderen.

Die schlechte Luft und der Alkohol und der Singsang des Alten versetzten DeLange in Trance. Er sah Bilder ohne Zusammenhang, von Armut, Kälte, Frauen und Gewalt.

»Frag ihn nach Deutschen«, flüsterte er Jorge zu.

»Hab ich schon«, sagte der Trekker, aus dessen Pferdeschwanz sich Haarsträhnen gelöst hatten, die er sich immer wieder aus dem Gesicht strich. »Aber José kennt seinen Wert. Nur nicht gleich zur Sache kommen, sonst reicht die Zeit nicht für noch einen Pisco.«

DeLange nippte nur an dem Glas, das Jorge vor ihn hingestellt hatte.

»*Borracho?*« Der Alte deutete auf ihn und lachte meckernd.

»Besoffen«, dolmetschte Jorge.

Noch nicht, dachte DeLange, aber bald.

»Er erzählt vom Studentenaufstand, 1969, in Huanta. Ich hab das damals gar nicht mitbekommen, war wohl irgendwo unterwegs«, erklärte Jorge.

Der Alte klopfte Jorge auf die Schulter und lachte. Sein Atem roch nach faulenden Zähnen und entzündetem Zahnfleisch.

DeLange wusste gar nicht, dass es damals auch in Peru Studentenunruhen gegeben hatte, wie überall auf der Welt. Er war zu jung gewesen, um zu verstehen, was die wollten. Seine Eltern waren zu alt und verstanden es erst recht nicht. »Machen alles kaputt«, hatte Mama gerufen, wenn sie fäusteschwingende Demonstranten mit Fahnen im Fernsehen sah. Irene und Luigi DeLange waren 1960 nach Deutschland gekommen, nach Rüsselsheim, sprachen auch nach Jahren nur schlechtes Deutsch, aber sie waren patriotischer als die Einheimischen.

»Das Militär hat den Aufstand niedergeschlagen.«

José machte die passenden Gesten und Laute zu Jorges Übersetzung: Peng.

Jorge sah DeLange entschuldigend an. »Hier ist Lateinamerika, *mi amigo, entiendes*? Zimperlich ist hier niemand. Keine Ahnung, wie viele junge Leute damals ums Leben kamen. Jedenfalls haben sich die Studenten radikalisiert. Das war der Beginn von *Sendero Luminoso*.«

Der Alte nickte, als ob er jedes Wort verstanden hätte, und erzählte weiter. »Damals waren die Kameraden noch brav. Haben sich engagiert, wollten den armen Indios helfen. Wollten denen was beibringen.« José machte eine wegwerfende Geste.

Der Alkohol und die Fahne des Alten schlugen DeLange aufs Gemüt und auf den Magen. Er war plötzlich mit ganzem Herzen auf der Seite der Studenten.

»Sie haben Schulen gegründet. Oder sind von Dorf zu Dorf gezogen und haben agitiert. Da gab es wohl auch ein paar Deutsche«, fuhr Jorge fort.

Der Alte beugte sich mit schwimmenden Augen vor, zeigte mit dem Zeigefinger auf DeLange und riss den Mund auf. DeLange blickte in einen weitgehend entvölkerten Schlund und hörte José lachen. Es klang schadenfroh. Oder so, als ob er einen schmutzigen Witz gerissen hätte.

Jorge kratzte sich am Kopf. »Er hat irgendeine Schweinerei erzählt, die ich nicht ganz verstanden habe. Eine Frau und zwei Männer. So was in die Richtung.«

DeLange setzte sich auf. Konnte einer der Männer Neumann sein? Warum nicht. 1968 war der gute Charles auch Teil einer *menage à trois* gewesen – allerdings mit zwei Frauen. Zwei Männer und eine Frau war, bis auf die Zahl drei, nicht gerade das Gleiche.

»Und die Frau ...« Jorge unterbrach sich und redete auf den Alten ein. DeLange dachte an die beiden Frauen, mit denen Neumann das Landleben in Klein-Roda ausprobiert hatte. Keine der beiden konnte gemeint sein, die eine hatte sich nach dem gemeinsamen Abenteuer ins Studium zurückgezogen und die andere, Alexandra Raabe, war tot.

»Er sagt …« Wieder fragte Jorge den Alten etwas, der mit einem erneuten Redeschwall antwortete.

»Die Frau sei die schönste Frau gewesen, die er jemals gesehen hat. Die hätte jeden Mann haben können.«

Meckerndes Lachen.

»Jeden. Auch ihn.«

José lachte noch lauter. Jorge verzog das Gesicht.

Eine schöne Frau. Eine ganz besonders schöne Frau. In DeLanges Hirn sprang ein Relais an. Und wenn Alexandra Raabe nicht tot wäre?

»Chhanka«, sagte der Alte und starrte DeLange an.

Das war der Name, den Tomás erwähnt hatte.

»*Chhanka* ist Quechua und heißt Stein.« Jorge sah düster auf den Bierfleck auf dem Tisch, in den der Alte mit dem Zeigefinger Zeichen und Muster malte.

»Peng«, sagte José und leerte entschlossen sein Glas.

Jorge wich DeLanges Blick aus. »Sie haben sie erschossen, sie und die anderen.«

Das konnte nicht sein. Neumann lebte. Langsam wurde DeLange sauer. »Frag ihn, ob man die Leichen damals geborgen hat.« Der Alte erzählte wahrscheinlich nur, was man ihm aufgetragen hatte. »Frag ihn, ob jemand die Leichen identifiziert hat. Ob er sich sicher ist. Ganz sicher.«

Jorge sah ihn zweifelnd an und ratterte dann auf Spanisch etwas herunter, das sich wie die richtige Frage anhörte.

Der Alte blickte zur Seite und schüttelte den Kopf.

DeLange stand auf. Er hatte genug. Das war ein all-zu plumper Versuch, ihn von der Fährte abzubringen. Tomás? Wer sonst.

In der Nacht hatte er wieder einen dieser Träume, die man beim Aufwachen nicht vergisst. Er träumte von einer Frau, die wie Alexandra Raabe aussah und eine Krone aus Weinlaub trug. Weil sie aus einer Winzerfamilie in Bad Dürkheim stammte? Wahrscheinlich. Sie lächelte. Sie sagte irgendetwas.

DeLange glaubte an den Helena-Mythos. Daran, dass es Frauen gibt, bei denen Männer den Kopf verlieren. Weil sie Sehnsucht auslösen – quälenden, vergeblichen, süchtig machenden Wahn. Frauen wie Alexandra. Doch im Traum verhärteten sich ihre Gesichtszüge.

Aus dem Weinlaub wurde eine Che-Guevara-Mütze. Alexandra Raabe verwandelte sich in Chhanka. Sie war also nicht schon 1968 gestorben und von Charles und Angel begraben worden. Sie war verschwunden, weil sie verschwinden wollte. Und natürlich war sie ebenso wenig wie Charles von der peruanischen Miliz im Andenhochland erschossen worden. Sie lebte. Ganz gewiss: Sie lebte. Der Gedanke verließ ihn nicht mehr.

Jorge aß Rührei zum Frühstück. DeLange hatte den Pisco gestern nicht vertragen und konnte kaum hinsehen. »Die drei Deutschen, die José erwähnt hat. Eine Frau, zwei Männer. Weißt du, was ich meine?«

»Peng«, sagte Jorge und hielt Carmencita seine Tasse hin, damit sie Kaffee nachgießen konnte.

»Ich glaube nicht, dass sie tot sind.«

»Vielleicht nicht. Vielleicht doch. Wer weiß das schon.«

»Ich würde gerne ein bisschen nachforschen.«

»Ich glaube, du solltest das besser lassen«, sagte Jorge und stellte seine Tasse behutsam auf den Tisch.

»Hat Tomás dich instruiert?«

»Instruiert? Mich?« Jorge lachte. Zu lange und zu laut.

DeLange hielt Carmencita seinen Becher hin und ließ den so offensichtlich verlegenen Jorge nicht aus den Augen. »Kannst du mir einen Kontakt organisieren?«

»Mit wem?« Jorge lachte wieder. »Mit einem Veteranen vom *Sendero*? Der noch *lebt*?«

Carmencita verzog das Gesicht und ging zurück an den Herd, wo sie mit Töpfen und Pfannen mehr Lärm machte, als für Rührei und Schinken nötig war.

»Kennst du einen?« Der heiße Kaffee tat gut. Und er schmeckte sogar.

Jorge seufzte. »Lass die Finger davon. Sie mögen neugierige Leute nicht. Vor allem nicht, wenn sie von der Polizei sind.«

»Muss man ja nicht jedem auf die Nase binden.«

Carmencita hatte genug. Sie knallte die Pfanne auf den Tisch und redete auf Jorge ein, der mal den Kopf schüttelte, mal nickte, mal abwinkte und nicht wirklich glücklich dabei wirkte.

DeLange tunkte ein Stück Brot ins Rührei und versuchte einen Bissen. »Also wie ist es? Weißt du jemanden?«

Jorge blickte hinüber zu Carmencita, die verbissen in einem ihrer Töpfe rührte, und schüttelte dann den Kopf. »Frag Shidy«, sagte er leise.

Shidy? Es dauerte ein paar Sekunden, bis er sich wieder erinnerte. Die hübsche Shidy, die Fremdenführerin, die sie auf ihrer ersten Perureise begleitet hatte. Ein Mädchen mit Vorliebe für Rammstein. Die und der *Sendero*? Das kam ihm unwahrscheinlich vor.

»Wie finde ich Shidy?«, fragte DeLange ebenso leise zurück.

»Das ist das kleinste deiner Probleme«, sagte Jorge und legte ihm die Hand auf den Arm. »Sei vorsichtig.«

»Wir haben keine aktuellen Nachrichten über Verkehrsstaus und wünschen Ihnen eine gute und sichere Fahrt.« Und danach *Drive My Car* von den Beatles. Karen drehte das Autoradio leiser.

Es war frisch und kühl im Wald unter dem dichten Blätterdach. Sie hatte das Verdeck geöffnet und konnte die Vögel hören, die über ihrem Kopf zwitscherten. Wie es sich wohl lebte da oben in den Baumwipfeln? Wie es sich anfühlte, von Ast zu Ast zu springen und dann die Schwingen auszubreiten? Sie hatte keinen blassen Schimmer, wie viele Vögel so ein Wald beherbergte. Zehn pro Baum? Zwanzig?

Ein schwacher Lichtstrahl brach durch das Grün und ließ die Tautropfen auf den Blättern funkeln. Die schmale Straße schwang sich auf und ab, der Mini legte sich schnurrend in die engen Kurven, und sie wartete auf den Moment, in dem sie wieder aus dem Wald hinausfuhr, der aufgehenden Sonne entgegen. Noch vierzig Kilometer bis zur Autobahnauffahrt, aber das war ihr recht. Es war hinreißend schön in dieser gottverlassenen Gegend. Das hier war ein Moment, in dem sie Bremer verstand.

Ansonsten konnte sie seinem Leben nichts abgewinnen. Sie verstand seine Anhänglichkeit an das stinkende kleine Kaff nicht, in dem sich die Eingeborenen neuerdings gegenseitig die Schädel einschlugen.

Bevor sich so etwas wie Gewissensbisse regen konnten, weil sie die Mädchen alleingelassen und für Pauls Sorgen kein richtiges Ohr gehabt hatte, konzentrierte sie sich auf den vor ihr liegenden Tagesablauf. Eine Konferenz, zwei Verhandlungen. Und zwischendrin musste sie sich um Jo kümmern.

Sie konnte sich nicht entscheiden, ob sie sauer auf ihn sein sollte oder sich Sorgen machen musste. Wieso war er klammheimlich aus dem Krankenhaus verschwunden, ohne sich wenigstens bei Flo oder Caro zu melden? Und wie kam sie überhaupt dazu, sich um die verwöhnten Töchter eines Mannes zu kümmern, der nicht bereit war für eine erwachsene Beziehung?

Ja, du bist gut wie Gold, meine Liebe, dachte Karen und grinste in sich hinein. Das war ein Fehler, an den man sich offenbar gewöhnen konnte.

Der Wald öffnete sich auf Wiesen und Felder, in der Ferne ein paar Windturbinen. Ganz kurz schloss sie die Augen, sie hatte direkt in die Sonne geblickt, deren Scheitel sich über die Kuppe schob.

Links eine Koppel mit drei Pferden, die eine Weile mit wehenden Mähnen neben ihr herliefen. Rechts die Einfahrt zu einem Hof, dessen Haupthaus versteckt hinter einer riesigen Kastanie lag. Auf einer Weide nebenan Kühe. Sie konnte sich nur schwer vorstellen, wie es war, auf einem Bauernhof zu leben. Die harte Arbeit mochte noch angehen. Aber die Fliegen ...

Wieder tauchte sie in ein Wäldchen ein, ein bisschen zu schnell, sie musste bremsen, sie hatte die Kurve zu spät registriert. Erst in letzter Minute sah sie die Gestalt, die hinter der Kurve am Straßenrand stand. Die einen Schritt vorwärts machte, auf die Fahrbahn. Die etwas in der Hand hielt, das sie auf das näher kommende Auto richtete.

Es war ein Gewehr. Und sie war viel zu nah, um noch zu bremsen.

Ein spitzer Knall. Die Windschutzscheibe zerbarst. Für einen Moment konnte sie nichts sehen, aber sie trat instinktiv auf die Bremse. Sie spürte, wie das Auto wegbrach, ins Schleudern geriet, hörte die blockierenden Reifen über den Asphalt jaulen. Ein Schlag. Als ob ein Vakuum platzt. Es presste ihr die Luft aus der Lunge. Ihr Oberkörper knickte nach vorn. Schleuderte nach hinten. Und dann wölbte sich ihr die Motorhaube entgegen.

Die Vögel über ihr waren still.

Das Telefon. Bremer fuhr hoch. Es war zwar schon hell, aber zum Telefonieren entschieden zu früh.

»Ja?«, murmelte er schlaftrunken.

»Paul?« Ingo, einer der beiden Gemeindearbeiter. Der war jeden Tag so früh unterwegs.

»Wer sonst«, knurrte er.

»Tut mir leid, aber ich dachte, ich muss es dir sagen. Bevor sie bei dir vorbeikommen und nachfragen.«

Jetzt war Bremer wach.

»Ein Unfall zwischen Klein-Roda und Ottersbrunn. Beim Wäldchen kurz hinter der Kurve. Noch nicht lange her.«

Ein Unfall. Ganz in der Nähe. Wer? Bremers Hirn setzte aus.

»Ich bin dran vorbeigefahren, die Feuerwehr war schon da.«

Nun sag schon, Ingo, dachte Bremer, dessen Zunge nicht gehorchen wollte.

»Ein Auto mit Frankfurter Nummer. Ist wohl von der Straße abgekommen und gegen einen Baum geprallt. Totalschaden.«

Totalschaden. Bremer hatte Bilder von zusammengefalteten Blechkisten vor Augen, deren Insassen herausgeschnitten werden mussten.

»Es ist ein Auto wie das, was gestern vor deinem Haus stand.«

Gestern? Vor meinem Haus? Langsam formte sich ein Gedanke.

»Eine Frau am Steuer, soweit ich das erkennen konnte. Dann kam der Rettungswagen.«

Endlich begriff er. Karen.

»Ich wollte es dir nur sagen, bevor du es von anderen hörst.«

Bremer war zu benommen, um Ingo zu danken.

Er lief nach unten. Die Katzen plärrten. Er schaltete die Kaffeemaschine ein und schaufelte den Tieren ohne die üblichen Zärtlichkeiten ihr Futter in die Näpfe. Den Kaffee trank er, während er sich anzog.

Das Telefon klingelte. Das war es. Das war die Nachricht von ihrem Tod.

»Sie liegt im Evangelischen Krankenhaus in Gießen auf der Intensivstation.« Ingo.

Bremer atmete tief durch. Karen lebte. Er fuhr sofort los.

»Wach auf!«

»Was'n los?« Caro drehte ihr den Rücken zu und zog sich die Bettdecke bis über die Ohren.

»Nun komm schon! Wir hauen ab.« Flo zog ihr die Decke weg.

»Lass mich.«

Flo hätte ihrer Schwester am liebsten eine geknallt. »Kannst du mal einmal machen, was man dir sagt?«

»Du! Bist! Tot!« Caro vergrub den Kopf im Kissen.

Na super. Das konnte sich nur noch steigern. Flo hielt die Luft an und zählte bis zehn.

»Caro!« Noch mal von vorn und ganz, ganz ruhig. »Ich hab dich und mich vor Tante Beate bewahrt. Also revanchier dich bitte.«

Nichts. Ruhig half auch nicht.

»Wir müssen hier weg, verdammt! Kapier's endlich!«

Caros Kopf kam hoch. »Friss Schnecken!«

Was konnten kleine Mädchen fies sein.

»Jetzt krieg dich ein. Wir müssen Jo helfen.«

»Papa?« Caros Stimme schraubte sich hoch. Immerhin war sie jetzt wach.

»Ja, Papa. Und wenn du mir jetzt nicht zuhörst, nehm ich dir mein T-Shirt wieder weg.« Das mit den schwarzen Spitzen am Ausschnitt, das Flo total kitschig und Caro total süß fand.

Das wirkte. Flo setzte sich auf die Bettkante und

sah zu, wie Caro ihre zerknüllten Klamotten aus dem Rucksack zog und auf dem Bett verteilte. »Ich hab eine Nachricht von ihm bekommen.«

»Na und?« Caro drehte ihr den Rücken zu.

Tu doch nicht so, dachte Flo. »Sieht aus, als ob sie ihn entlassen hätten.«

»Schön für ihn.« Caro musterte eine Jeans.

»Jedenfalls ist er okay, wir sollen uns keine Sorgen machen und ihm vertrauen.«

»Misstraue allen Gerüchten«, hatte er geschrieben. Sie wusste zwar nicht, welche Gerüchte er meinte. Aber ihr reichte das. Sie hatte die ganzen letzten Tage nachgedacht. Und sie war zu dem Schluss gekommen, dass es unmöglich Jo gewesen sein konnte, der …

Caro fuhr wie angestochen herum. »Vertrauen? Und die Scheiße aus dem Internet? Papa hat …«

»Papa hat nicht. Der braucht so was nicht.« Unmöglich, dass Jo auf diese Filme stand, die sie auf seinem Notebook gefunden hatten. Es war so eklig – so entwürdigend gewesen.

»Das waren Kinder! Kleine Jungs!« Caros Stimme war schrill geworden. Flo sah mit Schrecken, wie ihr die Tränen in die Augen stiegen. Jetzt bitte keinen Heul- und Schreikrampf, dachte sie flehentlich. Das hatten wir schon.

Es war Caro gewesen, die dafür gesorgt hatte, dass sie Jo nicht im Krankenhaus besucht hatten. Flo hätte darauf bestehen sollen. Hätte einfach allein hingehen müssen. Ihn fragen. Stattdessen hatte sie ihrer hysterischen kleinen Schwester das Händchen gehalten. Und Jo alleingelassen. Unverzeihlich.

Flo hob die Jeans auf, die vom Bett gerutscht war, und hielt sie ihr hin. »Jetzt zieh dich an.«

»Wie können Männer nur so – widerlich sein!«

Flo seufzte tief auf. Waren alle kleinen Schwestern so anstrengend?

»Und Papa ...« Na endlich. Tränen. Mamma mia.

Flo nahm Caro bei den Schultern. »Du hörst mir jetzt zu! Papa war das nicht!«

»Aber ... er hat die Schweinerei doch runtergeladen!«

»Hat er nicht. Das war jemand anders. Versteh doch! Die *wollen*, dass wir ihn eklig finden!« Und ich hätte das begreifen müssen, statt mich von Caros Hysterie anstecken zu lassen, dachte Flo. Und deshalb haben die Schweine gekriegt, was sie wollten. Die wollten, dass wir ihm nicht mehr trauen. Dass wir ihn alleinlassen.

Mit einem Mal war es mit ihrer Geduld vorbei. »Hör auf, so verdammt kindisch zu sein«, zischte sie.

»Du hast mir gar nichts ...«

»Erstens: Irgendjemand hat Papa überfallen und zusammengeschlagen. Okay?«

»Danke für die Aufklärung! Ist mir auch aufgefallen!«

»Na also. Zweitens. Jemand bricht in Karens Wohnung ein.«

»Ach nee. Sonst noch was?« Endlich hatte sie ein Bein in den Jeans.

»Drittens: Jemand zerschnippelt unsere Unterwäsche.« Das war fast so eklig gewesen wie die Filme.

»Ausgerechnet das rosa Teil mit der Schleife.« Caro, wehmütig. Flo wäre fast geplatzt. Aber das gute Kind band sich gerade die Schuhe zu, und da wollte sie nicht stören.

»Woraus man, viertens, schließen kann, dass diese Schweine auch die Filme auf Jos Notebook geladen haben.«

Caro richtete sich auf. Flo sah in ihrem Gesicht, dass der Groschen sich auf den Weg gemacht hatte. Nicht gerade ein Torpedo.

»Kapiert?«

»Aber …«

»Und deshalb müssen wir Jo helfen.«

»Aber wie sollen wir ihm denn helfen? Und wo ist Papa überhaupt?«

Flo verdrehte die Augen. Caro konnte einen wahnsinnig machen. »Das genau werden wir jetzt herausfinden. Pack endlich deine Tasche. Wir sollten gehen, bevor der ganze Hof wach ist.«

Caro stand unschlüssig da. »Ist das nicht gefährlich?«, fragte sie schließlich.

Für ein paar Sekunden war Flo sprachlos. Was sollte sie ihr sagen? Dass es immer riskanter war, etwas zu unternehmen, anstatt zu Hause zu bleiben, mit Hunden zu spielen und auf Pferden zu sitzen?

»Dann bleib eben hier, du Feigling«, antwortete sie.

Niemand bemerkte sie, als sie aus dem Gästehaus schlichen, durch das Tor schlüpften und den Weiherhof über den Feldweg verließen. Nur die Hunde, die fröhlich um sie herumsprangen und sich von keinem »Sitz!« und »Platz!« beeindrucken ließen.

»Kannst du den Sound mal runterdrehen?«, zischte Flo. »Oder sollen alle mitkriegen, dass wir abhauen?«

Caros geflüsterte Ermahnungen halfen nicht. Die Hunde folgten ihnen schweifwedelnd.

»Wohin gehen wir?«, fragte Caro.

»Das wirst du schon sehen.«

Flo beschleunigte ihren Schritt. Sie hatte keine Ahnung, wie man von hier aus die Straße erreichte. Und wie sie von da aus nach Frankfurt kamen. Aber sie musste so tun als ob, damit Caro nicht störrisch wurde und bockte.

Der Weg führte durch Felder mit gelben Ähren, die in der Sonne knackten. Obwohl es noch frisch war, schwirrten bereits Fliegen und Bremsen um sie herum. Flo musste sich beherrschen, um nicht ebenso albern um sich zu schlagen wie Caro. Hoffentlich hatte sie die richtige Richtung gewählt. Hoffentlich liefen sie nicht im Kreis. Hoffentlich kam bald eine Straße.

Langsam wurde es heiß. Seit Wochen gab es jeden Tag Temperaturen über 30 Grad. Ob das normal war? Oder war das schon der Klimawandel? In der Schule gab es eine Kampagne, an der sich alle beteiligen sollten. »Aktiv gegen den Klimawandel«. Sie hatte darauf keine Lust gehabt. Sie wusste, worauf solche Aktionen hinausliefen: auf die üblichen Appelle der Lehrer. Schön sparsam sein, kein Auto fahren, nur Bio kaufen und wenig Fleisch essen. Aber Fleisch aß sie eh nicht, dazu brauchte sie keine Kampagne. Und wer wie sie den Führerschein machte, wollte auch Autofahren, oder?

Autofahren war geil.

Der Feldweg führte zum Rand eines Wäldchens. Im Schatten der Bäume hüllte sie eine atemberaubende Duftwolke ein. »Geißblatt«, sagte Caro andächtig und trat an das Gebüsch mit der blühenden Kletterpflanze. Meinetwegen, dachte Flo und ging weiter. Mit Pflanzen und Tieren kannte sie sich nicht aus. Das war Caros Kernkompetenz.

Aus dem Gebüsch stieg ein Schwarm Vögel auf, die sich lärmend auf die Bäume verteilten und auf sie herabzeterten. Dann führte der Weg aus dem Schatten der Bäume hinaus und an einer kahlgeschlagenen Fläche vorbei, auf der sich zwischen dem Unterholz Dornengestrüpp ausgebreitet hatte. Die Hunde, die ihnen vorausgelaufen waren, blieben stehen, die Nasen in der Luft. Und dann rannten sie los. Vergeblich schrie Caro »Bodo!« und »Hanya!« und »Hierher!«. Mit knatternden Flügelschlägen stieg ein großer brauner Vogel auf, kurz bevor die Hunde ihn erreichten. Jetzt erst merkte Flo, dass der Feldweg sich immer mehr verengt hatte. Es sah ganz so aus, als ob er im Gestrüpp endete.

»Bodo! Hanya!« Caro schrie den Tölen noch immer hinterher.

»Wir müssen zurück«, zischte Flo. »Lass die Hunde. Die finden schon wieder nach Hause.«

Aber Caro rannte weiter, tiefer hinein in die Dornen. Flo folgte fluchend.

In der Ferne hörte man ein Auto vorbeifahren. Es gab also eine Straße in der Nähe. Wenigstens das. Und die Hunde waren nicht weit, sie hörte sie kläffen. Dann brach das Hundegebell abrupt ab. Stattdessen hörte sie einen der Hunde winseln. Und einen halberstickten Schrei.

»Caro!« Sie kämpfte sich vor, an der Hecke entlang. Der Weg öffnete sich auf eine abschüssige Wiese.

Links eine Brücke, die über einen Bach führte, der gesäumt von Bäumen und Sträuchern durch die Wiese schlängelte. Daneben Caro und die Hunde.

Flo lief über die Wiese auf die Brücke zu. Die Hitze senkte sich über sie. Und dann steckte sie in einem Schwarm von Fliegen, schwarze, böse surrende Viecher. Um sich schlagend, rannte sie zu Caro, die noch immer da stand, wie gelähmt, die Hand vorm Mund. Sie starrte auf etwas, das halbverborgen im Gesträuch lag. Hanya saß aufrecht neben ihr und blickte in dieselbe Richtung. Bodo winselte und japste und lief davon.

»Was ist los«, fragte Flo atemlos. »Was hast du?«

Caro schüttelte stumm den Kopf und zeigte mit dem Finger auf das Gebüsch. Flo trat ein paar Schritte vor. Grüne Gummistiefel. Orangefarbene Latzhose. Ein früher mal weißes T-Shirt. Da lag einer. Ein Mann ohne Kopf. Nein, ohne Gesicht. Der Kopf des Mannes war da, aber das Gesicht konnte man nicht mehr erkennen. Flo hielt die Luft an. Ein Auge starrte blicklos nach oben. Alles andere war eine Masse aus rotem Fleisch, schwarzem Blut und weißen Knochen.

Und dann hörte sie es im Gebüsch hinter sich knacken.

Die große blonde Krankenschwester wirkte gestresst, und sie ließ es ihn spüren.

»Schädelhirntrauma 2. bis 3. Grades. Frau Stark war nur partiell ansprechbar. Wir haben sie in ein künstliches Koma versetzt, um den Organismus zu entlasten.«

»Wie … ich meine …«

»Sie hat Quetschungen und Brüche, ist aber in einem

guten Allgemeinzustand. Wir sind sehr zuversichtlich. Was sie jetzt braucht, ist Ruhe.« Die Schwester lächelte ein routiniertes Schwesternlächeln.

Immerhin durfte er sich an Karens Bett setzen. Wie klein sie aussah inmitten all der Schläuche und Monitore. Ihr Gesicht war friedlich und wirkte unverletzt, sah man von ein paar Kratzern und Pflastern ab. Ihr Kopf war bandagiert. Sie werden ihr die Haare abgeschnitten haben, dachte Bremer. Ihr den Schädel rasiert. Ausgerechnet der Gedanke daran trieb ihm die Tränen in die Augen.

Ein tiefer Glockenton ließ ihn aufschrecken. Ein Blick auf den Monitor beruhigte ihn, keines der Signale hatte sich verändert. Wieder ertönte der Ton. Das war ein Klingelton von einem Mobiltelefon, und zwar nicht von seinem. Also …

Blieb nur Karens. Er ging um ihr Bett herum zu dem metallenen Krankenhaustischchen. Im untersten Fach lag ihre Handtasche. Er fand das Telefon und nahm das Gespräch an.

Jemand atmete. Dann raschelte es. Und ein schwacher Ton zeigte an, dass der Akku des Telefons der Gegenseite gleich leer war.

»Hallo?«

Es raschelte wieder. Dann hörte er einen Hund winseln. Jemand schrie auf. Es gab einen dumpfen Schlag.

»Hallo! Wer ist da?« Er rief in Karens Telefon hinein und kam sich idiotisch vor. Wahrscheinlich hatte jemand aus Versehen die Wahlwiederholungstaste erwischt. Irgendeiner von ihren Kollegen.

»Hallo!«

Ein letzter schwacher Ton. Stille.

Shidy wartete neben einem türkisfarbenen Kleinbus. Ein buntes Heiligenbild schmückte die Rückseite, der Sohn Gottes im Strahlenkranz, mahnend den Finger erhoben. Oder war ein Inkapriester gemeint? In diesem Land schien alles möglich.

»Mario.« Shidy wies auf den Fahrer. »Mein Onkel.« Ein drahtiger Mann mit kaffeebraunen Augen nickte ihnen zu. DeLange spähte ins Wageninnere. Der Bus war überfüllt, einige Frauen, mit Hut und buntem Schal um den Schultern, teilten sich die Plätze, andere standen im Gang. Ein Einheimischer hielt einen Käfig mit Hühnern auf dem Schoß, ein anderer ließ eine Flasche kreisen, und alle schienen gute Laune zu haben.

Shidys Onkel deutete lächelnd auf den Sitz vorne, neben ihm, wo normalerweise der Reiseführer saß. Jo lächelte zurück und schüttelte den Kopf. »Setz du dich«, sagte er zu Shidy.

»Aber du bist der Gast!«

»Und du bist eine Frau.« Außerdem war der Sitz nichts für große weiße Männer mit langen Beinen. »Und so alt bin ich auch noch nicht, dass ich nicht mehr stehen kann.« Shidy prustete. DeLange fühlte sich in seiner männlichen Eitelkeit durchschaut.

Und die rächte sich bitter. Im Stehen hatte er den besten Ausblick auf jähe Abgründe und Beinahekollisionen mit entgegenkommenden Fahrzeugen, deren Fahrer so risikofreudig fuhren wie Mario. Die Kopfschmerzen waren zurück. Und nach einer Stunde Fahrt mit ausgeleierten Stoßdämpfern verlor er in einer forsch angesteuerten Kurve das Gleichgewicht und landete zu Shidys Füßen. Wieder prustete sie los, stand auf und schob ihn auf den Sitz. Dann setzte sie sich auf seinen Schoß, als ob das ganz normal wäre. Die Haare aus ihrem langen Zopf kitzelten ihn in der Nase, aber ihr Geruch und ihre Wärme taten gut. Er umfasste sie, als sie sich in seine Arme schmiegte.

Von Huancayo bis Pampas blieb seine Verfassung halbwegs stabil, obwohl die Straße hinauf- und hinabführte, der Fahrer die Kurven nahm, als ob er keine Bremsen kannte, und neben der Straße Abgrund war. Hinter einer Kurve, die der Bus mit quietschenden Reifen nahm, erblickte er in mindestens hundert Metern Tiefe einen zerschmetterten Lastwagen.

»Hast du keine Angst?«, flüsterte er in Shidys Ohr.

»Angst?« Ihr schien die Fahrerei Spaß zu machen.

»Vor Gegenverkehr.«

Shidys Onkel fuhr gern in der Mitte der Straße und DeLange spürte ein Kribbeln in den Beinen bei der Vorstellung, es könnte ihm einer entgegenkommen.

»Es geht so tief hinunter neben der Straße.«

»Ach, mir ist noch nie was passiert.«

Gewiss. Aber gab es nicht immer ein erstes Mal?

Shidy kuschelte sich an ihn. DeLange schloss die Augen. Bis Onkel Mario laut und anhaltend hupte.

DeLange riss die Augen auf. Vor ihnen fuhr ein nicht mehr ganz frischer, tomatenrot lackierter Pickup, nur wenig langsamer als der Bus. »*Vete, huévon*«, schimpfte Onkel Mario und begann, seinen Vordermann hupend und gestikulierend zu bedrängen.

Auf einer geraden Strecke, die DeLange verdammt kurz vorkam, setzte Mario zum Überholen an. Der Fahrer des Pick-ups beschleunigte. Kurz vor der Kurve und eindrucksvoll fluchend, ließ Mario den Bus wieder zurückfallen.

Jetzt hupte der Fahrer des Pick-ups. Und dann bremste er.

Mario brüllte etwas Unverständliches und trat ebenfalls mit aller Kraft auf die Bremse. Ein kreischendes Huhn sauste an DeLange vorbei und prallte gegen die Windschutzscheibe, an der auch Shidy gelandet wäre, hätte DeLange sie nicht festgehalten, obwohl es auch ihn halb aus dem Sessel hob. Der Bus stand. Chaos brach los. Hinter ihnen schrien Frauen, schimpften Männer, kreischten die überlebenden Hühner. Mario war rot im Gesicht, würgte den Bus ab, stieß einen Wutschrei aus, startete wieder und gab Vollgas, um den Pick-up einzuholen, der längst hinter der nächsten Kurve verschwunden war.

Doch Mario war schneller und bald wieder hinter dem Pick-up. Neues Spiel, neues Glück. DeLange war mittlerweile speiübel, und er fürchtete um seinen Verstand. Als es wieder bergab ging, holte Mario alles aus der alten Kiste heraus. Und endlich war er Sieger. Aber vielleicht hatte auch der Fahrer des Pick-ups ein Einsehen gehabt, der ihnen den gestreckten Mittelfinger zeigte, als sie an ihm vorbeizogen.

Nach neun Stunden Beinahekollisionen, wilden Flüchen, heiklen Überholmanövern und viel Auf und Ab kamen sie an. DeLange fühlte sich, als ob ihn nichts mehr erschüttern konnte. Und entweder hatte sich sein Körper an die sauerstoffarme Höhenluft gewöhnt oder von der Hirnerschütterung erholt – jedenfalls ging es ihm besser.

Was hatte Shidy beim letzten Trip gesagt? Ayacucho hieß »Winkel der Toten«. Doch nichts in der stillen Stadt deutete darauf hin, dass sie einst Terrorhochburg gewesen war.

Er lud Shidy ins Wallpa Sua ein. Das Huhn war köstlich und nach dem zweiten Pisco sour lachte sie so heftig über einen eigentlich nur mäßig lustigen Witz, dass sie fast von einem der Kaffeehausstühlchen fiel.

Und dann erzählte sie ihm die Geschichte ihrer Familie. Ein Vertrauensbeweis.

»Meine Mutter war Q'ero, weißt du, was das heißt?«

Natürlich nicht.

»Die Q'ero sind die letzten Nachkommen der Inka«, sagte sie. »Trotzdem hat sie meinen Vater geheiratet. Obwohl er Spanier war. Sie haben sich so geliebt.«

DeLange entging die Vergangenheitsform nicht.

»Wir haben in einem Dorf nördlich von Ayacucho gelebt, ich erinnere mich kaum noch daran. Ich war sehr klein damals.« Shidy beugte sich vor. Ihm kam es vor, als ob ihre Augen größer und dunkler geworden wären. »Wir mussten weg, meine Eltern und mein Bruder und meine Schwestern. Sonst hätten sie uns umgebracht.«

Sie griff nach seiner Hand. »Meine Tante, meine Großeltern – alle tot. Erst die *Terrucos*. Dann die *Milis*.« Ihre Stimme wurde leise. »Verstehst du? Erst kamen die vom Pfad. Sie kamen mit Macheten und Gewehren und Messern und hielten Gerichtstag. Und verurteilten die Verräter. Und ließen sie von ihren Nachbarn ermorden.«

DeLange sah sie vor sich, die eifrigen jungen Agitatoren mit Brille und in kurzen Hosen, glaubte, ihre Stimmen zu hören, wie sie die Dorfbewohner gegeneinander aufhetzten. Bis die eine Hälfte des Dorfes die andere Hälfte totschlug. Und das Blut die peruanische Erde düngte.

»Später kamen die *Milis*. Beschuldigten die Menschen, mit den Terroristen kollaboriert zu haben. Erschossen die Kollaborateure.« Sie ließ seine Hand wieder los. »*Entre dos fuegos*«, sagte sie. »Ein Leben zwischen zwei Feuern. Unser Dorf gibt es nicht mehr.«

Er legte ihr die Hand auf den Arm. Sie schüttelte ihn ab.

»Und du suchst nach ein paar Deutschen, die wahrscheinlich schon seit Jahrzehnten tot sind«, sagte sie endlich. »Das ist Wahnsinn. Du bringst dich in Gefahr.«

DeLange sah ihr in die Augen. Ob sie die Wahrheit wusste? »Ich suche nach Chhanka«, sagte er leise.

Sie sah ihn an. Ihr Gesicht veränderte sich. Ihre Augen waren kalt geworden.

Am nächsten Tag holte Shidy ihn ab, mit einem Taxi. Sie hatte sich offenbar doch dazu entschieden, seine Reiseführerin in die Vergangenheit zu sein.

»Die Frauen waren wichtig beim *Sendero*«, sagte sie. »Und Chhanka ist ihre Heilige.«

Ist?

»Sie haben sie jahrelang gesucht. Und sofort erschossen, als sie gefunden wurde. Wie einen räudigen Hund. Sagen die *Milis*.«

»Gibt es Zeugen? Hat jemand die Leiche gesehen? Ist sie irgendwo begraben worden?«

Shidy lachte. »Wir sind hier in Lateinamerika, schon vergessen?« Sie begann zu summen. »›Auf dem Lande auf dem Meer, lauert das Verderben. Die Kreatur muss sterben. Sterben.‹«

DeLange wurde ungeduldig. »Also gibt es keinen Beweis dafür, dass sie tot ist.«

Shidy sah ihn von der Seite an. »Nein. Gibt es nicht. Die *Terrucos* glauben nicht, dass sie tot ist. Chhanka lebt, sagen sie.« Sie lachte.

»Und was glaubst du?«

»Ich glaube nichts. Höchstens an Gespenster.«

Und warum bringst du mich dann hierher, fragte sich DeLange, in diese gottverlassene Gegend? Zu diesem Manolo? Mehr hatte sie nicht gesagt, gestern Abend, als er sie nach Chhanka fragte. Nur »Manolo«. Und »Mal sehn«.

»Wir sind da.« Sie stiegen mitten im Nirgendwo aus. Der Himmel war trüb, ein scharfer Wind wirbelte den Sand über die Piste.

Vor der Ruine einer Lehmhütte erwartete sie ein dünner Mann unbestimmten Alters, der sich auf eine hölzerne Krücke stützte. An die schlechten Zähne hatte sich DeLange mittlerweile gewöhnt.

»Manolo«, sagte Shidy und zeigte auf DeLange. »Das ist Jo. Erzähl ihm von Chhanka.«

Sie hockten sich vor die Hauswand. Manolo nuschelte, er sprach viel zu leise und viel zu schnell. Und Shidy übersetzte viel zu langsam, fand DeLange, der spürte, wie sich die Spannung in ihm aufbaute.

»Manolo war damals vierzehn. Er hat sie angebetet.«

Das verstand DeLange. Wenn hinter *Camarada* Chhanka die hinreißende Alexandra Raabe steckte, musste sich der Junge in sie verliebt haben. Es war unausweichlich.

»Sie war auf Linie«, übersetzte Shidy. »Sie war hart. Unbeugsam.«

Der Mann ballte die Faust und presste sie in die Handfläche der anderen Hand.

»Sie hatte – Klarheit? Helligkeit?«

Sie war blond, dachte DeLange.

»Sie war – ein Felsen. Ein Stein. Sie schlug den Feind der Klasse, wo sie ihn traf«, übersetzte Shidy. »Mit den Waffen des Volkes.«

Manolo sah ihn an und fragte irgendwas, das De-Lange nicht verstand.

»Ob du die Waffen des Volkes kennst, fragt er.«

DeLange schüttelte den Kopf.

»Steine. *Chhanka* ist Quechua und heißt Stein. Sie hatte immer einen in ihrem Beutel.«

Manolo nuschelte weiter, mit funkelnden Augen.

»Sie hatte Haare wie der Himmel bei Neumond. Augen wie ein Acker nach dem Regen«, übersetzte Shidy und verdrehte die Augen.

»Was soll das heißen?«

Shidy zuckte die Achseln. »Dunkle Haare, dunkle Augen, das ist das peruanische Schönheitsideal.«

Das klang nicht nach der blonden, blauäugigen Alexandra.

»Manche Männer finden allerdings auch blonde deutsche Frauen schön«, fügte sie an, als ob sie das wunderte.

»Und weiß er, ob sie tot ist oder lebt?«

Manolo schien Shidys Frage nicht zu verstehen. Er wiegte den Oberkörper hin und her, schüttelte den

Kopf, malte mit einem Zweig Kreise und Kreuze in den Sand. Und schwieg.

»Ist er noch dabei?«, fragte DeLange, als Manolo davongehinkt war, nachdem er ihm etwas Geld in die Hand gedrückt hatte.

Shidy zuckte die Schultern. »Sicher. Einmal *Sendero*, immer *Sendero*. Man kann nicht aussteigen. Wenn man nicht tot ist.«

»Und du?«

Er hatte sie beobachtet, die ganze letzte Stunde. Sie wirkte sehr jung. Aber wenn man genauer hinsah … Außerdem kannte sie sich verdammt gut aus. Das ließ eigentlich nur einen Schluss zu.

Sie lächelte ihn mit leisem Spott an. »Alle Frauen des *Sendero* sind stark«, sagte sie. »Stärker als die Männer. Ich weiß nicht, ob ich stark genug bin.«

Für was war sie nicht stark genug? Fürs Töten? Er hatte ihre Stimme im Ohr. Wie sie am Machu Picchu all die Greueltaten aufzählte, die Peru gezeichnet und verwundet hatten. Unbewegt und unberührt.

Sie musste ihm seine Zweifel angesehen haben, denn sie schlug ihm spielerisch auf den Arm. »Und du siehst doch: Ich bin nicht schön genug.«

Der verabredete Zeitpunkt verging, doch das Taxi kam nicht zurück. DeLange wurde unruhig. Shidy schien gelassen. Aber sie redete nicht, und das kannte er nicht von ihr: Shidy redete eigentlich immer.

»Was ist los?«, fragte er sie schließlich. »Wo bleibt das Taxi?«

Sie zuckte die Schultern. »So ist Peru. Du brauchst Geduld. Viel Geduld.«

Sie hatte sich auf den Rest einer Mauer gesetzt und ihren Beutel zu ihren Füßen abgestellt. Jetzt kramte sie darin herum. Dann hielt sie eine Flasche hoch, schraubte den Verschluss ab und reichte sie ihm. »Trinken. Damit dir warm wird.«

»Was ist das?«, fragte er misstrauisch.

»Coca-Tee. Hat dir schon mal geholfen, erinnerst du dich?«

Coca. Koks. Kokain. Das Zeug verfolgte ihn. DeLange nahm einen tiefen Zug und gab die Flasche an Shidy zurück.

»Wenn Chhanka noch lebt – wie kann ich Kontakt mit ihr aufnehmen?«, fragte er. Er hatte die Frage schon einmal gestellt. Sie hatte nicht geantwortet.

»Gar nicht.« Shidy lächelte nicht und ihre Stimme klang hart. »Mit Geistern nimmt man keinen Kontakt auf. Sie wenden sich an *dich*. Vielleicht.«

Das Warten auf die Geister machte ihn müde. Oder der Tee. DeLange setzte sich in den Sand, lehnte den Kopf an die Mauer und schloss die Augen. Er fuhr hoch, als er die Musik hörte. Er musste eingeschlafen sein. Gesang, begleitet von Trommeln. So klangen keine alten peruanischen Volksweisen, das hier war weniger melancholisch, es war ein rhythmischer Gesang, im Marschtempo. DeLange versuchte, die Worte zu verstehen, glaubte, »*Victoria*« und »*Venceremos*« herauszuhören. Der Gesang näherte sich. Und schließlich schritten die Singenden um die Ecke.

Es waren etwa fünfundzwanzig Personen, fast so viele Frauen wie Männer. Sie trugen Wollmützen und Kapuzen, tief in die dunklen, wettergegerbten Gesichter gezogen. Die meisten hatten Stiefel an den Füßen, einige Sandalen, und alle waren bewaffnet – mit Gewehren, langen Messern, Pistolen. Sie stellten Fragen, offenbar in Quechua. Shidy antwortete. Doch die Antwort schien ihnen nicht zu gefallen. Sie kamen näher. Sie bildeten einen Halbkreis um DeLange und Shidy.

»Siehst du?«, flüsterte sie. »Es gibt sie noch. Aber vielleicht sind es nur ihre Geister.«

Das war das Letzte, was er hörte.

»Lieber Jo,

nett, dass Du an uns gedacht hast. Aber Beate war wirklich keine gute Idee. Falls sie Dich anruft: Wir kommen auch ohne sie prima klar. Und – wir glauben an Dich. Komm bitte bald wieder. Und pass auf Dich auf, wo immer Du bist.

Bevor Du es von anderen erfährst: Karen hatte einen Unfall und liegt im Krankenhaus, im künstlichen Koma. Sie wird überleben, sagt der Arzt. Sie hat Glück gehabt.

Ich glaube, bei diesem Unfall hat jemand nachgeholfen. Die Leute, die hinter Dir her sind. Irgendjemand will Dir schaden. Und allen, die zu Dir gehören.«

Flo löschte den letzten Absatz. Es war besser, Jo mit schlechten Nachrichten zu verschonen, sonst kam er wieder mit Beate. Karen war nervig gewesen, zugegeben. Aber Beate war die Hölle. Und jetzt, wo Karen im Krankenhaus war, fehlte sie irgendwie.

»Caro und ich sind auf dem Land, auf dem Weiherhof. Wir haben einen Toten gefunden. Das ist schon der zweite Mordfall, sagt Paul. Ich schreibe Dir besser alles auf, von Anfang an ...«

Sie löschte auch die letzten Sätze. Sie wollte nicht zu viel versprechen.

»Ich werde ein Tagebuch führen, in dem alles drinsteht, was hier so passiert. Damit Du auf dem Laufenden bist, wenn Du zurückkommst. Ach übrigens: Vielleicht könntest Du Dich damit ein bisschen beeilen?«

Flo sah auf. Sie saß auf einer Bank am Reitplatz. Caro hockte mit geröteten Wangen und seligem Lächeln auf einem braunen Gaul mit blonder Mähne und ritt im Kreis herum. Bei Caro half Reiten gegen alles. Auch gegen ein nettes kleines Trauma wegen einer fürchterlich zugerichteten Leiche am Wegesrand. Beneidenswert.

Flo kriegte den Anblick nicht mehr aus dem Kopf. Sie hatte deshalb beschlossen, alles aufzuschreiben, was hier geschah oder was ihr auffiel. Sie würde Tatorte aufsuchen und Personen befragen und alles genauestens protokollieren. Jo hatte ihr beigebracht, auf die kleinen Dinge zu achten und nichts auszuklammern, auch wenn es auf den ersten Blick keine Bedeutung zu haben schien.

Sie durfte nicht vergessen, die Nikon mitzunehmen. Felis Fotoapparat. Gut, dass sie Jos Notebook dabeihatte, er hatte Photoshop geladen, damit konnte sie arbeiten.

»Alles ist wichtig bei einer Ermittlung im Fall eines unnatürlichen Todes.« Sie hörte seine Stimme und fühlte sich getröstet. »Der Tote hat niemanden mehr außer uns, wir sind seine Anwälte, wir sind die Einzigen, die helfen können, seinen Tod zu sühnen. Wir dürfen uns keinen Fehler erlauben. Denn den verzeiht uns niemand.«

Flo wollte wissen, was mit Karen geschehen war. Und sie wollte herausfinden, wieso die beiden Männer sterben mussten. Sie begann mit der akkuraten Beschreibung des Fundorts der Leiche. Der Mann hieß Ingo und musste Paul Bremer noch kurz vor seinem Tod angerufen haben, um ihm von Karens Unfall zu erzählen. Das war doch eine interessante Koinzidenz, oder?

»Tag: Freitag, der 16. Juli 2010. Zeit: ca. 9 Uhr 15. Ort: Brücke über den Streitbach bei Groß-Roda. Personen: Florentine und Caroline DeLange, wohnhaft in Frankfurt am Main ...«

KAPITEL 4

In den Anden

Giorgio DeLange singt sich heiser. Ein Wunder, dass er plötzlich singen kann! Aber es ist ganz einfach, die Trommeln geben den Takt vor und die Heerscharen die himmlische Melodie. Venceremos! Venceremos! Campesinos, soldados, mineros! *Im Gleichklang marsch! Er immer vorneweg und die Nase im Wind. Gelernt ist gelernt.*

»*Und auf! Und auf! Und auf!*« *Liegestütz. Aber er kommt nicht hoch. Keinen Zentimeter.* »*Wir sind hier nicht im Mädchenpensionat!*« *Stiefelknallen. Und eine glutheiße rasende Wut auf den Polizeiausbilder. Aufspringen. Dem Kerl an die Kehle gehen. Zudrücken.*

Aber DeLange kommt nicht hoch. Kann sich nicht bewegen. Ist gelähmt. Kann nichts tun. Schreit …

Eine Stimme. »Schhhh! Du träumst! Ganz ruhig!« Kühle Hände. Weich. Zärtlich. »Komm, ich deck dich wieder zu.«

Viva la guerra popular! *An den Füßen Sandalen. Eine Strickmütze auf dem Kopf. Ein warmes Tuch um die Schultern. Die Fackel in der Hand.* Adelante! Adelante! *Der Weg ist lang, aber der Sieg ist unser. DeLange läuft, bis er seine Füße nicht mehr spürt. Auf Trampel-*

pfaden, an kahlen Bergen entlang, bis hoch zu einer weiten Ebene, die von Horizont zu Horizont reicht. Und immer ist da Wind. Die Sterne nachts ganz nah und ganz kalt.

DeLange trägt die Fahne. Die leuchtende gelbrote Fahne mit Hammer und Sichel. Er liebt es, die Fahne zu tragen. Sie zu schwenken, bis die Arme schmerzen. Und zu laufen. Zu laufen. Hinaus ins offene Gelände. Über ihm das Geräusch eines Hubschraubers. Das trockne Tackern eines Maschinengewehrs. Der Feind nimmt die Fährte auf. DeLange singt, singt und läuft. Läuft. Die Maschinengewehrgarben verfolgen ihn, treffen ausgedörrte Erde, Grassoden spritzen hoch. Die Einschläge kommen näher. Sie sind ganz nah. Sie haben ihn erreicht.

Eine einzige Garbe durchlöchert seinen Körper. Sein Herz pumpt in mächtigen Stößen das Blut hinaus. De-Lange singt. Es ist eine Lust zu sterben. Mit dem eigenen Blut die Erde zu düngen.

Ich. Bin.

Ich bin der Neubeginn.

»Ruhig. Ganz ruhig. Du musst was trinken. Komm, nimm einen Schluck.«

Eine knotige Hand legte sich in seinen Nacken, zog ihn hoch. Lass mich, dachte DeLange. Ich bin seit Tagen unterwegs. Ich bin ausgepumpt und ausgedörrt. Bin so unendlich müde vom Laufen.

»Na komm schon.« Etwas Warmes floss seine Kehle hinunter. Blut, dachte DeLange. Blut! Und bäumte sich auf.

»Halt still«, flüsterte die Stimme. Eine heisere Männerstimme. »Wenn du nicht trinkst, bist du morgen tot.«

DeLange versuchte, die Augen zu öffnen. Ich bin doch schon tot, dachte er. Ich liege in der Erde neben den anderen. In der Dunkelheit. In der wir auf das Licht warten.

Im Schein der Fackeln und der brennenden Leiche schwingen die Kadaver der toten Hunde in den Bäumen. Sie drücken dem Mann die Krone aus Stacheldraht ins Gesicht. Die Frau hebt den Stein.

Sie ist Feli. Oder Karen? Sie ist Alexandra. Sie läuft fort. Sie ist schnell. Schneller. Doch als DeLange sie endlich erreicht, ist sie ein bleicher Schädel mit leeren Augenhöhlen. Und am Himmel kreisen die Geier.

Der Stein. Er stößt herab und trifft seinen Kopf. Hämmert auf ihn ein, wieder und wieder und wieder. Und sein Kopf explodiert in tausend kleine Teile.

»Nicht aufgeben.« Weiche Hände legten ihm einen feuchten Lappen auf die Stirn. Jemand flüsterte. *Sancta Maria. Ora pro nobis. Nunc et in hora mortis nostrae.* Worte, die DeLange vertraut waren, auch wenn sie von weit her kamen. Es wurde hell in seinem Kopf. Und still. Und die Unruhe, die ihn vorantrieb, die ihn peitschte, die ihn laufen ließ, immer weiter voran, ebbte ab.

»In nomine patris et filii et spiritus sancti ...«
Und dann riss der Himmel auf.

Ihm war entsetzlich kalt. Giorgio DeLange öffnete die schmerzenden Lider und hob den Kopf. Ein eiskalter Himmel und am Rande seines Blickfelds schneebedeckte Berge. Das Weiß stach ihm durch die Augäpfel in sein Hirn, das in seinem Schädel Pirouetten drehte wie ein Blatt im Wasserstrudel. Der Schmerz war fast unerträglich.

Er schloss die Augen wieder. Und öffnete sie erst, als der Schmerz nachließ. Nur langsam gewöhnten sich seine Augen ans Sehen. Doch was er sah, erkannte er nicht. Nur das: Er lag auf dem Boden, eingehüllt in eine schmutzstarrende, stinkende Wolldecke. Über ihm ein Dach aus ein paar zusammengenagelten Brettern, durch das der Wind blies, hinter ihm ein Bretterverschlag. Es roch nach Schafen oder Ziegen. Aber kein Tier und kein Mensch waren zu sehen. Er war allein mit diesem Ziehen und Reißen in seinem Schädel.

Doch er erinnerte sich an Stimmen. An Hände. Und an die Plastikflasche neben seinem Lager. Mit zitternden Fingern tastete er danach. Er wusste, dass ein Schluck aus der Flasche half. Manchmal. Und manchmal den Schmerz verschärfte. Manchmal schlief man davon ein. Das war das Allerbeste.

Er setzte sich auf, was ihm unendlich viel Mühe bereitete, und zog die Decke hoch, bis er sie sich um die Schultern legen konnte. Vor ihm lag kahlgefressene Felslandschaft, über die ein steter Wind ging, der Staub und trockenes Gras vor sich hertrieb. Und ganz in der Ferne die weißen Berge.

Es würde nie wieder warm werden. Er würde nie wieder aufhören zu frieren. DeLange schaukelte vor und zurück, wie ein alleingelassenes Kind, und spürte, wie sich die Leere in ihm ausbreitete. Weiße Leere, die alles Lebendige verschluckt. Er schloss die Augen.

»Wach auf. Du musst was essen«, sagte eine Stimme. DeLange knurrte im Schlaf und versuchte, die Klauen abzuwehren, die sich in seine Schultern senkten und ihn zerreißen wollten. Wie der Kondor, der sich in den Rücken des Stiers krallt, auf den sie ihn gebunden haben. Er schreckte hoch und schlug die Augen auf. Zuerst sah er nur das rote Tuch, das der Mann sich um den Kopf gebunden hatte, auf Piratenart. Darunter ein paar Strähnen graues Haar. Gerötete Lider über einem blauen Auge, das ihn scharf zu beobachten schien. Ein hageres Gesicht, verwittert wie graues Gestein.

»Hier.« Der Mann streckte seine knochige Hand aus, ein Relief schwarzer Venen, und hielt ihm eine Schüssel hin.

»Was ist das?« DeLange hörte seine Stimme wie aus weiter Ferne, sie klang unsicher. Ungeübt.

Der Alte verzog den Mund zu einem spöttischen Lächeln. »Das hast du gestern anstandslos gegessen, also stell dich nicht so an. Du brauchst was auf die Knochen, nach all den Tagen.«

Nach all den Tagen. Er erinnerte sich an nichts. Nur an seine Träume. Träume, in denen er an einem wärmenden Lagerfeuer lag und einer Stimme lauschte, die Geschichten erzählte. Von erschlagenen Menschen und ausgerotteten Dörfern. Alpträume.

»Seit wie vielen Tagen?«, fragte DeLange mit belegter Stimme. Wie viel Zeit seines Lebens hatte er verloren? »Wo bin ich?«

Der andere zögerte. »So einige Tage wird das her

sein, dass sie dich gebracht haben. Du hattest hohes Fieber, warst nicht bei Sinnen. Wird Zeit, dass du wieder vernünftig isst.«

DeLange spürte ein schmerzhaftes Ziehen im Magen. Und plötzlich hatte er rasenden Hunger. Er griff nach der Schüssel, die Hände zitternd vor Gier.

Der Alte lachte. »Ruhig«, sagte er. »Es gibt noch mehr davon.«

Doch DeLanges Magen kam noch nicht einmal mit der ersten Portion klar.

Der Alte sah ihm zu, mit halb abgewandtem Gesicht.

»Wer sind Sie?«, fragte DeLange, als er die Schüssel beiseite gestellt und sich mit dem Ärmel seiner Jacke den Mund abgewischt hatte.

»Du kannst mich Tayta nennen, Bruder. Und mit so Feinheiten wie Sie oder Du kenn ich mich nicht mehr aus. Ist zu lange her. Und wer bist du?«

»Ich bin Jo. Haben Sie … hast du …?«

»Ich habe jeden Abend bei dir gesessen, Feuerchen gemacht und erzählt. Mein ganzes Leben hab ich dir erzählt.«

Ich erinnere mich nicht, dachte DeLange. An nichts.

»War schön, mal wieder Deutsch zu sprechen. Und dass mir jemand zugehört hat. Aber du konntest dich ja nicht wehren.« Der Alte lachte. Und lachte. Er hörte gar nicht mehr auf zu lachen.

Er ist verrückt, dachte DeLange. Ich bin in der Hand eines Wahnsinnigen.

Noch immer glucksend, stand der Alte auf und stocherte in einem Aschehaufen herum, der zwischen grauen Feldsteinen lag, ein paar Schritte vom Bretterverschlag entfernt. Das mit dem Lagerfeuer jedenfalls war kein Traum gewesen. DeLange sehnte plötzlich den Abend herbei.

Tayta hatte eine gefleckte Hose an, wie Soldaten sie tragen. Schnürstiefel. Auch die sahen nach Armeeausrüstung aus. Und einen Pullover unter einem olivgrauen Parka, einen dieser berühmten Handgestrickten aus Lamawolle, die dafür bekannt sind, dass sie entsetzlich kratzen. Er sah weder wie ein Spanier noch wie ein Ureinwohner aus. Und sein Deutsch war altmodisch mit einer ungewohnten Klangfärbung.

Der Alte drehte sich um. »Müde?«

DeLange zog die Decke fester um sich und nickte. Er schloss die Augen. Der letzte Traum hatte Spuren auf seiner Netzhaut hinterlassen, opake Schleier, Spinnenfäden. Er versuchte, danach zu greifen, zurückzukehren in die Traumwelt. Da war eine Frau gewesen, sie sah aus großen dunklen Augen auf ihn herab. Sie lächelte. Sie hob die Hand. Und dann war er wieder da, dieser Schmerz, dieser alles durchdringende Schmerz, der ihn explodieren ließ. Mit einem Knall.

DeLange schrak auf. Der Alte stand vor ihm, schützte die Augen mit der Hand vor der Sonne und spähte in die Richtung, aus der der Knall gekommen war. Und jetzt sah man sein Gesicht ganz. Jedenfalls das, was davon übrig geblieben war. Die rechte Gesichtshälfte sah aus wie die zerklüftete Felslandschaft um ihn herum. Das Auge fehlte, die Augenhöhle war zusammengenäht worden, nach einer chirurgischen Glanzleistung sah das nicht aus. Eher nach Nadel und Faden in der Hand eines fürs Nähen nicht sonderlich begabten Menschen. Das rechte Ohr war nur noch ein Knorpelrest und in der Stirn oberhalb der Augenbraue hatte Tayta eine tiefe Delle.

»Da hat wohl jemand was für den Topf geschossen«, murmelte der Alte und wandte sich wieder der Feuerstelle zu.

DeLange hatte schon einiges gesehen im Leben, aber niemanden, der derart fürchterliche Verletzungen überlebt hatte. Irgendetwas – irgendwer – hatte auf dieses Gesicht eingeschlagen, wieder und wieder, mit einem stumpfen Gegenstand. Mit einem Stein.

Davon hatte er geträumt. Er schloss die Augen. Er hatte von einer Frau geträumt, von großen beseelten Augen, von einem weichen Mund, der ihn anlächelte, bevor sich eine Hand hob, die Hand mit dem Stein, und zuschlug.

Tayta streckte ihm die Hand hin. »Versuch, aufzustehen.«

DeLange zögerte. Er wusste, dass er aufstehen sollte. Dass er sich bewegen musste. Doch das Aufstehen und die ersten Schritte waren eine Qual. Nach zwei Runden ums Lagerfeuer herum war er erschöpft und musste sich hinlegen. Als er aufwachte, war die Sonne fast untergegangen.

Der Alte schichtete Holzscheite zu einer kunstvollen Pyramide und summte dabei vor sich hin.

»Wo kommst du her?«, hörte DeLange sich fragen.

Tayta lachte leise in sich hinein. »Hört man das nicht?« Er schaukelte mit dem Oberkörper hin und her und sang »Wiener Blut, eigner Saft, voller Kraft, voller Glut«, während er ein Feuerzeug an das trockene Gras hielt, das er unter die Pyramide gelegt hatte. Rauchfäden zogen hoch und kringelten sich über der Feuerstelle. Dann rauschte eine Flamme empor.

DeLange rutschte näher an das Feuer heran. Was macht ein Österreicher in diesem Niemandsland, wollte er fragen. Wie lange hältst du das schon aus. Bist du allein. Warum kümmerst du dich um mich. Und wer oder was hat dein Gesicht zerstört. Aber er wusste nicht, mit welcher der vielen Fragen er anfangen sollte.

Der Alte wartete, bis der ganze Holzstoß Feuer gefangen hatte, zog eine Flasche aus der Innentasche des Parka und setzte sich neben DeLange.

»Einen Schluck?«

DeLange zögerte. Sein Kopf war noch immer nicht klar, und sein Hirn geriet ins Schwimmen, wenn er den Kopf zu schnell bewegte, aber Alkohol wärmte. Jedenfalls vorübergehend.

Er setzte die Flasche an. Der Pisco brannte die Kehle hinunter und breitete sich in seinem Magen aus.

»Ich wollte weg von zu Hause. Weg aus diesem spießigen Oberkellnerwien mit dem Küss-die-Hand-Schmäh.« Tayta warf ihm einen Seitenblick zu. »Es waren die siebziger Jahre, verstehst du? Damals wollten wir alle weg.«

DeLange verstand das. Er hatte auch weggewollt aus Rüsselsheim, ein paar Jahre später, als er fünfzehn war und sich entscheiden musste, ob er Kleinkrimineller werden wollte oder etwas Grausames. Wie Zahnarzt. Oder Polizist. Er hatte sich für die Polizei entschieden, wegen der Lizenz zum Schießen. Aber das hatten sie ihm bei der Ausbildung schnell ausgetrieben.

»Und jetzt bin ich hier begraben«, murmelte der Alte. »In diesem Totenland. In dem schon die Kinder lebende Kadaver sind.«

Was hindert dich, wollte DeLange fragen. Geh doch. Dies ist ein freies Land. Aber auch er spürte die Last des Himmels auf diesem gottverlassenen Ort. Hier war die Erde eine Scheibe und hinter dem Horizont lauerte ein Abgrund.

DeLange wagte einen weiteren Schluck Pisco. Der Stoff wärmte nur, wenn man regelmäßig nachlegte. Hoffentlich hatte Tayta genug davon.

»Ich bin dann nach Italien. Nach Rom. Das war das Land der Sehnsucht. An der Fontana di Trevi sitzen und abhängen, verstehst du?« Der Alte lachte. Wieder dieses meckernde Lachen. »Und die Welt verbessern. Wir. Ich. Stell dir das vor!« Schlug sich auf die Schenkel vor Heiterkeit.

Als der Alte sich wieder beruhigt hatte, stand er auf, ging hinüber zum Bretterverschlag und kam mit einem Grillrost und einer Umhängetasche aus buntem Strick zurück.

»War eine tolle Sache, die Weltrevolution.« Er holte ein Bündel aus dem Beutel. »Wir wollten die Fackel der Erleuchtung nach Südamerika tragen. Aber vielleicht wollten wir auch nur viele Frauen vögeln und jede Menge Abenteuer erleben. Wer weiß das schon.«

Tayta beugte sich über die Feuerstelle und schob die brennenden Holzscheite auseinander.

»Wir?«, fragte DeLange. Er fragte sich, was das Bündel enthielt, das auf dem Stein neben der Feuerstelle lag. Er hatte entsetzlichen Hunger.

»Geduld«, sagte Tayta, der offenbar Gedanken

lesen konnte. »Erst muss das Feuer heruntergebrannt sein.«

Er setzte sich wieder. »Wir«, sagte er nach einer Weile. »Wir waren zu dritt. Er und sie und ich. Sie waren das Paar und ich das dritte Rad am Wagen. Aber das machte nichts. Es genügte, in ihrer Nähe zu sein.«

Wieder dieses meckernde Altmännerlachen. »Wir waren die heilige Dreifaltigkeit.« Er legte sich auf die Seite und streckte die langen Beine von sich. »Und ich war der Einfältige.« Der Feuerschein ließ sein Gesicht noch zerklüfteter erscheinen. »Aber das habe ich dir doch alles schon erzählt.«

DeLange spürte, wie ein Adrenalinstoß seinen Körper durchflutete. José hatte also doch nicht gelogen.

»Wer war sie?«, fragte er heiser. Alexandra. Wer sonst.

»Die schönste Frau, die mir je begegnet ist. Das böseste Weib, das ich je erlebt habe.« Tayta stocherte im Feuer. Dann stand er auf, wickelte zwei blassrote Fleischstücke aus dem Bündel und legte sie auf dem Rost in die zischende Glut.

Alexandra? Unvorstellbar. »Und – der Mann?«, fragte DeLange.

»Das mieseste Stück Scheiße, das jemals geboren wurde.«

Charles. Karl-Heinz Neumann. Wer sonst.

In der Nacht wachte DeLange von einem entsetzlichen Durst auf. Zu viel Pisco. Und der Alte hatte noch weit mehr getrunken. Er richtete sich auf und lauschte in die Dunkelheit. Da war was. Etwas jammerte leise. Ein Hund, dachte er. Ein verletztes Tier. Der Himmel leuchtete schwarz, das Feuer war heruntergebrannt, und als sich seine Augen an die Nacht gewöhnt hatten, sah er Tayta an der Feuerstelle sitzen, die Arme um den Oberkörper geschlungen, sich vor- und zurückwiegend. Der Alte weinte.

Er hörte dem hilflosen Schluchzen lange zu. Da weinte jemand um sein Leben. Und fast hätte DeLange mitgeheult. Weil auch er verloren war. Er würde für immer hierbleiben müssen, in diesem kargen, kalten Land, auf dieser windigen Hochebene, auf der nichts wuchs außer Steinen. Er wusste nicht, wie lange er schon hier war. Auf jeden Fall viel zu lange: Er hatte kein Gefühl mehr für das andere Leben, das es einmal gegeben haben musste, er erinnerte sich vage. An Flo und Caro. An Karen. Sie waren unendlich ferngerückt.

»Here am I floating round my tin can.« Er war Major Tom in seiner Raumkapsel, der langsam ins Unendliche davonschwebte.

Am anderen Tag war Tayta verschwunden.

DeLange wusste, dass er wieder zu Kräften kommen musste – und er wusste, wie man das am besten machte. Er zwang sich, aufzustehen und sich zu bewegen, erst langsam, dann schneller und in immer größer werdenden Kreisen um die Feuerstelle herum.

Es roch nach kalter Asche und nach Schnee. Über ihm zog ein Kondor seine Kreise. Er spürte, wie die Erinnerung zurückkam. Er hatte mit Shidy einen Veteranen des *Sendero* besucht. Manolo. Der hatte von Chhanka erzählt, der schönen, schreckerregenden Kämpferin. Und als Manolo davongehinkt war, waren Shidy und er im Nirgendwo gestrandet: Das bestellte

Taxi kam nie an. Stattdessen ... Er hatte ein Bild vor Augen, schwarzweiß, wie eine alte Daguerreotypie. Wie aus dem Dunst waren sie erschienen, die Männer und Frauen mit den Mützen und Kapuzen. Eine Armee der Untoten.

Aber was war dann geschehen? Hatten sie ihn entführt? Und was war mit Shidy?

DeLange zitterte in dem kühlen Wind, der von den schneebedeckten Bergen herunter- und über den kahlen Felsrücken fegte. In seinen Fieberträumen war sie da gewesen, hatte ihm die Hand auf die Stirn gelegt, hatte gebetet ... Das Gebet. Es blitzte auf wie ein Messer. Sie hatte Worte gesprochen, die man am Lager eines Sterbenden spricht. Wenn man eine gute Katholikin ist.

Langsam setzte er sich wieder in Bewegung. Hinter dem Bretterverschlag tauchte Tayta auf. DeLange fragte sich, woher der Mann kam und wohin er immer wieder verschwand. Und das erste Mal fiel ihm der merkwürdige Gang des Alten auf. Das rechte Bein sah aus wie schief aufgehängt, aber Tayta hinkte nicht, er hüpfte.

»Hunger?«, fragte er.

Ja. Rasend.

Es gab wieder diesen undefinierbaren Brei, mit dem ihn Tayta während seiner Krankheit gefüttert hatte. Aber das machte nichts, das Zeug war nahrhaft und DeLange schlang diesmal mehr als eine Schüssel voll in sich hinein. Tayta saß neben ihm, schweigend, aß nicht viel, hatte die Flasche Pisco neben sich stehen. Seine knotige Hand zitterte, als er die Flasche ansetzte.

»Wie ging das weiter mit euch dreien«, fragte De-Lange nach einer Weile. »Mit Charles und …«

»Du meinst Carlos? Wir haben den Pfad gesucht. Und wir haben ihn gefunden«, sagte Tayta düster.

»In Ayla? In der Grundschule für Indiokinder?«

Der Alte sah ihn an, als ob er nicht ganz bei Verstand wäre. Dann nickte er. »Sicher. Die kleinen Indios.«

»Du – und sie – und …«

»Sie war eine Hure.« Tayta nahm einen tiefen Schluck aus der Flasche. »Und er war ein Feigling.« Er spuckte aus.

DeLanges Bild einer engelsgleichen Alexandra, die sich mit schimmerndem Goldhaar über kleine dunkle Buben beugte und ihnen die Schreibhand führte, zerplatzte.

»Dabei wurde es erst später wirklich lustig, als unser großer Führer Abimael Guzmán seine Philosophieprofessur aufgegeben hatte und in den Untergrund gegangen war. Aber Freund Carlos hatte sich rechtzeitig abgesetzt. Der machte sich nicht gern die Finger schmutzig.«

Tayta klang verächtlich. Und DeLange fiel auf, dass auch er sich Karl-Heinz Neumann nicht gut als Killer vorstellen konnte. Der ließ die handfesten Sachen von anderen erledigen. Hatte er das nicht selbst erlebt, in der Herrentoilette der Alten Oper?

»Aber deshalb lebe ich noch. Ein Prost dem Feigling.« Der Alte schwenkte die Flasche, stand auf, legte sich theatralisch die flache Hand auf die Brust und donnerte: »Der Pfad wird das reaktionäre Fleisch zerfetzen, er wird es in Stücke reißen, was davon übrig bleibt, wird er verbrennen. Und die Asche wird er in alle Winde streuen.« Er lachte meckernd und ließ sich wieder nieder. »›Außer der Macht ist alles Illusion.‹ Damit hatte er mal recht, der erleuchtete Professor.« Und dann drückte er DeLange die Flasche in die Hand. Der erste Schluck brannte ihm die Mundhöhle aus. Der zweite schmeckte weich und saftig. Und wieder hatte er große Lust, sich zu betrinken. Wie hieß der dämliche Spruch? Dauernd betrunken sein ist auch regelmäßig gelebt.

Endlich machte Tayta Feuer, setzte sich davor, summte und murmelte und schaukelte vor und zurück. De-Lange merkte, wie der Alkohol ihn umgarnte und benebelte.

»Weißt du, wie man ein Dorf bestraft, das mit der Polizei zusammengearbeitet hat?«

DeLange schreckte auf, als er Tayta murmeln hörte, mit schwerer Zunge.

»Man lässt sie sich gegenseitig zerfleischen. Nachbar verrät Nachbar. Und dann gibt man ihnen die Waffen des Volkes in die Hand.«

Tayta wiegte seine geöffnete Hand, als ob ein schweres Gewicht in ihr läge.

»Das. Den Stein.«

DeLange hielt die Luft an. Da war er wieder, der Traum.

»Und weißt du, was dann geschieht? Die Verräter setzen sich an den Dorfbrunnen und legen ihre Köpfe auf die Brunnenmauer. Und die Nachbarn gehen an ihnen vorbei, den Stein in der Hand. Einer nach dem anderen. Einer nach dem anderen schlägt zu. Danach hat keiner der Verräter mehr ein Gesicht. Verstehst du?«

Ja. O ja.

»Den Bürgermeister haben meistens wir übernommen. Am Baum gekreuzigt. Eine Dornenkrone aus Stacheldraht ins Gesicht gedrückt. Den Finger in sein Blut getaucht und ›Das machen wir mit Verrätern‹ auf die Pappe geschrieben. Ihm die Pappe an die Brust genagelt. Ihn hängen gelassen, bis er seine eigenen Schreie satthatte und endlich starb.«

Tayta war in eine Art Singsang verfallen.

»Man kann den Stein nehmen oder die Pistole. Oder die Verräter mit der Machete zerstückeln und das Fleisch an die Hunde verfüttern. Ihnen eine Stange Dynamit in den Arsch schieben.«

Tayta machte eine Pause, als ob ihn seine eigene Geschichte überforderte. Aber DeLange war fast wieder nüchtern. »Warum?«, flüsterte er.

»Warum?« Der Alte keckerte. »Dynamit ist das Allerbeste.«

DeLange fühlte die Übelkeit in sich aufsteigen wie Schluckauf. Er sah dem Alten zu, dieser gekrümmten Gestalt mit der zerschlagenen Fratze, wie er im Feuer stocherte. Der Mann war wahnsinnig. Er musste hier weg.

»Weißt du, was die Indios glauben? Sie glauben an die Wiedergeburt. Aber dafür braucht man den ganzen Körper. Nicht die paar Fetzen, die übrig bleiben, wenn man einen in die Luft gesprengt hat. Wir haben dafür gesorgt, dass viele niemals wiederkehren werden.«

Der Alte lachte in sich hinein. »Die Menschen sind überall gleich. Die Indios sind primitiv? Ach was. Sie

glauben das Gleiche wie wir. Weißt du, was die Österreicher taten, damit ihre Monarchen nicht wiederauf-
erstehen und ihnen das Leben schwermachen können?
Sie haben die Eingeweide im Stephansdom begraben,
das Herz in der Herzgruft und den Körper in der Ka-
puzinergruft. Und noch einen schweren Deckel auf
den Katafalk gesetzt, damit die lieben Verstorbenen
beim Jüngsten Gericht nicht entfliehen können.«

Tayta drehte sich zu DeLange um, das Gesicht zer-
klüftet im Feuerschein, mit glänzendem Zyklopen-
auge. »Weißt du was, Jo? Der Kopf von Atahualpa,
den Pizarro erwürgen ließ, ist nach der Hinrichtung
verschwunden. Seither warten die Indios darauf, dass
Körper und Kopf wieder zueinanderfinden. Dann
kehrt der Inka zurück. Und dann ...«

Tayta stand wieder auf, legte die Hand auf die Brust
und deklamierte mit voller Stimme.

»Dann wird eine zweite Sonne am Himmel stehen
und alles Böse verbrennen.« Er kicherte und setzte
sich wieder. »Da hat sie dann viel zu tun.«

DeLange machte sich klein unter seiner Decke und
hoffte, dass der Alte, der die Flasche wieder angesetzt
hatte, bald betrunken genug wäre, um einzuschlafen.
Aber der dachte nicht daran.

»Der Leuchtende Pfad kann nicht untergehen. Der
Leuchtende Pfad ist Peru. Und weißt du, warum?«
Wieder lachte Tayta. »Die Indios tränken schon seit
Tausenden von Jahren die Erde mit ihrem Blut. Wir
haben das nur fortgeführt. Und irgendwann werden
wir das Werk vollenden.«

Im Traum sah DeLange sich auf einem großen Stein liegen. Über ihm der kalte Sternenhimmel. Und in ihm schlug sein Herz, laut und kräftig, und pumpte all sein Blut durch die geöffneten Venen hinaus. Er sah es über den Stein strömen und im Boden versickern.

Als er aufwachte, hockte sie neben ihm und beobachtete ihn aus schmalen schwarzen Augen.

»Shidy!«

Diesmal trug sie keinen Hut über dem glänzenden Haarzopf, sondern eine dunkelblaue Wollmütze. Auch hatte sie nicht die übliche Tracht der Peruanerinnen an, sondern Jeans, Schnürstiefel und eine wattierte Weste über dem roten Fleecepullover. Und in der Hand, die in ihrem Schoß lag, hielt sie eine graue Pistole. Eine Sig Sauer P 6. Einreihiges Magazin, 8 Patronen. Besonders geeignet für jemanden mit kleinen Händen. War jahrelang die Dienstwaffe der hessischen Polizei gewesen, bis sie von einer Heckler & Koch P 30 ersetzt wurde. Er hatte seine Sig Sauer behalten. Die dürfte er wohl bald abgeben müssen. Der Gedanke daran tat plötzlich richtig weh. Und mit einem Mal war sie wieder da, die Welt, die er verlassen hatte. Er vermisste Flo und Caro. Und Karen. Den Skipper und sein gemütliches Asyl im Keller des Präsidiums. Er vermisste sogar Kai.

Auch das noch.

»Dir geht es besser?« Sie lächelte nicht.

Er setzte sich auf. »Ja.«

»Dann sag jetzt, warum du Chhanka suchst.«

Sie klang so gar nicht mehr wie die nette junge Frau, die ausgerechnet mit *Lola rennt* ihr Deutsch verbessern wollte. Sie wirkte kühl. Zielorientiert und befehlsgewohnt.

DeLanges Ego jaulte auf. Er ließ sich nichts befehlen, jedenfalls nicht von netten kleinen Peruanerinnen. Er starrte zurück.

»Also?« Sie zog die Augenbrauen hoch und schob die P 6 ein wenig vor.

Fick dich, dachte er. Aber er musste zugeben, dass sie die besseren Argumente hatte.

Er versuchte, seine Geschichte so plausibel wie möglich zusammenzufassen: Die Geschichte von dem bösen Mann, der bei der Erwähnung von »Ayla« zum wütenden Verfolger wurde. Die Geschichte von dem heldenhaften Bullen, der sich erst von ein paar Dreckskerlen verprügeln ließ und dann nach Peru abseilte, um sich auf den *Killing Fields* der Vergangenheit zu verirren. Die Geschichte von der jungen Frau, die 1968 verschwand.

Sie beobachtete ihn, während er sprach. Sie runzelte die Augenbrauen. Und sie packte die Pistole fester.

»Du bist Polizei«, sagte sie schließlich. Er nickte. Er hatte kein Geheimnis daraus gemacht. »Drogenfahndung?«

»Nein! Ich bin …« Ja, wenn man's wüsste, dachte er. Jäger – oder Gejagter? »Ich arbeite in der Presseabteilung und begutachte alte unaufgeklärte Fälle. Ob es sich lohnt, sie wiederaufzugreifen.«

»Und das ist so ein Fall? Weswegen du nach Peru bist?« Sie schüttelte ungläubig den Kopf.

»Glaub, was du willst«, sagte er.

Sie spielte mit ihrem Zopf, während sie nachdachte. »Was hat Tayta erzählt?«, fragte sie schließlich.

Sein ganzes Leben, dachte DeLange. »Nichts Wichtiges. Er ist nicht bei Sinnen.«

»Manchmal ja. Manchmal nein. Unterschätz ihn nicht.« Sie stand auf, steckte die Pistole in die Seitentasche der Weste und klopfte sich Gras und Staub aus den Jeans. »Komm.«

»Wohin?«

»Nach Ayacucho. Du nimmst Bus nach Lima. Du musst schnell weg.«

»Warum?« Und warum tust du das, obwohl du dazugehörst, wollte er fragen, aber sie hatte ihm bereits den Rücken zugedreht und lief auf den schmalen Pfad zu, der hinter dem Bretterverschlag vorbeiführte.

»Du hast zu oft nach Chhanka gefragt. Das ist gefährlich.«

Die Erde war keine Scheibe. Der Weg führte etwa zwei Kilometer über eine karge Ebene und dann hinab, in langen Schleifen am Hang entlang. Der Ausblick war schwindelerregend. Tagelang hatte DeLange nur kahle Fläche bis zum Horizont gesehen, jetzt blickte er in Schluchten und auf Berghänge und im Tal der glitzernden Schlange eines Flusses hinterher, bis ihm schwindelig wurde.

Sein Körper wollte schon nach zwei Stunden schlappmachen, aber irgendwie ging es weiter. Immer weiter. Auch wenn Shidy an jeder Kurve auf ihn warten musste. Zuerst hatte er noch Hunger. Dann hatte sich auch sein Magen mit der Lage abgefunden. Er war noch immer nicht hungrig, als sie endlich haltmachten und Shidy ihren Rucksack öffnete.

Sie setzten sich auf die obersten Stufen einer Treppe, auf die grauen, blankgetretenen Steine eines gepflasterten Weges, der uralt sein musste. Shidy hatte gekochte Maiskolben, zwei Hühnerbeine und Wasser eingepackt und aß genauso gierig wie er.

»Hat Tayta nicht erzählt, wie das war mit Chhanka?«, fragte sie, als sie fertig waren.

»Er hat von einer Frau und einem Mann erzählt, mit denen er nach Peru gekommen ist. Nach Ayla.«

Sie nickte. »Das war die erste Schule von Guzmáns Studenten. Dort lebten sie zusammen. Bis einer der drei zurück ist. Nach Deutschland.«

»Carlos.«

Shidy nickte. »Chhanka blieb. War kämpferische Genossin. Zuletzt Kompanieführerin. Soll mit Mateo Salas zusammen gewesen sein, dem zweiten Mann nach Guzmán.«

Sie war eine Hure. Er hatte Tayta im Ohr.

Shidy fegte mit dem abgenagten Maiskolben den Staub von der Treppenstufe. »*Sendero* ging in die Offensive. Die *Milis* haben ganze Gruppe erwischt. Chhanka kriegte eine Kugel ins Bein. Tayta in die Schulter.«

»Ich habe gehört, dass sie erschossen wurden. Alle beide.« Das hatte José behauptet, der versoffene Expolizist in Huancayo.

»So?« Shidy zog die Augenbrauen hoch. »Aber Tayta hat sie gerettet. Sie hat ihn geheiratet dafür.«

DeLange sah Shidy verblüfft an. Hatte der Alte ihm das verschwiegen? Oder erinnerte er sich bloß nicht daran?

»Eines Tages hat man Tayta gefunden, halbtot. Kopf eingeschlagen. Keine Chhanka.«

»Ist sie tot? Verschwunden?«

Shidy zuckte mit den Schultern. »Die einen sagen so, die anderen so.«

Was denn nun, verdammt noch mal? DeLange hätte Shidy am liebsten geschüttelt, die ihn maliziös anlächelte. Sie schien genau zu wissen, wie man jemanden auf die Folter spannt. Was ihn daran erinnerte …

»Wichtige Mission in Deutschland, sagen die einen. Die anderen: Carlos ist zurückgekommen, tötet Tayta und nimmt Chhanka mit.« Sie breitete die Arme aus. »Was du willst.«

DeLange schwirrte der Kopf. Hatte Neumann Alexandra aus Peru herausgeholt? Und dann? War sie in Deutschland geblieben? Und wo war sie jetzt? Wenn sie unter ihrem richtigen Namen nach Deutschland einzureisen versucht hätte, wäre sie entdeckt worden. Ein falscher Pass?

DeLange stöhnte auf. Den brauchte sie nicht. Sie hatte geheiratet. Sie hatte einfach einen anderen Namen angenommen.

»Wie heißt Tayta – ich meine: Wie heißt er wirklich?«

Shidy schaute ihn unbewegt an.

»Wie hieß er vorher? Was steht in seinem Pass?«

Sie lächelte mit schmalen Lippen. »Namen sind nicht wichtig. Personen sind nicht wichtig. Wir legen Namen ab. Wie Nonnen, die ins Kloster gehen.«

Wir. DeLange fühlte, wie sehr ihn dieses Wir zornig machte. »Du bist also dabei.«

Sie zuckte wieder die Schultern. »Der Pfad ist Peru. Peru kann man nicht verlassen.«

Das hatte auch der Alte gesagt. DeLange sah sie ungläubig an. »Und du hilfst mir trotzdem?«

»Sie bezahlen mich gut, das ist alles«, sagte sie, beugte sich zu ihm und küsste ihn auf den Mund. »Außerdem gefällst du mir.«

Wer bezahlt dich und wofür, wollte DeLange fragen, aber der Kuss lenkte ab. Sie hatte kühle weiche Lippen und eine fordernde Zunge.

»›Sex ist eine Schlacht, Liebe ist Krieg‹«, sang sie ihm ins Ohr.

DeLange hatte Rammstein schon richtig vermisst.

Er blieb immer öfter zurück. Seine Füße schmerzten, am linken kleinen Zeh hatte sich eine blutige Blase gebildet, und sein Körper erinnerte ihn daran, wie krank er gewesen war. DeLange spürte Shidys Unruhe und ihre Ungeduld. Dennoch wartete sie auf ihn, immer wieder, mit der Geduld, die für Peruaner typisch zu sein schien und von der er nie wusste, ob sie Haltung oder Gleichgültigkeit bedeutete.

Der Weg hatte sie um den Berg herumgeführt, erst jetzt stieg er wieder an. Sie kletterten eine Treppe hoch, die unter einem dichten Blätterdach lag und die sich auf einen Platz öffnete, der wie eine Weide eingezäunt war. Shidy lachte, als sie durchs Gatter zu der Herde Lamas schlüpfte, die sie mit neugierig gereckten Hälsen musterten. »Nicht mehr weit«, rief sie ihm zu und verschwand zwischen den Tieren, die ihm hochnäsig entgegensahen. Es hieß, dass sie spuckten, wenn ihnen etwas nicht gefiel.

Er näherte sich den Lamas mit Respekt. Die Tiere mit den großen Ohren hatten cremeweißes oder rostrotes Fell, beobachteten ihn aus riesigen Augen unter langen Wimpern und beschnupperten ihn neugierig. Er tätschelte hier einen schlanken Hals, liebkoste dort eine weiche Nase, war stolz darauf, dass keins spuckte.

Bis auf eins. Das Seltsamste von allen, ein Tier mit langen dunklen Ohren und schwarzen Flecken im weißen Gesicht, das seine weiche Nase zutraulich in DeLanges Haar steckte. Und dann ein ganzes Büschel zwischen die Zähne nahm, um es auszurupfen. DeLange reagierte instinktiv und schlug dem Tier auf die Schnauze. Es zog zischend seinen Kopf zurück, bleckte die gelben Zähne, und rotzte ihm einen stinkenden Batzen grüner schleimiger Spucke ins Gesicht. Fluchend versuchte DeLange, den Schleim abzuwischen und verteilte ihn erst in seinem Gesicht und dann auf den Hosenbeinen. Halbblind stolperte er Shidy hinterher, die jenseits des Gatters auf der anderen Seite der Weide auf ihn wartete und sich kringelte vor Lachen.

»Lamaspucke ist heilig«, sagte sie tröstend, als DeLange bei ihr ankam. »Gut gegen alles. Und macht …« Ihre Handbewegung und ihr Gesichtsausdruck waren irritierend deutlich. Höflich ausgedrückt.

Sie erreichten das Dorf am frühen Abend. Man empfing sie freundlich, aber nicht übertrieben herzlich, reichte ihnen zu essen und zu trinken und wies ihnen ein Lager in einer der kleinsten Hütten zu. DeLange musste den Kopf einziehen, damit er durch den Eingang passte. Im Haus roch es nach Holzfeuer und

Lamawolle, ein süßlicher Duft, den er tröstlich fand. Shidy breitete ihre Decke über den Schlafplatz in der hinteren Ecke des Hauses und sagte: »Komm.« Er legte sich neben sie. Bevor sie die Kerze ausblies, sah sie ihm tief in die Augen.

»›Wollt ihr das Bett in Flammen sehn‹?«, flüsterte sie.

Nicht gerade in Flammen, dachte er. Aber einmal nicht frieren wäre schon schön.

Er wachte auf, weil ihm jemand den Pullover auszog. Er spürte weiche Haare und feuchte Lippen. Und Hände, die über seinen Rücken strichen. Er war hundemüde und hellwach zugleich.

»Ich weiß nicht mehr, wie das geht«, flüsterte er, als Shidy ihm die Hose aufknöpfte. Er half ihr, sie abzustreifen.

»Aber ich«, sagte sie und zog sich das Hemd über den Kopf. Ihre Hand bewies ihm, dass sie recht hatte. Sein Atem ging schneller und sein Herzschlag auch. Er versuchte, nach ihr zu greifen. Aber sie war bereits über ihm und nahm ihn rittlings auf.

Es war ganz einfach. Mühelos. Er wiegte sich mit ihr, fasste ihre Hüften, ließ sie auf und ab gleiten, hielt still, wenn sie stillhielt, bis die Wellenbewegung wieder begann, die ihn schließlich davonspülte.

Dass sie ihn in die Lippen gebissen hatte, spürte er erst, als ihm das warme Blut in den Mund lief.

»›Ihr wollt doch auch den Dolch ins Laken stecken/ihr wollt doch auch das Blut vom Degen lecken‹«, flüsterte sie und leckte ihm das Blut von den Lippen.

»Biest«, murmelte er und versenkte seine Hände in ihrem Haar.

Shidy war früher auf als er. DeLange hatte kaum Zeit, sich am Bach zu waschen. Sie drängte darauf, weiterzuziehen. »Nicht mehr viel Zeit«, sagte sie. Sie wirkte nervös. »Nicht für dich. Nicht für mich.«

Er trocknete sich das Gesicht an seinem Pullover ab und folgte ihr. Die Blase am linken Zeh war aufgeplatzt, Sehnen und Muskeln schmerzten, aber nach einer halben Stunde hatte sich sein Körper wieder an die Anstrengung gewöhnt. Der Weg wurde breiter, sie konnten nebeneinanderlaufen, und DeLange hatte Zeit genug, sie sich anzuschauen, seine Inkaprinzessin. Da gab es Linien in ihrem Gesicht, die ihm zuvor nicht aufgefallen waren. Und ein paar Silberfäden in ihrem schwarzen Haar. Sie war älter, als er angenommen hatte. Und er fragte sich langsam, welche Position sie beim *Sendero* wirklich bekleidete. Eine naive Reiseführerin war sie jedenfalls nicht.

»Was wolltest du mit der P 6, als du mich oben abgeholt hast?«, fragte er schließlich.

»Dich erschießen«, antwortete sie. Er glaubte ihr aufs Wort.

»Und warum hast du's nicht getan?«

»Du weißt nichts. Gar nichts. Hätte dich natürlich trotzdem töten sollen.« Sie sah ihn von der Seite an, und endlich lächelte sie wieder. Dann lehnte sie sich an ihn. »›Ihr glaubt, zu töten wäre schwer, doch wo kommen all die Toten her?‹«, flüsterte sie ihm zu.

»Also warum lebe ich noch?« DeLange wollte sich nicht mit Rammstein abspeisen lassen.

»Ich tu nicht immer, was ich soll.«

Sie schwiegen während der folgenden zwei, drei Kilometer. Die Landschaft war nicht mehr karg und öd, sie wanderten an terrassierten Hängen entlang, stiegen hinab in ein Tal, überquerten den Fluss auf einer schmalen Hängebrücke und stiegen auf der anderen Seite wieder hinauf.

»Ich erzähl dir jetzt alles, was du wissen musst«, sagte Shidy endlich, als ob sie sich das lange und gründlich überlegt hätte.

»Coca ist die heilige Pflanze Perus. Niemand kann Coca ausrotten. Niemand kann Cocaproduktion verbieten. Kein Staat. Keine Polizei. *Sendero* kontrolliert Coca. Wir sind Peru. Und Coca.«

Wir. DeLange fuhr sich mit der Zunge über die schmerzende Unterlippe.

»*Cocaleros* am Apurímac schicken Jungen mit Coca auf dem Rücken über die Anden bis zur Küste. Oder mit Eselskarawanen.«

Vom Apurímac bis zur Küste waren es bestimmt 1000 km. Über die Kordilleren. Mit einem Höhenunterschied von Tausenden von Metern. Und das alles bewältigt von Kindern. Unfassbar.

»Unter dem Schutz von *Sendero*.«

Er hörte den Stolz in ihrer Stimme. Dabei war die Botschaft deprimierend: Die Inkaprinzessin gehörte zur peruanischen Kokain-Mafia. Hübsch, dachte DeLange, der noch immer ihre Haut unter seinen Fingerspitzen spürte. Doch zu seiner Verwunderung schockierte ihn die Botschaft nicht. Sie erregte ihn.

»Shidy ...« Er drehte sich zu ihr, wollte sie in die Arme nehmen.

Sie stieß ihn weg. »Und dann geht die Ladung weiter. Mit Schiff. Oder mit Flugzeug.«

Klar. Irgendwie musste das Koks ja in die Metropolen kommen. Um dort weiterverarbeitet zu werden und schließlich entweder beim Endkunden oder in der Asservatenkammer des Frankfurter Polizeipräsidiums zu landen. Wo ein Teil verschwunden war, weswegen man ihn verdächtigt hatte.

Irgendwas klickte in seinem Kopf. Nervenzellen pulsierten und schlossen sich kurz. Kokain. Kokain war der Schlüssel. Aber wozu?

»Frankfurt«, sagte Shidy und sah ihn an. »Geh zurück nach Frankfurt.«

Frankfurt. Und Neumann. Und Kokain. War es das?

Shidy brachte ihn bis kurz vor Ayacucho. »Hier«, sagte sie zum Abschied, hob sich auf die Zehenspitzen und küsste ihn. Dann drückte sie ihm ein Papierpäckchen in die Hand. »Hast du dir verdient.« Sie zwinkerte ihm zu.

In der vergilbten Zeitung steckte ein dickes Bündel Dollarscheine. Verdammt viel Geld für … Er wusste nicht, ob er beleidigt sein oder sich geschmeichelt fühlen sollte.

»War ich so gut?«, fragte er vorsichtshalber.

Sie lachte und strich ihm das Haar aus der Stirn.

Es war entschieden zu lang. Und rasieren müsste ich mich auch mal wieder, dachte DeLange. Aber eigentlich wünschte er sich nur, ihre Finger zu spüren. Überall. Ein letztes Mal. Er griff nach ihr. Sie gab ihm einen Klaps auf die Wange.

»Ohne Geld kein Bus nach Lima.«

Sie hatte recht. Misstrauisch betrachtete er das Bündel Scheine.

»Nun nimm. Ist doch nur Geld.« Sie lachte wieder. Verächtlich. »Schmutziges Geld.«

Wahrscheinlich weit schmutziger, als er sich vorstellen konnte.

Die Busfahrt nach Lima verlief zu seiner Überraschung völlig ereignislos. Die Tage im Fieber und mit Tayta schienen ihn immun gemacht zu haben gegen Kopfschmerzen und Höhenkrankheit. Oder war es die Lamaspucke? Vielleicht hatte er sich auch nur an das Auf und Ab gewöhnt. Es gab keine Straßensperren, keine Panne, keinen Unfall. Der Schnee auf dem Pass in 4800 Metern Höhe, wo sie Pause machten, war schmutzig grau geworden, aber diesmal hinderte ihn kein Nebel an der Sicht.

Er stieg aus, stand lange am Straßenrand und fragte sich, womit der Boden Perus noch getränkt war außer mit Blut. Die Antwort stand neben ihm: zwei Indios, die Coca kauten und auf den Boden spuckten.

In diesem Moment konnte er sich kein anderes Land vorstellen, dessen Landschaft so abweisend und herrlich zugleich war und das so viele Gespenster und Ungeheuer hervorgebracht hatte.

Lima war Chaos. Schon eine halbe Stunde nach seiner Ankunft sehnte sich DeLange zurück in die klare kalte Ruhe auf Taytas Hochebene. Nachdem er eine Weile neben den mit Körben und Käfigen voll lebender Hühner bepackten Frauen gestanden hatte, die mit ihm aus dem Bus gestiegen waren, fand er einen Straßenhändler, der ihm ein paar Dollars in Sol tauschte, natürlich zu einem miserablen Wechselkurs. Ein Internetcafé? Gleich um die Ecke. Wenigstens das.

In dem Laden roch es wie in Internetcafés überall auf der Welt, nach Männerschweiß und kaltem Zigarettenrauch. Aber der Besitzer sprach Englisch, und der Telefonhörer klebte nicht.

»*Sí.*« Tomás war, wie man hörte, schlechter Laune. DeLange wusste nicht, ob er ihm noch trauen konnte. Der Freund hatte immerhin dafür gesorgt, dass Jorge und José ihm Lügen erzählt hatten. Aber wer blieb ihm sonst?

»Hier ist Jo«, sagte er zögernd. »Jo DeLange.«

»*Madre de dios!* Du lebst!«

»Ja. Aber sag's bitte nicht weiter.«

»Wo bist du? Was haben sie mit dir gemacht?«

»In Lima, in einem Internetcafé am Busbahnhof.« DeLange fragte nicht, wen Tomás mit »sie« gemeint haben könnte. Er wusste es schließlich. Oder?

Tomás zögerte nur kurz. »Okay. Wir treffen uns an der Plaza San Martín, im Café Zela. In einer Stunde.«

Genug Zeit, um sich auf den aktuellen Stand zu bringen. Um nach einer Nachricht von Flo zu suchen. Mit trockenem Mund ging er zur Nische, die ihm der kettenrauchende Besitzer zugewiesen hatte. Ein Monitor mit Fliegenschiss. So sah es aus, das Tor zur Welt. Fast mit Bedauern ging DeLange hindurch.

Er hatte nicht das Gefühl, viel versäumt zu haben. Das Wetter in Deutschland war ungewöhnlich heiß gewesen und erst nach ergiebigen Regenfällen etwas abgekühlt. Klimawandel oder ganz normal? Niemand mochte sich so recht entscheiden. Der Ferienbeginn in mehreren Bundesländern hatte zu Staus auf den Autobahnen geführt. Auch das entsprach der Jahreszeit. Die schlimmste Nachricht kam zum Schluss. Bei der Loveparade in Duisburg hatte es Tote gegeben. Mindestens neunzehn junge Frauen und Männer, die sich hatten amüsieren wollen, waren zerquetscht oder totgetrampelt worden. Unfassbar. Wieso hatten die Kollegen das nicht im Griff gehabt? Hatte man mit dieser Masse von Techno-Fans nicht gerechnet?

Und – er hielt die Luft an. Was, wenn Flo und Caro dabei gewesen waren?

Aber das war nicht möglich. Sie waren bei Beate in Sicherheit, in einer Villa am Lago Maggiore, hübsch altmodisch und ziemlich weit vom Schuss. Und dennoch. Er hätte sie nicht alleinlassen dürfen.

Moment, dachte DeLange. Wolltest du nicht endlich aufhören, die Überglucke zu spielen, Alter? Ja, antwortete ein inneres Stimmchen. Beziehungsweise nein. Also: nicht sofort.

Hastig klickte er sich durch zu Flos Forum. Sie musste ihm doch geantwortet haben auf seine Nachricht. Wenn sie ihm nach der Tragödie von Duisburg geschrieben hatte, war alles gut. Wenn nicht … Bloß nicht dran denken. Er loggte sich ein.

»Benutzername/Passwort falsch.«

Benutzername: Braindead. Passwort: Superbulle. Was war daran falsch? Es versuchte es wieder und wieder, fluchend und stöhnend, bis der Mann aus der Nachbarkoje besorgt über die Trennwand schaute. Entnervt gab er auf und versuchte, Flo anzurufen. Nach wie vor: keine Verbindung. Hastig schrieb er ihr eine Mail. »Ich komme so schnell wie möglich zurück. Ich hoffe, es geht euch gut. Jo.«

Viel zu spät fiel ihm die Verabredung mit Tomás ein. Überstürzt stand er auf, vergaß, sich vom Kettenraucher an der Kasse das Wechselgeld herausgeben zu lassen, und legte den Weg zum Café Zela im Laufschritt zurück. Tomás wartete schon länger, wie man aus der Zahl der Stummel in seinem Aschenbecher schließen konnte.

»Entschuldige, Tomás, aber ...«

Tomás winkte ab und stand auf. »Ich bring dich ins Hotel.«

Endlich duschen. DeLange hätte gerne auch noch seine Klamotten gewaschen, er musste furchtbar aussehen, aber von Tomás konnte er sich nichts leihen. In der Weite würden ihm dessen Hosen vielleicht passen, aber nicht in der Länge.

»*No problem*«, sagte Tomás, erfragte seine Kleidergröße und ging zum Telefon.

Sie redeten erst, als DeLange aus der Dusche kam.

»Jorge hat gesagt, dass du mit Shidy Kontakt aufgenommen hast.«

Tomás war also im Bilde. Interessant.

»Du weißt, wer Shidy ist, *amigo*, oder?«

Er schüttelte unschuldig den Kopf.

»Sie ist die rechte Hand von El Marrón«, sagte Tomás. »Und der organisiert die *Mojileros*, die die Cocapaste vom Apurímac bis zur Küste bringen.«

Gut, dass er rechtzeitig gelernt hatte, die Inkaprinzessin nicht zu unterschätzen. »Ihr wisst es und ihr hindert sie nicht daran?«

»Coca ist Peru, Jo«, antwortete Tomás ernst. »Nimm uns Coca, und wir gehen unter.«

»Weil alle dran verdienen? Auch die Polizei?«

Tomás schüttelte den Kopf. »Du verstehst nicht. Coca ist *hoja sagrada*, die heilige Pflanze der Inka. Und sie ist das, was uns am Leben hält. Weißt du, woher die *Cocaleros* am Rio Apurímac kommen? Aus den Bergen von Ayacucho, auf der Flucht vor Dürre und Hunger und vor den *Terrucos* und den *Milis*. Ein Teil meiner Familie lebt heute da.«

»Und deine Familie hat sich mit dem Feind verbündet?« Peru war ein seltsames Land.

»Heute ist alles anders«, sagte Tomás beschwörend. »Heute schützt der *Sendero* die *Cocaleros*.«

Na klar. Solange die Terrortruppe daran verdiente.

»Glaub mir, Jo: Man hat versucht, Coca zu vernichten. Wieder und wieder. Aber das wird keiner Regierung gelingen!«

»Und das sagst du? Als Polizist?«

»Ja. Ein Aufstand der *Cocaleros* wäre eine nationale Katastrophe. Weißt du, was sie sagen, da unten am Apurímac? *Coca o muerte.* Und es ist ihr blutiger Ernst. Verstehst du? Wir haben genug von all den Jahren der Gewalt.«

»Verstehe. Ihr exportiert die Gewalt. Sterben sollen andere«, sagte DeLange, der sich keine Illusionen machte. Am Drogenhandel verdienten alle, nur die nicht, die den Stoff brauchten. Er hatte sie zu oft gesehen, die ausgemergelten Gestalten, die in Frankfurt am Bahnhof herumlungerten, auf der Suche nach dem nächsten Schuss.

Tomás kniff die Augen zusammen und lächelte mit schmalen Lippen. »Was ihr mit der heiligen Pflanze der Inka macht, ist euer Problem. Nicht unseres.«

Tomás hatte wahrscheinlich recht. DeLange erinnerte sich an ein Gespräch mit einem afghanischen Kollegen vor einigen Monaten. Der Mann hatte die Theorie vertreten, es sei am allerbesten, wenn Pharmafirmen wie Bayer in den Opiumanbau der afghanischen Bauern einstiegen, als feste Abnehmer. Die Bauern müssten ihre Existenz nicht aufgeben, und Bayer könnte selbst dafür sorgen, dass der Stoff nicht auf den freien Markt kam. All die Zwischenstationen, mit denen andere sich eine goldene Nase verdienten, wären ausgeschaltet.

Auch mit den Bestechungsgeldern für korrupte Polizisten wäre es vorbei. Und endlich spürte DeLange wieder so etwas wie Wut. Was hatte Tomás gesagt? Die dummen, naiven, die verrückten Anhänger der peruanischen Maoisten hatte man getötet, die wahren Verbrecher aber lebten noch. Und die zahlten wahrscheinlich gut.

Der Mann, der eine halbe Stunde später an der Zimmertür klopfte, buckelte vor Tomás, entweder aus Angst oder aus übergroßem Respekt vor der Staatsmacht, was das Gleiche sein mochte. Er hatte Jeans, T-Shirts, eine Fleecejacke und ein paar Sandalen dabei. Die Hosen passten, die Hemden waren zu weit, aber das machte nichts. DeLange genoss die saubere Kleidung – und all die Vorzüge eines korrupten Systems.

Jo hatte seine Brieftasche irgendwo im Alto Plano verloren? Kein Problem! Tomás fand die Bitte um gefälschte Papiere völlig normal. Und er wusste auch einen geeigneten Fotografen für ein brauchbares Passbild. Der Reisepassersatz von der Deutschen Botschaft wurde pünktlich geliefert. Ausgestellt auf Dr. Guido Fischer. Ja, Tomás war ein Mann mit guten Kontakten, der seinen Preis hatte. DeLange fragte sich nicht, woher der Kollege wusste, dass er Geld hatte. Solange genug übrig blieb für ein Flugticket und einen billigen Reisetrolley.

Der Flug mit KLM ging um 19.35 Uhr. Ankunft in Frankfurt: am nächsten Tag um 16.55 Uhr.

Tomás brachte ihn zum Flughafen. Er sagte kein Wort während der Fahrt, aber beim Abschied umarmte er DeLange fest und sagte: »*Mucha suerte, Pata!*«

Er meinte das ernst. Tomás war ein Freund. Trotz alledem.

KAPITEL 5

»Go fuck this fucking shit!«

DeLange blickte auf. Der Trekkie auf dem PC-Platz neben ihm, der schon seit Minuten *»bugger, bugger, bugger«* murmelte, erlebte offenbar einen neuen Höhepunkt von Internetfrustration. Der Kerl roch streng, hatte verfilzte rotblonde Haare und lückenhaften Bartwuchs. Er bediente die Tastatur, als ob sie ein Hackbrett wäre. Davon abgesehen, sprach er DeLange aus dem Herzen. Alles, aber auch wirklich alles hatte sich gegen ihn verschworen.

Im Taxi zum Flughafen Jorge Chávez hatte ihn die Nachricht noch nicht groß interessiert. Irgendein Vulkan in Chile hustete Feuer und Asche in die Atmosphäre. In der Abfertigungshalle bekam man die Fernsehbilder zu sehen: Patagonien, pittoresk eingekleidet in einen grauen Ascheteppich. Hunderttausenden Schafen drohte der Hungertod. Und der Vulkan, der nun einen Namen hatte – Puyehue, was nach einer schweren Erkältungskrankheit klang – , Puyehue also spie weiter.

Während DeLange vor dem KLM-Schalter wartete und dem Stimmengewirr rundherum lauschte, wurde ihm langsam klar, dass der Vulkan auch auf seine Reisepläne hustete. Die Aschewolke bewegte sich zwar in die andere Richtung, nach Argentinien, wo die Flughäfen bereits geschlossen waren, aber die Flüge von

Lima aus waren vom allgemeinen Chaos betroffen. Sein Flug verschob sich um vier Stunden.

Selbst das hatte ihn erst nicht weiter aufgeregt, so konnte er immerhin in Ruhe versuchen, sich wieder in Flos Forum einzuloggen. Hatte er jedenfalls gedacht.

»Christ in shitty napkins!«

Den kannte DeLange noch nicht. Aber es traf die Sache: Auch bei ihm war die Internetverbindung zusammengebrochen. Von wegen global vernetzte Welt.

»It's the volcano, you see«, versicherte die dicke Señora an der Kasse, bei der DeLange sich beschwerte. *»Everything will be alright in a minute!«*

Durchhalten. Und unter keinen Umständen den Platz vorm PC aufgeben. Denn er hatte es tatsächlich geschafft, sich bei »Superbrain« einzuloggen. Der Fehler hatte bei ihm gelegen. Natürlich. In angemessener Einschätzung seiner geistigen Auslegung hatte er sich als »braindead« anmelden wollen. Flo hatte mit dem Benutzernamen »Braindad« eindeutig zu hoch gegriffen.

Seine In-Box quoll über. Flo war ganz offenkundig nicht in Duisburg gewesen. Sie lebte. Und ihre jüngste Nachricht war eigentlich rundum positiv: »*Karen geht es sehr viel besser!!! **Morgen mehr! ***Ich vermisse Dich!« Doch prompt zerbrach er sich den Kopf darüber, wie schlecht es Karen gegangen sein musste, damit dieser Satz drei Ausrufezeichen verdiente. Es war zum Wahnsinnigwerden.

Ein erleichtertes *»Dammit!«* von nebenan. DeLange schöpfte Hoffnung und lud die Seite erneut. Er scrollte hoch. Er musste zurück an den Anfang ihrer Nachrichten gehen, musste eins nach dem anderen tun. Und das fiel ihm schwer. In seiner Nervosität bewegte er sich viel zu hastig durch die In-Box.

Und dann war er endlich beim ersten Eintrag. Er verstand erst gar nichts. Dann nur so viel, dass die Mädchen nicht bei Beate waren. Wieso nicht? Was hatte die verdammte Kuh sich dabei gedacht? Sie hatte es ihm hoch und heilig versprochen. Und dann – der Unfall. Karen im Koma. Er starrte auf den Bildschirm und fühlte sich unendlich hilflos.

Du hättest dableiben sollen, du Idiot. Bei Karen. Bei den Mädchen. Und wo waren sie überhaupt?

Er scrollte weiter, bis er endlich zum Tagebuch kam, das sie ihm versprochen hatte. »Tag: Freitag, 16. Juli 2010. Zeit: ca. 9 Uhr 15. Ort: Brücke über den Streit-bach bei Groß-Roda. Personen: Florentine und Caro-line DeLange, wohnhaft in Frankfurt am Main.«

Das war fast zwei Wochen her. Und wo war der Streitbach? DeLange atmete tief ein und las noch ein-mal, Wort für Wort. Bei Groß-Roda. Das kannte er. Da in der Nähe wohnte Paul Bremer, Karens bester Freund. Warum auch immer die beiden Gören nicht bei Beate waren – vielleicht war ein Kuhkaff in der hessischen Provinz eine brauchbare Alternative.

Als er weiterlas, wusste er, dass das ein frommer Wunsch war. Die beiden waren über einen Toten ge-stolpert.

»Fundort …«

In DeLange stieg ein dem Ernst der Lage völlig un-angemessenes Gefühl hoch. Er war stolz auf Flo. Jede andere, die eine Leiche findet, hätte von Tatort gespro-chen. Nicht so seine Tochter.

»Fundort: Eine Hecke am Rande einer abschüssigen

Wiese, die zu einer Brücke über einen Bach führt. Zu diesem Zeitpunkt haben Caro und ich den Weiherhof seit etwa einer Stunde verlassen. Wir sind in nordwestliche Richtung gegangen.«

Und sie kannte sogar die Himmelsrichtung! Das war seine Tochter!

»Als wir den Toten finden, rufe ich bei Karen an, was sich als Fehler erweist, weil der Akku fast leer ist. (Anm.: Ich konnte ja nicht wissen, dass sie im Krankenhaus liegt.)

Kurze Zeit später kommt Rena Burau an den Fundort und ruft sofort die Polizei an. Bodo hat sie alarmiert.«

Wer zum Teufel war Bodo?

»Anm.: Bodo ist zurück zum Weiherhof gelaufen, hat die Leine vom Haken im Flur genommen und sie Rena hinterhergetragen! Hat gewinselt und ihre Hand gepackt! Was für ein cleverer Kerl.«

Ein Hund. Okay.

»Kurze Zeit später erscheinen Kriminaloberkommissar Marco Sauer sowie Kriminalkommissarin Marlene Feist von der Kripo in Grünberg am Fundort. Nach Inaugenscheinnahme der Leiche rufen sie Arzt und Spurensicherung. Mittlerweile ist Paul da und identifiziert den Toten.«

Paul? Ach so. Paul Bremer. DeLange schüttelte den Kopf. Ob sein Gehirn bleibende Schäden davongetragen hatte? Wundern täte es ihn nicht. All der Pisco. Und das Koks, das Shidy und Tayta ihm verabreicht hatten, damit er ruhig war.

»Das Gesicht des Toten ist vom Täter unkenntlich gemacht worden. Paul hat den Mann an seiner

Halskette identifiziert, die zwei Anhänger hat, Stern-kreiszeichen, im vorliegenden Fall Jungfrau und Stier. Der Tote heißt Ingo, Gemeindearbeiter aus Heckbach. Und jetzt kommt's.«

Nichts kam. Der Bildschirm wurde schwarz. *» What the bloody fuck!«* von nebenan. Der Trekkie legte den Kopf auf die Tastatur und stöhnte. Unruhe im ganzen Raum. DeLange begann, sich nach einem Land mit stabilem Stromnetz zu sehnen.

»¡Señor! Les pido!« Die Señora, die wie ein schlecht-gelaunter Bulldog hinter der Kasse gelauert hatte, kam angewatschelt. »Haben Sie doch Geduld!«

DeLange hatte weder Geduld noch Zeit. Nur noch eine Stunde, dann ging sein Flug. Und diese Stunde, die er vor einem dunklen Bildschirm verbrachte, umgeben von den Geräuschen und Gerüchen all der anderen Männer, die so ungeduldig warteten wie er, zerrann in Windeseile.

Das Pech blieb ihm erhalten. Strom gab es erst wie-der, als die Stunde um war. Er musste seinen Platz vor dem Bildschirm einer nervösen Amerikanerin über-lassen, spargeldünn, zwei herausgeputzte Töchter an der Hand. Er zahlte der Señora viel zu viel Geld und hastete zum Gate. Zur nächsten Überraschung.

Sein Flug war nicht gecancelt, das nicht. Aber ver-schoben auf den nächsten Tag. Und auch das war nicht garantiert.

DeLange spürte seinen Puls in die Höhe schießen. Ausgerechnet jetzt. Wo er gebraucht wurde. Flo be-richtete präzise, fast kühl. Wahrscheinlich merkte sie gar nicht, in welcher Gefahr sie steckte. Sie und Caro.

Also zurück zum Internetcafé. Doch davor hatte

sich eine Schlange gebildet. Hoffentlich wollten die meisten nur telefonieren. Es waren auffallend viele Rucksacktouristen dabei, deren Ausrüstung darauf schließen ließ, dass sie im Hochland gewesen waren. Bis auf die Kälte drohten dort keine Gefahren mehr. Auf Touristen hatte es der *Sendero* nicht mehr abgesehen, das war Vergangenheit. Das Koks-Geschäft war einträglicher. Und was hatte Shidy gesagt? Die Spur führt nach Frankfurt. Umso dringender, dass er endlich dort ankam.

Um sich zu beruhigen, rief sich DeLange die letzte Nachricht von Flo vor Augen, die persönliche Fußnote mit den Sternchen. »*Karen geht's sehr viel besser! **Morgen mehr! ***Ich vermisse Dich!«

Endlich stand er vor der Kasse. Die Señora sah aus wie eine zufriedene Schildkröte, die Geschäfte liefen blendend. Sie wies DeLange Platz 5 zu. Der Sitz des roten Plastikstuhls war noch warm, es roch nach Schweiß, kaltem Zigarettenrauch und einem blumigen Parfum. Rechts von ihm hämmerte ein blasser Junge auf die Tastatur, der seine krausen dunklen Haare unter eine bunte Zipfelmütze gesteckt hatte, die man Touristen als typische Kopfbedeckung der Einheimischen andrehte. Links starrte ein blondes Mädchen auf den Bildschirm, das seine Basecap so trug wie Flo.

Hastig loggte sich DeLange bei Superbrain ein.

»18. Juli 2010. Das Irre ist: Es ist der zweite Mord in Klein-Roda. Wir haben eine Serie.

Ich weiß, was Du immer sagst: Erst ab drei Toten ist es eine Serie. Aber die beiden Männer sind anscheinend auf haargenau die gleiche Weise umgebracht worden. Du hättest das Gesicht des Mannes sehen sollen – ich träume davon, Caro sowieso, so grauenhaft sah der aus. Das ganze Gesicht zerschlagen, wie zerstampft. Als ob jemand mit großer Wucht auf ihn eingedroschen hätte. Der Mann, den Paul gefunden hat, ist auch erschlagen worden. Genauso. Mit einem stumpfen Gegenstand.«

DeLange starrte auf den Bildschirm. Zerschlagene Gesichter. Mit einem stumpfen Gegenstand. Zerschlagen wie das Gesicht Taytas. Was hatte der Alte noch gesagt? Die Waffe des Volkes – ein Stein. Ihm kroch die Kälte den Rücken hoch.

»Übrigens: Paul war bei Karen im Krankenhaus, als ich sie angerufen habe, und ist an ihr Telefon gegangen, kannst Du Dir das vorstellen? Jemand hat auf sie geschossen. Sie hat versucht, auszuweichen. Die Kugel hat sie zwar nicht getroffen, aber die Windschutzscheibe. Und dann ist sie gegen einen Baum gefahren. Die Kripo meint, das wäre ein Jagdunfall gewesen, sagt Paul. Aber ich habe ein schlechtes Gefühl.«

Ein schlechtes Gefühl ist gar kein Ausdruck, dachte DeLange.

»Paul hat von Karens Unfall durch einen Anruf erfahren. Der Anrufer hat Karens Auto gesehen, kurz nach dem Unfall. Und dieser Anrufer war ein gewisser Ingo aus irgendeinem Kaff in der Nähe. Kurze Zeit später ist er tot. Was denkst Du? Zufall?«

DeLanges Nerven waren in hellem Aufruhr. Er glaubte nicht an Zufall.

»Schlussfolgerungen: Entweder haben wir es mit einem Serienmörder zu tun, der ohne Motiv und ohne Verbindung zu seinem Opfer vorgeht. Also einen pathologischen Täter. Nach Harbort (hab ich im Netz gefunden, ist interessant, wäre auch was für Dich) sind Serientaten schwerer zu ermitteln, da keine vordeliktische Beziehung zwischen Täter und Opfer bestand. Der Serienmörder ist mäßig bis durchschnittlich intelligent und sucht seine Opfer oft aus seiner Wohnumgebung in einem Radius von 30 km. Das würde passen.

Andere Möglichkeit: Es gibt eine Verbindung des Täters zu den Opfern. Dann müsste auch die Opfer etwas verbinden. Aber was?«

Chhanka, dachte DeLange. Aber das ergab keinen Sinn.

Flos Bericht

Sonntag, 18. Juli 2010: Besuch bei Karen Stark, Evangelisches Krankenhaus in Gießen, Neurologische Abteilung, Zimmer 344. Anwesend: Paul Bremer, Florentine DeLange (Protokoll).

Laut Stationsschwester ist Karens Zustand zwei Tage nach dem Unfall jetzt stabil. Ich bin heilfroh. Sie sieht ganz normal aus, wie sie da im Bett liegt, trotz Verband um den Kopf. Das Einzige, was stört, ist der Venentropf. Und dieses Ding vor der Nase, wegen Sauerstoff. Als ich mich neben sie setze, flackern ihre Augenlider. Paul hält ihre Hand und streichelt sie. Ein Arzt öffnet die Tür. »Sie macht gute Fortschritte, ich bin sehr zufrieden mit ihr«, sagt er zu Paul.

Der: »Wird was zurückbleiben?«

Arzt: »Ausschließen kann man nichts, aber ich hab ein gutes Gefühl!«

Also ich glaub ihm das mal.

Paul ist in Ordnung. Aber wir sind uns nicht einig, was Karens Unfall betrifft.

Er: Der Schuss auf Karens Auto war ein Versehen. Außer ihm, mir, Caro und Rena wusste niemand, dass und wann Karen nach Frankfurt zurückfahren würde.

Ich: Ingo ist in der Nähe, als Karen gegen den Baum fährt. Kurze Zeit später ist er tot. Das ist kein Zufall! Vielleicht hat er was gesehen? Den Täter?

Er: Nein.

Und dann hat er mir von dem ersten Toten erzählt, den er auf dem Friedhof in Klein-Roda gefunden hat und der genauso grausig erschlagen wurde. Zwei Einheimische. Keiner hatte mit Karen zu tun.

Aber es gibt einen Zusammenhang. Jede Wette.

PS: Papa: Karen wird wieder in Ordnung kommen. Ich spür das. Mach Dir keine Sorgen. Sie ist *tough*. Mir tut's leid, dass wir sie genervt haben.

Montag, 19. Juli 2010: Hallo Jo, heute mal kein Bericht! Einfach nur ein Brief. Hoffentlich bist Du okay – und meld Dich doch mal! Wäre nicht das Schlechteste. Ich mach mir Sorgen, also – eigentlich ziemlich oft. Um Dich und um Karen. Um uns alle.

Caro ist beschäftigt. Sie darf Renas Gäule reiten. Mir ist das recht, dann trottet sie mir nicht hinterher. Ich sitze draußen, Hanya liegt neben mir – Du würdest sie lieben, sie ist eine Magyar Vizsla, mit goldbraunem Fell und goldenen Augen … Ich hätte nie gedacht, dass ich es mal mit Hunden haben würde … ;-) Und ich hätte nie gedacht, dass ich mich ans Landleben gewöhnen könnte. Es stinkt, und überall sind Fliegen. Hey, aber es ist hier aufregender als in Frankfurt. Verglichen mit Klein-Roda und Umgebung ist Frankfurt ein Ponyhof. Ich hab viel dazugelernt in den letzten Tagen.

Folgendes: Den ersten Toten hat Paul Bremer auf dem Friedhof in Klein-Roda gefunden, d. h. eigentlich sein Nachbar Gottfried. Der Tote hieß Ernst Berg und war der Bruder von Gottfrieds verstorbener Ehefrau Marie. Erschlagen wurde er auf dem Grab der gemeinsamen Schwester Erika. Die wiederum war mit den drei Hippies befreundet, die so um 1968 in der Nähe wohnten. Klingelt's bei Dir?«

Es klingelte nicht nur, es war das große Stadtgeläut, das DeLange vernahm. Ernst Berg war einer der Männer gewesen, die kurz vorm Verschwinden von Alexandra Raabe im Haus der drei erschienen waren und sich mit Charles geprügelt hatten. Rächte jemand ihren Tod? Vielleicht Charles *himself*? Oder, woran er von Minute zu Minute stärker glaubte, war es Alexandra Raabe, die ihre alten Peiniger aufsuchte? Aber wie passte ein Mann namens Ingo in das Bild?

Donnerstag, 22. Juli 2010: Ich komm nicht weiter. Es passiert einfach zu viel. Kannst Du Dich nicht endlich mal melden? Echt jetzt, ja?

Wir haben Pauls Nachbarn besucht im Krankenhaus. Gottfried (was für ein Name!). Krankenhäuser sind schlimm genug, aber die Abteilung, in der Pauls Nachbar liegt, ist furchtbar. Da gibt's nur alte Männer. Und alle starren mir hinterher.

Im Zimmer ist es viel zu warm. Und es riecht. Kaum

dass wir neben dem Bett sitzen, in dem der alte Herr liegt, am Fenster, das habe ich sofort aufgemacht – also kaum dass wir sitzen, geht die Tür auf und zwei Pfleger schieben ein zweites Bett rein. Da liegt einer drin, der ist *noch* älter als Gottfried. Hat den Mund geöffnet. Keine Zähne. Schrecklich.

Auf dem Fenstersims stehen Blumen, ein fetter Strauß, muss ganz schön teuer gewesen sein. Und der Greis im anderen Bett fängt an zu stöhnen.

Und dann hat Paul seinem Nachbarn erzählt, dass Ingo ermordet worden ist. Der alte Herr ist käseweiß im Gesicht geworden. Und als Paul erzählt hat, wo die Leiche gefunden wurde – an der Brücke über die Streitbach (wusstest du, dass die hier *die* Bach sagen? Statt *der* Bach? Irgendwie bescheuert) – , wäre er uns fast aus dem Bett gesprungen.

Und weißt du warum? Genau dort, an der Brücke über die Streitbach, ist vor vierzig Jahren Erika Berg ertrunken. Klingelt's?«

Es klingelt so, dass es weh tut, dachte DeLange und massierte sich die schmerzenden Schläfen.

»Also hier die Kurzfassung: Erika Berg, genannt Eri, freundet sich mit den drei Hippies an, die niemand im Dorf abkann. Nun war Eri aber nicht der Unschuldsengel, der erst von den Städtern verdorben werden musste, sondern die Schlampe des Dorfs. Wusstest du das? Meint jedenfalls Gottfried, auch wenn er es nicht sagt. »Die kannte keine Grenzen« oder so was. Sie muss mit fast allen was gehabt haben. Ihr lieber Bruder (das erste Mordopfer!) und ihre noch liebere

Schwester (Gottfrieds Frau, auch schon auf dem Fried-hof) haben sie deshalb in die Psychiatrie gebracht. In die geschlossene Abteilung.

Zwei Jahre später wird sie entlassen, kommt zurück ins Dorf, rennt überall rum und schimpft auf geile Männer und verlogene Weiber. Also haben drei Mann versucht, sie zu überwältigen, um sie wieder einzulie-fern. Gottfried, ihr Schwager. Ernst, ihr Bruder. Und Ingo. Ja, genau der. Einen Tag später ist sie tot.

Was sagst du jetzt?

Ich jedenfalls frage mich, warum Gottfried noch lebt. Er hat Angst. Ich spüre das.«

Ich auch, dachte DeLange. »Pass auf dich auf, Flo«, tippte er hastig ein. Feierabend in einer Viertelstunde, hatte die Señora soeben verkündet. Er musste sich ran-halten. »Mach nichts auf eigene Faust. Ich warte auf meinen Flug. Wenn alles gutgeht, bin ich übermorgen da.«

Den Rest ihrer Berichte überflog er. Erstaunlich, was sie alles herausgefunden hatte. Sie musste jeden ausgefragt haben, schien die Geschichte von Klein-Roda und Umgebung zu kennen, als ob sie dort auf-gewachsen wäre. Und sie hatte fotografiert. Mit Felis Nikon. »Du hast doch diese geile Software auf dem Notebook – ich sage Dir: Auf den Fotos sieht man jedes Detail!«

DeLange platzte fast vor väterlichem Stolz: Flo! Seine Tochter! Und dann krampfte sich sein Magen zusam-men. So viel Engagement würde auch dem Täter auf-fallen.

230

Pass auf dich auf, Flo, dachte er beschwörend, während er weiterlas.

»Karen ist unglaublich zäh. Sie erinnert sich nicht an den Unfall, und manchmal ist sie ein bisschen langsam, so beim Reden. Aber seit sie wach ist, geht sie jeden Tag, erst nur ein paar Schritte, dann den ganzen Flur, rauf und runter. Ich hab ihr zusammen mit Paul ein paar Sachen gekauft, sie hatte ja nix anzuziehen, und diese Krankenhaushemden sind echt schlimm.

Sie hat nach Dir gefragt. Ich hab ihr gesagt, Du wärst in einer Rehaklinik. Kann ja schlecht sagen, Du hättest Dich in Luft aufgelöst. Aber die Lügerei geht mir langsam aufs Hirn.

Sag mal, Jo: Ist alles okay mit Dir? Könntest Du mal ins nächste Internetcafé? Ja? Oder gibt's da keine, wo Du bist?«

Das hatte sie vor vier Tagen geschrieben. Da war er mit Shidy unterwegs gewesen – in einer Gegend, in der es Landschaft und Lamas gab, sonst nichts. Doch: ein Bett in Flammen. Er hatte ein schlechtes Gewissen.

»Karen ist cool. Sie haben ihr an der Stelle am Kopf, die genäht werden musste, die Haare abrasiert. Und jetzt, wo der Verband ab ist, sieht man das natürlich. Ist schon seltsam, der Anblick! Sagt sie also zu mir, ich soll die Schere nehmen und alles kurz schneiden. Ich: Das meinst du nicht ernst! Sie: Und ob! Ab damit! Ich: Nee, das bring ich nicht. Sie: Sonst muss ich sie waschen!

Wir haben furchtbar gelacht. Ich mag sie.

Sag mal, Jo: Wird das vielleicht noch mal was mit Euch? Ich mein ja nur.«

Ach Flo. Einer der beiden Gründe, warum das mit uns nichts wurde, warst du.

»Ich hab für Karen ein iPad besorgt. Das ist so überirdisch, das Teil. Sie liest alles damit, die Zeitungen, Bücher, was du willst. Hör mal, die Frau ist echt ein *early adopter*, da kannst Du Dir was abgucken. Ich finde, Du solltest Dir auch eins kaufen. Und mir Dein Notebook überlassen. Oder umgekehrt.

Ach, und wenn Du zurück bist, stellen wir mal ein paar Regeln auf, wie man sich im Falle einer Auslandsreise zu verhalten hat. Also: ALLE Familienmitglieder. Auch Du! Du hast im Moment null von hundert Punkten.

Vermisse Dich. Karen vermisst Dich auch. xxx.«

»¡*Cerramos ahora, señor!*« Die Señora drängelte.

Hastig schrieb er: »Ich vermisse Dich sehr, Kleines. Große. Dich und Caro. Und Karen. Sag ihr das, ja? Übermorgen bin ich bei Euch. Küsschen! Jo. (Krieg ich jetzt wenigstens zwei Punkte von hundert? Jeder verdient eine Chance, finde ich.)«

Es wurde eine unruhige Nacht. Erst lief DeLange durch den Flughafen, stolperte über ausgestreckte Beine, umrundete abgelegte Gepäckstücke. Limas Flughafen war klein, sah aber ansonsten aus wie alle anderen auch. Seine Gedanken kreisten umher wie aufgeschreckte Vögel. Wer nahm Rache und wofür?

Rächte sich Alexandra an ihren Peinigern? Aber warum erst jetzt? Und die Mordmethode ... Imitierte Neumann die Methoden des *Sendero*? Wollte er damit eine falsche Fährte legen? Aber warum sollte Neumann nach all den Jahren alte Männer ermorden, die ihm nichts bedeuteten?

Er kam auf keine Antwort. Und betete, dass Flo auf sich aufpasste. Dass Caro nichts passierte. Dass Karen wieder ganz gesund wurde.

Sein Flug wurde aufgerufen, bevor das Internetcafé wieder geöffnet hatte. Er würde sich an Bord betrinken müssen, um den Flug zu überstehen. Und die Angst vor dem, was ihn zu Hause erwartete.

Klein-Roda

Es war seit Wochen heiß und viel zu trocken und der Staub hing in der Hitze wie ein goldener Schleier. Schon früh am Morgen vibrierte die Luft von stampfenden Mähmaschinen und dieselnden Traktoren, die überladene Anhänger mit reifem Korn in die Scheune fuhren. Und dennoch herrschte lähmende Stille in Klein-Roda. Niemand war auf der Straße. Niemand hatte Zeit für ein Schwätzchen zwischendurch. Selbst Marianne nicht. Und außer Bremer schien niemand Gottfried zu besuchen.

Zwar hatte ein frischer Blumenstrauß im Krankenzimmer des Alten gestanden, aber Gottfried wollte nicht verraten, von wem er stammte.

Bremer klickte den Schlauch an den Wasserhahn und bewässerte den Gemüsegarten, bevor die Sonne

zu hoch gestiegen war. Eigentlich eine Feierabend-
beschäftigung, aber er hatte gestern keine Lust dazu
gehabt.

»Darf ich?«

Bremer blickte auf. Der Mann mit dem langen Gesicht unter dem dunklen Haarschopf vor dem Gartentor kam ihm bekannt vor.

»Sauer, Kripo Grünberg.«

»Feist. Dito.« Die hochgewachsene Frau mit dem
dunkelblonden Zopf und unbewegten Gesichtszügen
knipste ein Lächeln an und gleich wieder aus.

Sauer und Feist. Da sollte einer ernst bleiben.
»Kommen Sie rein.« Bremer stellte das Wasser ab und
wischte sich die feuchten Hände an den Jeans trocken.

»Kaffee? Tee? Wasser?« Bremer beobachtete interessiert, dass Sauer zögerte, aber Feist energisch den
Kopf schüttelte. Worauf Sauer nachgab.

Waschlappen.

»Wollen Sie sich setzen?«

»Wir haben nur ein paar Fragen.«

Na gut. Das sagen sie alle. Also blieb auch Bremer
stehen.

»Zu Ihren Beobachtungen in der Sache Berg. Ist
Ihnen irgendwas in Zusammenhang mit der Jagdhütte
aufgefallen?«

»Welche Jagdhütte?« Bremer kannte keine Jagdhütte.

»Die Blockhütte in der Senke hinter dem Friedhof.
Die müssen Sie doch kennen.« Die Feist, bestimmt.

Ich muss gar nichts, dachte Bremer trotzig. »Ich
weiß, dass sie existiert. Mehr nicht. Was ist damit?«
Die Hütte lag verborgen hinter Bäumen, sie wurde

von Leuten aus dem Ruhrgebiet genutzt, die die Jagd bei Klein-Roda gepachtet hatten.

»Es geht um den Schuss auf Frau Starks Auto. Es dürfte sich um einen Jagdunfall gehandelt haben, wir suchen entsprechend«, antwortete die Feist, ziemlich von oben herab. »Aber wenn Ihnen nichts aufgefallen ist ...«

»Nein. Leider nein.« Bremer wünschte, es wäre anders.

Sauer nickte, sagte: »Schade. Wenn Ihnen noch was einfällt ...«, gab ihm die Hand und folgte seiner Kollegin hinaus.

Bremer sah ihnen nach. Ein Jagdunfall? Flo glaubte nicht daran. Und er langsam auch nicht mehr. Langsam fragte er sich, ob er wirklich wissen wollte, was seine Nachbarn in Klein-Roda vor ihm verbargen. Es konnte nichts Gutes sein.

Er stellte den Wasserhahn wieder an und benetzte liebevoll den Wirsing und den Rotkohl. Die Kohlrabiernte war schon vorbei.

Das alles machte ihn nervös. Und wer besonders nervte, war Flo. Nicht, weil sie zickte oder sofort wieder nach Frankfurt gebracht werden wollte. Im Gegenteil: Sie schien bester Dinge, fuhr mit dem Fahrrad durch die Gegend, steckte ihre Nase in alles rein. Sie hatte sogar Kontakt zu ihrem Vater. Jo DeLange existierte also noch. Das war die gute Nachricht. Die bessere wäre, wenn er endlich käme und sich um Karen kümmerte.

Und wenn Flo ihre Neugier etwas zügeln würde. Bremer quälte sich schon seit Tagen mit dem Gefühl, dass der nächste Schlag kurz bevorstand. Etwas lag in der Luft. Und er fragte sich, wer der Nächste sein würde. Und ob es auch ein viel zu neugieriges Mädchen treffen könnte, selbst wenn das dem bisherigen Beuteschema des Mörders widersprach.

Giorgio DeLange würde ihn umbringen, wenn seinen Töchtern etwas passierte.

Nemax und Birdie beobachteten wachsam den Wasserstrahl, den Bremer über das Gemüse schickte. Es könnte ja ein Tropfen ihr kostbares Fell treffen. Er widerstand der Versuchung nicht lange und machte die beiden gründlich nass.

Zeit, ins Krankenhaus zu fahren. Es tat ja sonst niemand.

Die Tür zu Gottfrieds Krankenzimmer stand offen. Das Zimmer war leer. Nur die Blumen erfüllten den Raum mit ihrem Duft. Der Strauß auf dem Fensterbrett war neu, er kam ganz in Rot, Dahlien und Zinnien, soweit er erkennen konnte. In der Mitte ein Stengel mit Kaskaden fleischfarbener Blüten, irgendetwas Exotisches. Während Bremer noch im Türrahmen stand und gegen die Beklemmung ankämpfte, die in ihm hochsteigen wollte, schoben zwei Krankenschwestern einen Rollstuhl herein. Im Rollstuhl ein Mann, vierschrötiges Mittelalter, der sich den Kopf hielt und stöhnte.

»Wir geben Ihnen jetzt was gegen die Schmerzen, ja?«, sagte eine der Schwestern in diesem bestimmten Tonfall, der für ältere Patienten gedacht war, denen man vorsorglich Schwerhörigkeit unterstellte.

»Wo ist denn der Herr Funke hingekommen?«, fragte Bremer.

»Ach, hier ist ja gar kein Bett! Moment eben, ja?«
Beide huschten wieder hinaus.

Bremer redete sich gut zu. Gottfried war bei einer
Untersuchung. War in ein anderes Zimmer verlegt
worden. Er lief durch den Gang zum Schwesternzimmer.

»Herr Funke?« Die kleine dunkelhäutige Frau –
Thai, spekulierte Bremer – sah ihn mit zusammen-
gezogenen Augenbrauen an. »Sind Sie ein Verwandter?«

»Nein. Ich bin der Nachbar. Der einzige Mensch,
den er noch hat. Was ist mit ihm?«

»Wenn Sie kein Verwandter sind …« Sie blätterte in
ihrem Buch, wahrscheinlich standen da die Ein- und
Ausgänge drin.

»Was ist mit ihm?« Bremer hatte die Stimme erhoben. Endlich schaute sie auf. »Es tut mir sehr leid«,
sagte sie. »Schwester Dhipaymongkol« stand auf ihrem Namensschild. Dann senkte sie den Blick.

Bremer sah Gottfried vor seinem inneren Auge unter der Linde sitzen und fühlte sich verloren.

»Wann? Wann – ist er gestorben?«

»Momentchen.« Sie blätterte. »Heute Mittag.«

»Und warum? Woran?«

»Er ist eingeschlafen und nicht mehr aufgewacht.
Ganz friedlich.« Die Schwester lächelte ihn beruhigend an, aber ihn beruhigte das gar nicht.

»Und warum hat man mich nicht informiert?«

Sie blätterte wieder. »Tut mir leid«, sagte sie mit
gesenktem Kopf.

»Todesursache?« Bremer war wütend vor Hilflosigkeit.

»In seinem Alter ...«, sagte Schwester Thailand. Das machte Bremer noch wütender.

»Auch in seinem Alter stirbt man nicht an nichts«, fauchte er. »Wird er gerichtsmedizinisch untersucht?«

»Sie meinen – eine Sektion?« Große schwarze Augen hatte Schwester Wieauchimmersieheißt, aber das rührte ihn wenig. »Das ist bei natürlicher Todesursache nicht nötig«, erklärte sie.

»Und woher wissen Sie, dass er an natürlichen Ursachen gestorben ist?«

»Der Doktor ...«

»Dann holen Sie Ihren Doktor bitte. Und zwar sofort.«

Er sah ihrem Gesicht an, dass sie widersprechen wollte. Aber er wirkte offenbar abschreckend genug. Sie ließ einen Dr. Luong ausrufen.

Bremer stand im Flur und wartete. Und wartete. Mit anderen Dingen war man in diesem Krankenhaus schneller: Eine der beiden Schwestern räumte die Blumen aus Gottfrieds Zimmer. Blumen. Die viel zu stark dufteten für ein Krankenhaus. Die viel zu üppig waren für einen alten Mann. Der sich vor ihnen geekelt hatte, wenn Bremer sich richtig erinnerte. Und da war noch etwas. Etwas, das Gottfried gesagt hatte. Vor dem er Angst hatte.

»Herr ...?«

Ein schlanker Mann mit beneidenswerter Haarfülle, vollen Lippen und weichen braunen Augen hinter einer Harry-Potter-Brille stand vor ihm.

»Ich bin Dr. Luong, der Stationsarzt.«

»Paul Bremer.« Bremer schüttelte ihm die Hand.

»Mein herzliches Beileid.« Der Arzt hatte eine angenehme Stimme. Kein Halbgott in Weiß. Das ließ hoffen.

»Danke. Herr Funke ist ein Nachbar von mir. Ich kümmere mich um seine Angelegenheiten.«

»Verstehe. Und Sie möchten wissen, woran Herr Funke gestorben ist.«

Milder Blick. Gleich kam »im Schlaf« und »ganz friedlich«.

»In der Tat. Er war auf dem Weg der Besserung.«

Dr. Luong lächelte. »Wir hatten uns durchaus Hoffnung gemacht. Aber in seinem Alter muss man mit allem rechnen.« Er nestelte an dem Stethoskop, das um seinen Hals hing.

»Sind Sie sicher, dass dieser plötzliche Abgang natürliche Ursachen hatte?«

»Welche sollte der ›Abgang‹ denn sonst haben?«

Die Stimme blieb sanft, aber die braunen Augen hatten ihren milden Blick verloren. Dr. Luong hatte ganz offenkundig wenig Lust auf dieses Gespräch.

»Sind Sie ganz sicher? Haben Sie andere Möglichkeiten ausgeschlossen?«

»Unterstellen Sie etwa, das Krankenhaus habe einen Patienten …« Er schüttelte den Kopf.

»Nicht das Krankenhaus, Dr. Luong«, sagte Bremer leise. »Höchstens ein Besucher.« Der Blumen brachte. Verdammt. Das war's.

Dr. Luongs Finger begannen, den Schlauch des Stethoskops zu kneten. »Sagten Sie nicht, der Verstorbene habe keine Verwandten?«

Ungeduldige Erben ermorden sterbeunwilligen Erbonkel, na klar, das lag ja nahe. Bremer seufzte. »Nein.« Soweit er wusste.

»Und ich glaube auch nicht, dass er viel zu vererben hat. Es ist nur …«

Er zögerte. Und dann beschloss er, Dr. Luong die Wahrheit zu sagen.

»Sein Schwager ist kürzlich ermordet worden. Und deshalb bitte ich Sie – noch mal nachzusehen. Ob es Anhaltspunkte gibt. Für äußere Einwirkung.«

Dr. Luong sah ihn forschend an. Dann entspannten sich seine Züge. »Warum nicht«, sagte er. »*Better safe than sorry*. Kommen Sie mit.«

Mit dem Fahrstuhl ging es in den Krankenhauskeller, dort lief Dr. Luong mit schnellen Schritten voraus, vorbei am Bettenlager und an Wäschebergen.

Der Raum war weiß gekachelt und hell ausgeleuchtet, ein Rollwagen stand neben den Metalltüren zu den Kühlkammern. Zwei davon waren belegt. Luong öffnete eine der beiden und ließ die Totenbahre herausrollen.

»Ist er das?«

Bremer blickte in das marmorne Gesicht seines Nachbarn. Kinn und Nase stachen hervor, der Mund war offen, man hatte ihm das Gebiss herausgenommen und den Unterkiefer nicht hochgebunden. Friedlich sah er aus, das stimmte. Und klein. Und federleicht. Dass der Körper bloß eine Hülle ist, versteht man erst, wenn man einen Toten gesehen hat, dachte Bremer. Die Seele hatte den Alten verlassen, was übrig geblieben war, zählte nicht.

Dr. Luong schob die Bahre auf den Rollwagen und schloss die Kühlkammer wieder. Dann schlug er das Totenhemd zurück. Gottfrieds Haut war weiß und wirkte unberührt.

240

»Keine Hämatome.«

»Auch nicht am Hals?« Bremer hatte einen trockenen Mund.

»Am Hals«, sagte Dr. Luong langsam und betastete Gottfrieds Kehlkopf. Dann richtete er sich auf. »Ich werde dafür sorgen, dass Ihr Nachbar rechtsmedizinisch untersucht wird.«

Weiherhof

»Papa kommt zurück!«

»Och ja?« Caro starrte auf ihr dünn mit Magerquark bestrichenes Knäckebrot.

»Das scheint dich ja wahnsinnig zu begeistern.« Flo verscheuchte eine Fliege, die sich auf ihrem Müsli niederlassen wollte.

»Mir ist alles recht, wenn ich nur nicht nach Frankfurt muss.«

»Hallo? Du hörst dich an, als ob du mit deinen Gäulen verheiratet wärst!«

»Du erinnerst mich da an was«, entgegnete Caro spitz und stand auf.

»Und wer räumt das Frühstücksgeschirr ab?«, brüllte Flo ihr hinterher.

»Die, wo dumm fragt«, schrie Caro zurück.

Flo verfütterte das restliche Knäckebrot an Bodo und gab Hanya ein Stück Wurst.

Sogar sie wollte nicht nach Frankfurt zurück. Nicht jetzt. Nicht, bevor sie nicht wusste, was los war in dieser mörderischen Provinz. Sie schob die halbleere Müslischale beiseite und öffnete ihr Notebook. Besser gesagt: Jos Notebook. Ob er es wiederhaben wollte, wenn er wieder da war? Oder ob sie es ihm abschwatzen konnte? Es war so viel schneller als ihres. Und mit Photoshop Platinum Edition konnte man wirklich alles machen.

»Wann kommst du, *missing person*? Bist Du schon gelandet? Meine Güte, bring besser eine GUTE Erklärung mit«, schrieb sie ihrem Vater in die In-Box. Und dann ging sie wieder an ihren Bericht. Aber der Elan war verflogen. Solange nichts wirklich Einschneidendes passierte, kam sie nicht weiter. Okay, auf den nächsten Toten zu warten war sicher nicht *pc*. Doch sie brauchte einen neuen Anhaltspunkt. Die verstockten Einheimischen in und um Klein-Roda redeten zwar über alles Mögliche mit ihr – nicht aber über alte Zeiten. Jedenfalls nicht über die, die vierzig Jahre zurücklagen. Noch nicht einmal die Alten, die doch sonst nichts lieber taten, als von früher zu erzählen, ließen was raus. Sie hatte alle abgeklappert. Und überall hatte sie eine Abfuhr bekommen. Na ja – nicht direkt eine Abfuhr. Aber auf bestimmte Fragen antworteten die Leute einfach nicht.

Etwa Marianne, die Nachbarin von Paul. Das Gedächtnis des Dorfes, hatte der behauptet. Das Gedächtnis setzte schlagartig aus, wenn sie die Hippies erwähnte. Oder Eri, die Dorfschlampe. Okay, die vermeintliche Dorfschlampe. Wahrscheinlich waren die Gerüchte über sie nur die Phantasien eines alten Mannes.

»Kannst mir beim Kirschenpflücken helfen.« Marianne, gestern. Das war nicht gerade das, was Flo am liebsten tat, aber sie war mitgegangen, vielleicht kriegte sie aus der Frau auf die Weise was raus. Die Obstwiese lag am Dorfeingang. Neben dem gigantischen Baum stand ein Trecker mit einem Tieflader, ein Bulldog, wie die Dinger hier hießen. Der Name gefiel ihr. Und daneben das halbe Dorf. Marianne hatte offenbar alle zum Ernten verdonnert. Das war nun wirklich *sehr* günstig für eine intime kleine Recherche.

Und so war es dann auch. Marianne hatte immer woanders zu tun, wenn Flo auch nur in die Nähe kam. Am Abend hatte sie nichts erreicht, nur Magenschmerzen von allzu vielen Kirschen.

Nicht anders erging es ihr mit Willi, obwohl man ihm anmerkte, dass er sich durch ihren Besuch im Schweinestall geschmeichelt fühlte.

»Ach, die alten Geschichten«, sagte er, wenn sie ihn nach Eri und den Hippies fragte. »Da bin ich überfragt, Mädel.«

Mädel. Ja, das Landleben bot jede Menge spritzige Konversation. Wenn man bescheiden war.

Gottfried im Krankenbett war der Einzige, der wenigstens ein bisschen erzählt hatte. Vielleicht sollte sie ihn wieder mal besuchen, wenn Paul hinfuhr? Und vielleicht ließ Paul sie ans Steuer? In Begleitung durfte sie ja schließlich. Der Gedanke peppte.

Sie räumte den Tisch ab – auf dem Weiherhof hatte sie begriffen, warum man das besser gleich tut: wegen der Fliegen – , stieg aufs Fahrrad und trat in die Pedale.

In Frankfurt fuhr sie selten mit dem Rad. Hier tat sie nichts lieber. Es war Renas Fahrrad, es hatte eine geile Gangschaltung, und mittlerweile kam sie damit spielend jede Steigung hoch. Von denen gab es zwischen dem Weiherhof und Klein-Roda reichlich.

Durchs Wäldchen, in dem Karen ihren Unfall hatte. In dem sie einen Anschlag überlebt hat, korrigierte sie sich. Die kurvenreiche Strecke führte an einem Wasserwerk vorbei, das wie ein gotisches Schloss aussah, an abgeernteten Feldern und an Pferdekoppeln bis zum Windpark. Die Rotoren standen still. Man hatte alle Anlagen der Umgebung abgeschaltet, seit einer der Masten umgeknickt und eine ganze Anlage zerschreddert hatte. Caro hatte sich gefreut, das sentimentale Huhn. Weil die Dinger angeblich nicht gut für die Vögel waren.

An der Brücke über den Streitbach. *Die* Streitbach, korrigierte sie sich. So sagte man hier. Nach einer Steigung und einer spitzen Kurve ging es Richtung Klein-Roda. Dort war alles wie ausgestorben. Kein Auto vor Bremers Haus. Merkwürdig. Um die Zeit war er meistens aus dem Krankenhaus zurück, wo er abwechselnd Karen und Gottfried besuchte.

Sie öffnete das Gartentor und lehnte ihr Fahrrad an den Apfelbaum. Die Katzen lagen auf der Bank vor dem Haus und schienen sie misstrauisch zu mustern. Sie versuchte gar nicht erst, sie zu streicheln. Sie mochte Hunde. So viel stand fest.

Die Haustür war abgeschlossen. Sollte sie warten? Sie genehmigte Paul eine halbe Stunde und schlenderte den Friedhofsweg hoch. Links das Haus hinter der gigantischen Linde musste Gottfrieds sein. Könnte einen frischen Anstrich vertragen, dachte sie.

Der Friedhof lag weiter oben. Das schmiedeeiserne Tor stand halb offen, aber auch hier war niemand zu sehen. Flo ging über knirschenden Kies vor zur Aussegnungshalle. Sie mochte Friedhöfe, besonders die im Süden. Den letzten Familienurlaub mit Feli und Jo hatten sie in Südfrankreich verlebt, und Feli war mit ihnen von Friedhof zu Friedhof gezogen und hatte fotografiert. Für irgendein Kunstprojekt. Als sie neben einem Friedhof auf eine Müllhalde trafen, war sie ganz aus dem Häuschen gewesen. Da lagen nicht nur Blumen und Pflanzenreste, sondern auch Porzellanrosen und anderer Grabschmuck. Caro hatte das alles igitt und unheimlich gefunden, und auch Flo hatte ein mulmiges Gefühl gehabt. Durfte man das, war das vielleicht Grabschändung, nahmen die Toten das übel? Und das Eisenkreuz, das Feli ebenfalls mitnahm …

Flo dachte an das Gesicht ihrer Mutter, an ihre leuchtenden Augen, wenn sie wieder ein Fundstück mit nach Hause gebracht hatte. Jo mochte das nicht, ihren Kunstquatsch, wie er immer sagte. Schlimmer war, dass sie sich deswegen stritten. Plötzlich hatte sie einen Kloß im Hals. Sie vermisste ihre Mutter. Und sie vermisste Jo.

Vielleicht hatte er ihr deshalb die Kamera geschenkt? Damit sie an Feli dachte?

Heulsuse, dachte sie. Reiß dich zusammen. Karen ist in Ordnung. Und vielleicht kriegen die beiden ja doch noch mal die Kurve. Sie machte ein Foto von dem kuriosen Kriegerdenkmal, das in der Mitte des Friedhofs stand.

Oben rechts, hatte Paul gesagt, lag das Grab von Erika Berg. Genauer gesagt: in der äußersten Ecke. So als Dorfschlampe gehörte man eben nicht ganz dazu. Sie lief über den knirschenden Kies nach oben. Es war ein schönes Grab. Ein Strauch mit zarten grünen

Blättern wölbte seine Zweige über das Rechteck. Der Stein war schlicht. »Erika Berg« stand drauf, »6. April 1951 bis 21. März 1971«. Noch nicht mal zwanzig war sie geworden.

Und direkt daneben, in einer Vase, standen frische Blumen, eine Sorte, die sie nicht kannte. Das wunderte sie. Gottfried war, soweit sie wusste, noch im Krankenhaus. Und sie glaubte nicht, dass einer der Nachbarn sich die Mühe gemacht hätte, Blumen auf das Grab zu legen. Bremer? Ach, der war nicht sentimental genug für so was. Und überhaupt hatte sich das ganze Drama weit vor seiner Zeit abgespielt.

Paul war in Ordnung. Auch wenn es ihn nervös machte, dass sie »herumspionierte«, wie er das nannte. »Du denkst wohl ›Mein Dorf gehört mir‹?«, hatte sie ihm mal entgegengehalten. Da war er tatsächlich rot geworden. Dabei war das doch nur ein Witz gewesen.

Dorfschlampe. Hatte Gottfried gesagt. Nein, er hatte es nicht *gesagt* – nur angedeutet. Mehr als angedeutet. Unterstellt.

Sagte der alte Mann die Wahrheit? Das Ganze lag so weit zurück. In einer anderen Zeit, in der es elend strenge Sitten gegeben haben musste. Sie wäre ungern damals aufgewachsen. Vielleicht hatte Erika sich verliebt? In den falschen Mann? Und wurde deshalb aus dem Verkehr gezogen? Ausgerechnet in die Psychiatrie. Was für eine schreckliche Vorstellung!

Oder – Flo schluckte. Der Gedanke war noch viel schrecklicher.

Oder sie war missbraucht worden. Und das hatte ihre Familie vertuschen wollen. Weil alle mitgemacht hatten. Ihr Bruder. Der erste Tote. Und der zweite Tote, Ingo? – ja, vielleicht auch der. Hatte er nicht dabei geholfen, sie ins Irrenhaus zu bringen? Und der dritte, der sie überwältigt hatte, war Gottfried gewesen.

Wenn es stimmte, dass jemand durch die Gegend zog, um den Tod von Erika Berg zu rächen, dann war Gottfried das nächste Opfer.

Flo war in Gedanken versunken aus dem Friedhof hinaus und den Weg hoch zum Wäldchen gegangen, über dem zwei Greifvögel kreisten. Der Weg gabelte sich. Rechts führte er an einer Weide entlang, auf dem zottige Rinder mit gebogenen Hörnern grasten, die aufmerksam die Köpfe hoben, als sie sich näherte. Caro hätte jetzt sofort die Hände ausgestreckt und sich von nassen Zungen besabbern lassen. Flo schlug den Weg nach links ein.

Er führte hinunter, in eine von Bäumen und Gebüsch in grün leuchtendes Dickicht verwandelte Senke. Es war kühl hier unten. Und einsam, dachte Flo, bis sie die Reifenspuren sah. Neugierig ging sie weiter. Der Weg führte immer tiefer hinein in den grünen Dschungel. Nach einer Wegbiegung öffnete er sich auf eine Lichtung. Und darauf stand ein Holzhaus, nicht groß, eher eine Hütte. Dunkelbraune Bohlen, Teerpappe auf dem Dach, zwei ungeputzte Fenster. Vergittert. Vor der Tür Tisch und Bänke, an der Hauswand ein Holzstapel. Sie trat näher und reckte sich auf Zehenspitzen, um durch eines der Fenster ins Innere der Hütte zu blicken.

Und dann spürte sie, dass sie nicht allein war. Da war ein leises Geräusch, hinter ihr. Da war jemand. Sie drehte sich um.

»Bin ich hier richtig in der Pension für schiffbrüchige deutsche Beamtinnen?«

Karen ließ das iPad sinken. Sie saß auf dem Balkon, den Kopf im Schatten, die nackten Beine in der Morgensonne. Bremer holte den Besucherstuhl aus dem Krankenzimmer und setzte sich neben sie.

»Und wie geht's uns heute?«

Sie zog eine Grimasse. »Das fragst du? Ich langweile mich zu Tode!«

Bremer grinste. Karen gehörte zu den Frauen, die Nichtstun für eine Todsünde hielten. Selbst nach dem schweren Unfall, der Spuren hinterlassen hatte. Obwohl das hübsch war, diese kurzen Locken, die nicht mehr rot waren, sondern wie das gescheckte Fell einer Katze: rote Spitzen, darunter dunkelblondes Haar. Wo man ihr die Haare hatte abrasieren müssen, wuchs das Haar ganz fein und schneeweiß nach. Und sie war dünn geworden. Viel zu dünn.

»Ich bin's!«, trällerte jemand im Krankenzimmer hinter ihnen.

»Ich bin hi-ier!«, trällerte Karen zurück.

»Du hast was von deinem Vereeehrer!« Die Krankenschwester steckte den Kopf durch die Balkontür, eine kleine, dunkle Philippina mit wippendem Pferdeschwanz.

»Komm, Marités, ich hab keine Verehrer. Nur alte Freunde.« Karen deutete auf Paul.

»Na, dann war's eine Verehrerin«, sagte Marités und hielt ihr einen riesigen Blumenstrauß entgegen. Rosen, Kalla, Freesien. Und in der Mitte ein Zweig mit fleischfarbenen Blüten, lange Tuben, die sich zu einer Glocke öffneten, aus der Samenstempel ragten.

Genau wie der, der im letzten Blumenstrauß für Gottfried steckte. Bremers Herzschlag stolperte. Der Mörder kündigte seinen Besuch an. Und Karen würde sein
Opfer werden, wenn sie nichts unternahmen.

»Woher kommt das?«, fragte er. Zu hastig. Marités
zuckte zusammen.

»Wie bist du denn drauf? Gönnst du mir keinen
heimlichen Anbeter mit Geld und Geschmack?« Karen streckte die Hand nach den Blumen aus.

»Nein! Nicht!« Bremer nahm der Schwester die
Vase mit dem Strauß aus der Hand. Marités und Karen sahen sich an. »Ich geh dann wohl besser«, sagte
das Mädchen und huschte hinaus.

Die Blumen steckten in Zellophan. Ein Tütchen mit
Blumendünger klebte unter einer Schleife, darüber das
Etikett von »BlumIch«, wie sich der Laden nannte.
Bremer ignorierte Karens fragenden Blick, holte sein
Mobiltelefon aus der Hosentasche, rief die Auskunft
an und ließ sich verbinden.

»Können Sie mir sagen, wer den Blumenstrauß für
Frau Dr. Karen Stark, Evangelisches Krankenhaus, bei
Ihnen bestellt hat? Aha. Online? Gut, aber es müssen
doch noch andere Daten … Ja, ich warte.«

Karen hatte ihr iPad zugeklappt und sah ihm mit
einer Mischung aus Belustigung und Besorgnis zu. Er
hatte ihr nichts erzählt von dem zweiten Toten in Klein-
Roda, auch nicht, dass Ingos Tod womöglich mit dem
Anschlag auf sie zusammenhing. Und er hatte sie nicht
mit Gottfrieds Tod beunruhigen wollen. Aber jetzt, wo
sie einen ähnlichen Blumengruß bekommen hatte wie
Gottfried, musste er wohl. Er war fest davon überzeugt,
dass diese Blumen eine Art Todesdrohung waren.

»Q? a? n? Also Qantuta? Eine Telefonnummer haben Sie ... können Sie nicht, verstehe. Danke jedenfalls.«

»Qantuta? Mit Q und a?« Karen hatte sich aufgerichtet.

»Woher weißt du?«

»Aus dem Lokalteil der *Frankfurter.*« Sie schob ihm mit dem nackten Fuß eine Zeitung hin, die auf dem Boden lag. »Die musste ich mir kaufen, beim E-Paper gibt's nichts Lokales.« Sie stand auf. Fast wieder mit der alten Leichtigkeit. »Ich geh rein, mich anziehen. Du bleibst hier draußen und erzählst mir alles. Von Anfang an. Und bitte in ganzen Sätzen.«

Er hörte, wie sie den Schrank öffnete und ihre Sachen aufs Bett legte, die Jeans, die er ihr mit Flo zusammen gekauft hatte, mussten viel zu groß sein. Hörte den Verschluss ihres BH und das Geräusch, mit dem das T-Shirt über ihre kurzen Locken glitt, während er sie auf den neuesten Stand brachte. Gottfried war nicht so grausam gestorben wie die beiden anderen. Dr. Luong hatte heute Morgen angerufen. Die gerichtsmedizinische Untersuchung hatte ergeben, dass der alte Herr erstickt worden war. »Das Zungenbein ist gebrochen«, hatte der Arzt gesagt. »Das deutet auf äußere Einwirkung hin. Ich vermute mal, der Täter hat dem Opfer ein Kissen aufs Gesicht gedrückt.«

»Das hier«, sagte Karen, fertig angezogen in der Balkontür. Sie hielt den Stengel mit den fleischfarbenen Blüten in der Hand. »Das hier ist der Zweig einer Qantuta. Die heilige Blume der Inkas. Aus Peru. Da, wo sich Giorgio im letzten Jahr herumgetrieben hat.«

Und wo er auch jetzt wieder ist, wenn Flo richtig

250

informiert war. Bremer lächelte verlegen. Es war wohl Zeit, mit den freundlichen Lügen aufzuhören.

»Und Qantuta heißt eine wohltätige Organisation, die heute Nachmittag in Frankfurt eine Pressekonferenz veranstaltet. In der Alten Oper. Es geht um irgendwas Spendenträchtiges. Macht Kinder glücklich oder so ähnlich. Ich schlage vor, wir sehen uns das mal an.«

Bremer musste sie ziemlich dämlich angestarrt haben, denn sie lachte ihn in der gewohnten Lautstärke an. »Ich beantrage Ausgang. Die wollen mich zwar aus Kostengründen erst am Freitag loswerden, aber ich kann ja jetzt schon mal probieren, wie die Freiheit schmeckt!«

»Aber – wieso soll eine Wohltätigkeitsorganisation dir Blumen schicken? Ganz zu schweigen von Gottfried?« Bremer konnte ihr nicht folgen.

»Keine Ahnung. Deshalb fahren wir ja hin.«

»*No problem!*« Marités lächelte Bremer wohlwollend an, als er sich bei ihr für seine Überreaktion entschuldigte. »Und du bist vor Mitternacht wieder hier, Karen, verstanden?«

Karen umarmte sie.

Während der Fahrt hing jeder seinen Gedanken nach, bis Bremer sich endlich überwunden hatte, ihr auch den Rest der Geschichte zu erzählen.

»Jo ist nicht in der Reha«, begann er vorsichtig.

»Natürlich nicht. Sonst hätte er mal angerufen. Er ist in Peru.«

Bremer sah verblüfft zur Seite.

»*We have ways to make girls talk*«, sagte sie grinsend, in bester Monty-Python-Manier. »Ich hab Flo die Daumenschrauben angelegt. Er ist in Peru, und ich ahne, was er dort treibt.«

»Und was, bitte schön?«

»Er ist hinter seinem alten Feind Neumann her, genannt Charles. Du erinnerst dich doch noch an die Geschichte mit den drei Hippies, die 1968 die Landbevölkerung bis aufs Blut gereizt haben?«

Bremer ging vom Gas. Natürlich erinnerte er sich. Und nicht zum ersten Mal in den letzten Tagen. Die Hippies. Angie und Sascha und Charles. Und Ernst Berg und Gottfried waren damals dabei gewesen, in der Nacht, in der eine der drei verschwand. Sascha. Alexandra Raabe. Und einer der beiden hatte Charles eine dicke Lippe verpasst. Ein Freundschaftsbesuch war das nicht gewesen. Andererseits ...

»Charles der Serienmörder von Klein-Roda? Unwahrscheinlich.«

»Ach, was ist schon unwahrscheinlich im menschlichen Leben. Jedenfalls: Nach der Episode auf dem Land ist Charles für einige Jahre nach Peru gegangen. Jo vermutet, dass er sich diesen Verrückten angeschlossen hat, dem Leuchtenden Pfad. Du weißt schon: maoistische Sekte, besonders gewalttätig.«

»Und Qantuta hängt damit zusammen?« Schnapsidee.

»Keine Ahnung«, sagte sie fröhlich. »Aber das werden wir jetzt rausfinden.«

Endlich landete die Maschine in Frankfurt, irgendwo weit hinten auf dem Rollfeld. Der Bus stand schon bereit. DeLange blinzelte in den diesigen Himmel, als er aus der Tür auf die Treppe trat. Es war drückend schwül, als ob die Welt den Atem angehalten hätte und auf ein erlösendes Gewitter wartete. Seine Unruhe wuchs von Minute zu Minute. In der Halle mit den Gepäckbändern patrouillierten Uniformierte mit Drogenhunden, ein gemütlicher Labrador und ein junger und noch nervöser Schäferhund, aber in seinem Handgepäck gab es nichts zu erschnüffeln. Nach langem Fußmarsch hatte er den Flughafen durchquert.

Ein Mietwagen kam nicht in Frage, er hatte ja keinen Führerschein, der war mit allen anderen Papieren in Peru geblieben. Aber Shidys Geld, das er im Flughafen in Euro getauscht hatte, reichte für ein Taxi – nach Klein-Roda bzw. zum Weiherhof. Zu Flo und zu Caro. Und zu Karen: Das Krankenhaus konnte nicht weit davon entfernt sein.

Der Taxifahrer konnte sein Glück kaum fassen, ein älterer Herr, der ein eigenartiges, fast altmodisches Deutsch sprach.

»Aber das sind mindestens 100 Kilometer«, sagte der Mann und lächelte verlegen, als ob er sich nicht zu früh freuen wollte.

»Mindestens! *Your lucky day!*« DeLange lächelte zurück und lehnte sich im Fond ins Polster.

Der ältere Herr verschonte ihn mit Plärrsendern und Gesprächen über Frauenfußball oder den Euro und fragte erst kurz vor Reiskirchen, ob er die Landstraße oder den Umweg über die Autobahn nehmen sollte, »ist länger, aber schneller«.

»Schneller«, sagte DeLange und setzte sich auf.

»Sehr wohl, der Herr«, sagte der Taxifahrer und gab Gas.

Sehr wohl. Hmm. Das sagte auch nicht jeder. »Darf ich fragen, woher Sie kommen?« Osteuropa, vermutete er.

»Aus Schlesien«, sagte der Chauffeur. »Ist lange Geschichte.«

Es gibt verdammt viele verdammt lange Geschichten in diesem Land, dachte DeLange. Europas Mitte. Schicksalswege, die sich kreuzen oder verlieren. Menschen wurden aus ihrer Heimat vertrieben. Andere sehnten sich nach nichts mehr, als sie endlich verlassen zu dürfen. Seine eigenen Eltern standen für all jene, die freiwillig kamen und irgendwann wieder gehen wollten. Aber nun waren sie hier begraben. Wenigstens gehörten sie nicht zu denen, deren Auferstehung man fürchten müsste.

Peru lag hinter ihm, aber DeLange war noch nicht wieder zu Hause angekommen. Doch was hieß schon zu Hause. Das Polizeipräsidium war keine Heimat und noch nicht einmal mehr das, was man »Wirkungsstätte« nennen konnte. Seine Wohnung? Leer ohne Flo und Caro. Frankfurt? Einsam ohne Karen.

Keine seiner Lieben war telefonisch zu erreichen gewesen, auch Flo nicht, nach der er am Computerterminal im Flughafen gefahndet hatte. Es gab zwar ein neues Posting von ihr, aber der Bericht war kurz und resigniert.

»Jo, mir fällt nichts mehr ein. Die Leute hier sind wirklich unglaublich stur. Oder verblödet. Kommt aufs Gleiche raus. Die lassen mich eiskalt auflaufen. Und die Bullen – Paul hat erzählt, dass sie wieder bei ihm waren, der Sauer von der Kripo und die Feist (so möchte man wirklich nicht heißen). Haben ihn nach irgendeiner Jagdhütte gefragt. Weil sie nach einem Jäger suchen, der ganz aus Versehen auf Karen geschossen hat! Geht's noch? Ich sage Dir: Das Landleben macht dumm und gewalttätig. Ich bin auch bald so weit. Und Caro sieht jetzt schon aus wie die Pferde, die sie reitet.«

DeLange musste grinsen. Es sah ganz danach aus, als ob er noch viel Spaß mit den beiden haben würde. Er und Karen. Wenn nichts dazwischenkam.

Zweimal mussten sie fragen, bis sie auf dem richtigen Weg zum Weiherhof waren. In einer Staubwolke gelangten sie zum Hoftor. DeLange gab ein großzügiges Trinkgeld, das der alte Herr mit Würde annahm. Dann stieg er aus.

Ohrenbetäubendes Kläffen. Zwei Hunde rasten auf ihn zu, der eine ein schwarzweißer Jack Russell, der andere ein eleganter brauner Jagdhund. Das war wohl Hanya, Flos Hundeliebe. Den beiden Energiebündeln folgte eine stämmige Frau mit glatten braunen Haaren, in Reithose und Stiefeln.

»Sie müssen Rena sein.«

Sie musterte ihn. Dann sagte sie: »Na, das wurde aber mal Zeit.«

Was für ein Empfang! DeLange fühlte sich überflüssig. Die Mädchen waren nicht da. Caro? Auf einem Ausritt. Wohin? Unbekannt. Und ohne Handy?

»Sie wollte sich eine neue Prepaidkarte besorgen.

Aber das gibt's hier nicht an jeder Ecke«, sagte Rena entschuldigend.

Flo hatte das Fahrrad genommen.

»Sie ist unterwegs. Wie eigentlich immer. Und sie wusste ja nicht ...« Rena, entschuldigend.

Und Karen lag in einem Krankenhaus in Gießen, was auch nicht gerade um die Ecke war.

DeLange versuchte zu lachen, wonach ihm eigentlich nicht zumute war.

»Fahren Sie erst mal zu Karen. Ich leihe Ihnen mein Auto«, sagte Rena resolut.

Dass er ohne Führerschein fuhr, kümmerte weder sie noch ihn.

Im Krankenhaus begrüßte man ihn freundlich, schickte ihn in den dritten Stock, Neurologische Abteilung, Zimmer 344. Er betrat ein helles Zimmer mit einem Bett, die Tür zum Balkon war offen, die Bettdecke zurückgeschlagen. Keine Karen.

Im Schwesternzimmer plauschten drei Weißbekittelte bei einem Kaffee, der nach angebranntem Gummi roch.

»Frau Stark? Die müsste auf Zimmer 344 sein«, sagte die Blonde der drei, nicht unfreundlich, aber desinteressiert.

»Da ist sie nicht.« Sonst würde ich nicht fragen, ihr Hühner.

Die Blonde guckte die Kurzhaarige an und die wiederum die kleine Dicke mit den schwarzen Haaren.

»Marités müsste wissen, wo sie ist«, sagte sie zögernd. »Sie hatte bis heute Mittag Dienst.«

»Und wo finde ich Marités?«

»Die wird schon zu Hause sein.« Die Blonde bequemte sich endlich zum Telefon, lauschte eine Weile betont konzentriert und brach den Versuch schulterzuckend ab. »Sie geht nicht dran. Vielleicht warten Sie einen Moment?«

Ihm blieb wohl nichts anderes übrig. Er ging zurück in Karens Zimmer und setzte sich auf den Besucherstuhl in der Nähe des Balkons. Jemand hatte ihr Blumen mitgebracht. Der Strauß musste teuer gewesen sein. DeLange schwankte zwischen Eifersucht und schlechtem Gewissen: Er hatte natürlich an so was nicht gedacht.

Jemand hatte einen Zweig aus dem Strauß gezogen und neben die Vase gelegt. DeLange stand auf, um ihn wieder ins Wasser zu stellen. Fleischfarbene, tulpenförmige Blüten. Exotisch. Irgendwas daran irritierte ihn.

Aber was? Er bekam den Gedanken nicht zu fassen. Ungeduldig wischte er ihn weg, stand auf und ging zurück zum Schwesternzimmer. Die Kaffeepause war hektischer Aktivität gewichen, die kleine Dicke hastete über den Flur, eine blasse Frau wurde im Krankenbett vorbeigefahren, die Blonde rief einen Dr. Marx aus. Ihn beachtete niemand.

Endlich sah die Frau mit den kurzen Haaren auf, mit abwesendem Blick.

»Ja?«

»Ich suche nach Karen Stark. Sie wollten doch …«

»Oje, natürlich, tut mir leid, ich habe vergessen, Ihnen Bescheid zu sagen! Also die Frau Stark hat Ausgang bis heute Abend. Ihr Mann hat sie abgeholt.«

Ihr Mann? Ausgang? Abgeholt?

»Wann?« DeLange sah keinen Grund, sich für die Auskunft zu bedanken.

»Keine Ahnung. Vor dem Schichtwechsel jedenfalls.«

DeLange ersparte ihr und sich die Frage, wann das denn wohl gewesen sei, und marschierte hinaus.

Gegenüber der Luft im Krankenhaus war die schwüle Sommerhitze geradezu erfrischend. DeLange zwang Renas betagten Landrover zu einem Kavalierstart und gab Gas.

Caro begrüßte ihn stürmisch und unter Tränen. Erst als sie sich von ihm löste, konnte er sie in Ruhe betrachten. Nein, sie sah einem Pferd keineswegs ähnlich, wie ihre boshafte Schwester behauptet hatte. Sie war reizend.

»Was bist du groß geworden, Kleine«, murmelte er. Und schön. Selbst wenn sie weinte.

»Es tut mir so leid! Ich glaubte, du ... Ich dachte ...«

DeLange nahm sie wieder in die Arme und wiegte sie ein bisschen, als ob sie noch ein kleines Mädchen wäre. Aber war sie das nicht?

»Alles ist gut«, sagte er. Alles wird gut. Hoffentlich.

Als er aufsah, blickte er in Renas besorgte Augen.

»Flo ist mit dem Rad nach Klein-Roda gefahren. Sie müsste längst zurück sein«, sagte sie leise.

Er saß schon im Auto, als Rena angelaufen kam, den Jack Russell an der Leine. Und Flos Basecap. »Bodo ist clever. Wer weiß, wozu es gut ist.«

»Er ist zurück.«

»Ich hab's schon gehört.« Der Skipper lag im Schreibtischsessel, die Beine auf dem Schreibtisch, und drückte rhythmisch das Gummibällchen zusammen, das er in der Hand hielt. Er wusste, dass andere das irritierend fanden. Aber die hatten ja auch kein Gelenkrheuma in den Händen.

»Und jetzt?«

»Was und jetzt? Wir warten, was er tut.«

»*Wenn* er was tut.«

Siegfried Kanitz, genannt Skipper, liebte sein lichtes Büro, das ihm als Leiter PÖ zustand – aber nur, weil er es mit seinem englischen Schreibtisch und einem klassischen *Daybed* von de Sede eingerichtet hatte. Weshalb ihm niemand vorwerfen konnte, dass er die anfallende Arbeit zu seinen Bedingungen verrichtete: mit den Beinen auf dem Tisch oder in liegender Position auf dem Leder. Doch was ihm erlaubt war, stand anderen nicht zu, schon gar nicht, wenn sie nicht zu seiner Abteilung gehörten, wie der Milchbubi, der sich auf seinem schönen maltwhiskeybraunen Sofa fläzte. Stämmig, rothaarig und unübersehbar schlecht gelaunt.

Gut – wer hätte keine schlechte Laune, wenn er Milchbubis Job hätte? Es gab Sachen, die machte man nicht, wenn man es mit sich selbst aushalten wollte.

»Lass ihn doch erst mal zu seiner Familie«, brummte er. »Die dürfte sein Abgang auch nicht glücklich gemacht haben.«

»Glücklich ist hier keiner«, schnappte Kai.

Nein, dachte Kanitz. Gibt auch keinen Grund dafür.

»War ja auch 'ne Schnapsidee. Mir tut er leid, um ehrlich zu sein. Ich mag Jo. Der Kerl ist in Ordnung.«

Der Skipper war so verblüfft, dass er die Beine vom Schreibtisch nahm. »Eine Schnapsidee? Ach ja? Vielleicht darf ich daran erinnern, auf wessen Mist die gewachsen ist!«

»Auf meinem nicht.«

»So, so. Aber du hast mitgemacht.«

»Du nicht?«

Kanitz seufzte. »Schon gut. Ist jedenfalls fein für dich, dass du Gefühle hast. Und wie kriegen wir die Kuh damit vom Eis?« Er legte die Beine wieder auf den Tisch.

»Entscheidend ist, was Neumann tut.« Kai war aufgestanden und ging zum Fenster, die Hände in den Hosentaschen.

»Das werden wir ja bald wissen.« Das ist *mein* Sofa. Und das ist *meine* Aussicht, dachte Kanitz. Und wenn es nur die Eschersheimer ist.

»Schön wär's.«

»Zweifel? Ist ja ganz was Neues. Ich dachte, ihr hättet die Sache im Griff?«

»Klar. Immer.« Kai zögerte. Dann drehte er sich um. »Nein. Neumann ist uns entwischt.«

Der Skipper erstarrte.

»Wir haben den Kontakt verloren. Gestern Abend um zwanzig nach zehn ist er aus Ernos Bistro in der Liebigstraße rausgekommen, hat sich in sein Auto gesetzt und Gas gegeben. Hinter dem Nordwestkreuz hat er uns abgehängt.«

Wenn man nicht alles selber macht. »Verdammte Scheiße«, fluchte Kanitz.

Kai drehte sich wieder zum Fenster und starrte hinaus. Kanitz knetete seinen Gummiball. So war das also. Die Drogenfahndung hatte Mist gebaut. Okay, ein kleiner Dämpfer tat manchen Leuten ganz gut. Aber was war jetzt mit DeLange?

Ich mag ihn auch, den Sturkopp, dachte Kanitz. Jo hatte es nicht verdient, dass man ihm die Wahrheit verschwieg. In der Hoffnung, dass seine Verbissenheit Neumann aus der Reserve lockte.

Die Informationen aus Peru schienen präzise zu sein. Zwei Container lagen in Rotterdam, deklarierte Einfuhr: Kunsthandwerk aus Peru, hölzerne Statuen, behauene Steine. Die Sendung war für eine Wohltätigkeitsorganisation bestimmt, deren Spendenkonto auf Neumanns Namen lief. Und nun war Neumann weg. Dafür gab es eigentlich nur eine Erklärung.

»Neumann muss einen Tipp bekommen haben«, sagte Kai.

»Dachte ich auch gerade.« Der Skipper rieb seine Hand am unrasierten Kinn. Er fürchtete seit langem, dass es im Polizeipräsidium ein U-Boot gab. Er hatte den Polizeipräsidenten mehr als einmal darauf hingewiesen. Aber wer hört schon auf mich, dachte er resigniert.

»Wir werden wohl zum PP dackeln und ihm alles beichten müssen.«

»Dann mach schon mal den Rücken krumm«, sagte Kai.

Karen Stark fühlte sich seltsam schwerelos. Als ob sie nicht auf diese Welt gehörte. Es musste daran liegen, dass sie abgenommen hatte. Und nun standen sie vor der Alten Oper, Paul und sie, und in ihrer Erinnerung war es ein eisig kalter Abend im Februar, der letzte, an dem Jo und sie ein verliebtes Paar gewesen waren. Das war ewig her. Fast ein halbes Jahr. Mittlerweile hatte sie ausgerechnet zu Flo ein engeres Verhältnis als zu ihm. Hoffentlich kam er bald zurück. Das Mädchen machte sich Sorgen.

Und du? fragte sie sich.

Dumme Frage.

Auf dem Platz vor der Alten Oper fand eines der vielen Feste statt, die Frankfurt im Sommer zum Freizeitpark machten. Auf dem Rand des großen Beckens, aus dem Wasserfontänen aufstiegen, saßen Männer im braven Businessdress und etwas weniger bedeckte Frauen, aßen Flammkuchen und tranken Wein. Sie spürte einen leisen Schwindel, als sie sich ein Glas Riesling vorstellte. Ob ihr Kopf schon wieder Alkohol vertrug? Ob sie ab jetzt nüchtern durchs Leben gehen musste? Bitte nicht, lieber Gott, dachte sie. Sie sehnte sich danach, wieder in der Sonne sitzen zu dürfen, einen kühlen Wein im Glas und etwas Deftiges auf dem Teller.

Im Foyer der Alten Oper war es angenehm kühl. Die Pressekonferenz fand in einem der kleinen Säle ein Stockwerk höher statt. Sie folgten den zwei, drei Menschen, die vor ihnen die Treppe hochgingen. Vor dem Saal standen zwei Security-Leute in schwarzem Leder, die verbindlich zu lächeln versuchten. Das Gesicht des einen kam ihr bekannt vor, nur fiel ihr nicht ein, wo sie ihm schon mal begegnet war. Viele Möglichkeiten gab es dafür nicht. Wahrscheinlich vor Gericht.

Der Andrang zur Pressekonferenz von Qantuta war

begrenzt. Fast kam es ihr vor, als ob die Security-Männer im Saal in der Mehrheit waren. An der Stirnseite hing eine Leinwand mit der Projektion eines Plakats. »Verschenk ein Lächeln!« Darunter lachende Kinder mit dunklen Haaren und mandelförmigen Augen in den breiten Gesichtern. Peruanische Kinder, »Kinder aus ärmsten Verhältnissen«, wie der Mann mit der Powerpoint-Rhetorik sagte, der vorne neben dem Tisch stand und auf die Gemeinde einredete. »Kinder der Coca-Bauern aus dem Tal des Apurímac in Peru, am Osthang der Anden.«

Auf der Leinwand erschien eine Karte Perus mit seinen Provinzen.

»Diesen Kindern zwischen zehn und vierzehn Jahren möchten wir ein Lächeln schenken – indem wir sie für drei Monate nach Deutschland einladen, in geeignete Gastfamilien.«

»Gute Idee«, flüsterte Karen. »Und nach drei Monaten schicken wir sie wieder zurück zu den Coca-Bauern, damit sie zu Hause erzählen können, wie beliebt Kokain bei den Deutschen ist.«

»… und haben sie für unser Projekt als Schirmherrin gewonnen. Wir begrüßen Sie ganz herzlich, gnädige Frau.«

»Wer?«, flüsterte Paul, als sich eine Frau in der ersten Reihe erhob und nach vorne an den Tisch und zum Moderator der Pressekonferenz ging, leicht hinkend und deshalb gestützt von einem ihrer Begleiter, einem durchtrainierten, wesentlich jüngeren Mann mit gut geölter Glatze und Headset. Ein Bodyguard.

Karen stieß ihn in die Rippen. »Das gibt's nicht«, zischte sie. »Weißt du, wer das ist?«

Bremer schüttelte den Kopf und murmelte: »Ich glaub's nicht.«

»Die Schirmherrin unserer kleinen peruanischen Wohltätigkeitsorganisation ist mit Jos Lieblingsfeind verheiratet. Hammer.«

»Ich dachte, sie ist tot«, murmelte Bremer.

»Wie kommst du denn darauf? Die ist putzmunter!«

Bremer schüttelte noch immer den Kopf.

»Paul! Wach auf! Das ist Margot von Braun. Die Frau von Charles. Von Karl-Heinz Neumann. Hundertprozentig!«

Bremer hörte nicht zu. Margot von Brauns Rede rauschte an ihm vorbei. Ein Bild schoss ihm durch den Kopf. Es zeigte ein Mädchen mit riesigen dunklen Augen und Blumen im langen schwarzen Haar. Das Bild hing in Klein-Roda, in der Küche von Gottfried und Marie.

Die Frau da vorne hatte ihr Haar streng hochgesteckt, schwarze Haare mit ein paar weißen Strähnen. Sie war schlank, fast mager. Trug ausgeprägte Linien im Gesicht. Die Augen waren vielleicht nicht mehr ganz so groß wie früher. Doch das herzförmige Gesicht erinnerte noch immer an das junge Mädchen, das Jahr um Jahr betrauert wurde von Marie, seiner Schwester, die sein Grab hingebungsvoll gepflegt hatte.

»Das ist Eri!«

»Wer bitte?«

Karen sah ihn an, als ob sie an seinem Verstand zweifelte. Doch dann verschob sich ihr Blick. »Dreh dich mal um«, flüsterte sie. »Die beiden Kerle an der Tür. Mir ist gerade wieder eingefallen, woher ich den einen der beiden kenne. Ich habe die Anklage gegen ihn formuliert. Er war damals Präsident eines Chapters der Bandidos. Seltsam, dass eine wohltätige Organisation Drogenhändler beschäftigt, oder? Was meinst du?«

Bremer wusste nicht, was er meinen sollte. Da vorne stand Erika Berg, an die vierzig Jahre älter als auf dem Bild, aber unverkennbar. Erika Berg, die sich heute Margot von Braun nannte.

Irgendjemand hatte in Gottfrieds Haus alle Fotos vernichtet, auf denen sie zu erkennen gewesen wäre. Nur eines hatte er übersehen.

»Socrates, oder irre ich mich?« Der Name war so absurd, dass er ihr erst nicht eingefallen war. Der Bandido-Präse, den sie vor ein paar Jahren in der Mangel gehabt hatte, hieß Socrates Kallistratos.

Der bullige Typ hob die dunklen Augenbrauen.

»Ich kenne Sie nicht, Frau ...«

Sie hielt ihm die Hand hin. »Karen Stark. Staatsanwältin. Ich habe damals die Anklage gegen Sie vertreten, erinnern Sie sich noch?«

Er erinnerte sich. O ja. Und es war ihm peinlich. Sehr gut.

»Ich möchte mit Frau von Braun sprechen, wenn die Veranstaltung vorbei ist.«

»Unmöglich.« Er hatte seinem Kollegen den Rücken zugedreht, der mit ihm vor dem Ausgang stand. Offenbar sollte der nicht mithören. Karen drehte sich ein wenig zur Seite, um Socrates auszubremsen. Sofort stand er wieder vor ihr.

Drinnen gab es Applaus. Die Veranstaltung musste bald zu Ende sein.

»Unmöglich gibt's nicht, Socrates. Nicht für jemanden wie Sie. Der es geschafft hat, trotz Gefängnisstrafe in einem so anständigen Beruf zu arbeiten wie dem hier.«

Karen hätte fast gegrinst. Im Security-Bereich arbeiteten fast nur Leute mit interessanter Biographie. Aber Socrates schien seine nicht an die große Glocke hängen zu wollen.

»Sagen Sie ihr einfach, ich würde gerne einen namhaften Betrag spenden. Dann müssen Sie ihr nichts von unserer gemeinsamen Geschichte erzählen.«

Socrates' Augen wurden schmal. Man konnte sehen, wie es in ihm arbeitete.

»Ich schlage vor, Sie bringen sie zu mir, sobald sie herauskommt. Ich bin da hinten, an einem der Stehtische.« Der Bandido nickte widerwillig.

Sie war, wenn Paul recht hatte, über sechzig Jahre alt. Aber sie sah noch immer faszinierend aus.

»Das freut mich, dass Sie etwas für unsere Kinder tun wollen!«, sagte sie mit tiefer Stimme und sah Karen in die Augen. So tief, dass man den Blick auch für eine Aufforderung zum Flirt halten konnte.

Karen blickte zurück, ohne mit der Wimper zu zucken.

»Die Kinder verdienen eine Chance. Und wenn es nur eine so kleine ist.« Sie hielt Daumen und Zeigefinger hoch, um zu zeigen, für wie klein sie die Chance hielt. Für sehr klein.

»Sagt Ihnen der Ort Klein-Roda etwas?« Karen hatte beschlossen, die Sache direkt anzugehen.

»Wie war Ihr Name noch?« Margot von Braun

beugte sich vor, während sie Karen noch immer in die Augen starrte. Eine gezielte Grenzverletzung. Doch Karen widerstand dem Wunsch zurückzuweichen.

»Karen Stark, Staatsanwaltschaft Frankfurt.«

Die meisten Menschen sahen schuldbewusst aus, wenn sie hörten, womit sie ihr Geld verdiente. Von Braun zuckte nicht mit der Wimper. »Und dort verdient man so viel Geld, dass man anderen Menschen eine Freude machen kann?«, fragte sie. Eine schnurrende Katze mit scharfen Krallen.

»Und wenn es nur eine kleine Chance ist«, sagte Karen und ahmte die Geste nach.

»Richtig.« Margot von Braun lachte.

Das nennt man Haltung, dachte Karen. »Klein-Roda, wie gesagt. Sie sehen jemandem sehr ähnlich, der dort gelebt hat.«

Margot von Braun straffte sich und ging wieder auf Abstand. »Wie lustig«, sagte sie lächelnd. »Aber ich bin dort nie gewesen, in diesem …«

»Klein-Roda.«

»Wie auch immer. Und wir wollten doch eigentlich darüber sprechen, was Sie für meine Kinder tun können.«

»Woher kommt Ihr Engagement für Peru? Hat das was mit Ihrem Mann zu tun?«

»Mit meinem Mann?« Margot von Brauns samtene Stimme wurde hart.

»Mit Ihrem Mann. Karl-Heinz Neumann erwähnte einmal, dass er jahrelang in Peru gelebt hat, um den Kindern dort Lesen und Schreiben beizubringen.«

»Ja, natürlich. Er hat mir viel davon erzählt.« Ihre Stimme wurde wieder warm, aber ihre Augen sahen stumpf und kalt aus. Wie die einer Schlange, dachte Karen. »Er macht für uns die Buchhaltung. Was wären wir ohne ihn.«

»Und in Peru haben Sie ihn kennengelernt?«

»Nein.« Die Antwort kam blitzschnell.

»Dann vielleicht in Klein-Roda?«

Margot von Braun legte den Kopf schräg und sah sie an. »Sie sind eine interessante Frau, Karen. Sehr, sehr interessant.«

KAPITEL 6

Giorgio DeLange parkte den Landrover vor Paul Bremers Haus und stieg aus, gefolgt von Bodo, der die Nase in den Wind hielt und dessen Botschaften zu analysieren schien. Das Dorf wirkte verlassen. De-Lange fühlte sich wie in einem dieser Filme, in denen ein bösartiges Virus alle Menschen dahingerafft hat. Oder in denen alle panisch auf der Flucht sind vor den Horden des Bösen und die Tiere hungernd und durstend zurücklassen mussten. Aus dem Stall gegenüber kam wütendes Gebrüll. Etwas hämmerte an die Stall-tür. Hoffentlich hielt sie stand, sie sah ziemlich antik aus.

Er öffnete das Tor zu Bremers Haus, das sich unter die Traufe des Nachbarhauses duckte. Am Apfelbaum lehnte ein Fahrrad. Flo. Sie war hier. Sein Puls ging schneller.

»Flo? Paul!«

Er lief hinter Bodo her, den Gartenweg entlang zur Haustür. Beim Anblick des Hundes sprang eine drei-farbige Katze fauchend von einem Gartenstuhl und verschwand zwischen den Kohlköpfen im Gemüsegar-ten. DeLange läutete die Glocke neben der Haustür, klopfte, drückte die Klinke herunter. Nichts. Abge-schlossen. Niemand da.

Bodo winselte, schnüffelte an der Tür und strebte zurück zum Gartentor. DeLange sah sich um. Rechts lag ein verwahrlost wirkendes Fachwerkhaus, hinter dem sich ein makelloser grüner Rasen erstreckte, frisch gemäht. Ein massiger schwarzer Kater kam über den Rasen getrabt, schlüpfte unter dem Rancherzaun hindurch, setzte sich auf den Bürgersteig und sah zu ihnen herüber. Bodos vornehmen Charakter kümmerte das nicht weiter. Wieder brüllte Vieh, es musste weiter oben hinter der Anhöhe stehen, auf die der Friedhofsweg mündete.

Er bückte sich und streichelte den Hund, der ihm die Hand leckte. Dann befestigte er die Leine am Ledergeschirr und hielt Bodo Flos Basecap vor die feuchte schwarze Nase. Der Hund wusste sofort, was er zu tun hatte, und trabte los. Den Friedhofsweg hoch. Auf den Friedhof. Zu einem Grab, hinten, in der Ecke. DeLange konnte mit dem Tempo, das Bodo vorlegte, kaum noch mithalten. Das Tier strebte gleich wieder hinaus aus dem Friedhof. Die Straße hoch, an einer Koppel von Rindern vorbei. Links in ein Wäldchen hinein. Der Pfad führte hinunter, in eine Art Hohlweg, der sich auf eine Lichtung öffnete. Eine Blockhütte.

DeLange rief »Hallo?« und »Ist da wer?«. Keine Antwort. Stattdessen ein scharfer Knall. Die Hundeleine erschlaffte. DeLange sah noch, wie der Hund zusammenbrach, bevor er vorschnellte und mit ein paar Schritten bei der Hütte war, wo er sich hinter den Holzstapel duckte. Der kleine Terrier lag auf dem Platz vor der Hütte und gab ein schwaches Winseln von sich. Der Schuss, der das Tier getroffen hatte, war vom Wäldchen her gekommen. Dort bewegte sich was. Jemand lief fort. Hinterherlaufen? Nein. Erst die Lage klären. Vorsichtig verließ DeLange seine Deckung und schob sich vor zur Eingangstür. Er dachte an nichts. Nicht an den angeschossenen Hund, nicht an Flo. In solchen Momenten half nur Routine. Und manchmal auch eine Dienstwaffe. Wenn man sie dabeihatte.

»Hallo?« Die Tür schien nicht verschlossen zu sein, sie war nur angelehnt, wenn ihn nicht alles täuschte. »Ist da wer?«

Irgendwas polterte. Dann ein Schmerzenslaut. Adrenalin schoss in seine Blutbahn. Er trat die Tür auf.

Flo. Mitten im halbdunklen Zimmer. Sie saß auf einem Stuhl, die Arme hinter dem Rücken, ein Tuch über dem Mund. Die Augen weit aufgerissen. Sie schüttelte den Kopf und rollte die Augen nach links.

Es war also noch jemand da. Jemand, der Flo als Lockvogel benutzte. Weil er damit rechnete, dass sich der liebende Vater blind auf seine Tochter stürzen würde, um sie zu befreien.

Ja, dachte DeLange grimmig. Und genau das werde ich tun, auch wenn es so nicht im Lehrbuch steht.

Die polizeiliche Routine ging bei solchen Fällen von allem Möglichen aus, aber ganz bestimmt nicht von einem einsamen Bullen, der seine Dienstpistole nicht dabeihatte. DeLange tastete in der Hosentasche nach dem Mobiltelefon, das er sich am Flughafen gekauft hatte. Aber auch die Kollegen wollte er nicht dabeihaben. Die vergrößerten die Scheiße nur.

Wieder ein Schmerzenslaut. Nicht von Flo. Er kam aus der hinteren Ecke des Raums rechts von ihr.

»Hallo?«, fragte Jo. »Kann ich helfen?«

Ein Grunzen antwortete ihm.

Es gab keine Alternative. Er trat ins Halbdunkel.

Hinter Flo stand ein großer Esstisch, um den Tisch herum Holzstühle, bemalt wie bayerische Bauernmöbel. Auf dem Tisch eine Thermoskanne und zwei Kaffeebecher. Es roch nach Holzfeuer. Und nach etwas anderem, Vertrautem. Es roch nach Blut.

Dort, hinten rechts, im Schatten, wo man ihn von der Tür aus nicht gleich sah, saß jemand.

Jemand. Kein Mensch. Eher ein Zombie aus einem Splatterfilm. Der Untote richtete eine Pistole auf Flo. Die Nase ein blutiger Klumpen, das linke Auge zugeschwollen, die Lippen zerplatzt, die Wange aufgerissen – dass der Mann noch lebte, war ein Wunder. Das größere Wunder war vielleicht, dass er noch sprechen konnte.

»Nehmen Sie sich einen Stuhl und setzen Sie sich«, sagte der lebende Leichnam.

Er schien auf etwas zu lauschen. Auch DeLange hörte etwas da draußen, ein Schaben und Kratzen. Flo rollte die Augen, schien ihn warnen zu wollen. Wovor? Wovor denn noch? Das Unglück war bereits geschehen. DeLange musste den Kerl da hinten entwaffnen, wie auch immer und so bald wie möglich.

»Wer sind Sie?«, fragte er. Das war eine ebenso blöde wie unverfängliche Frage. Gute alte Polizeiroutine. Demonstrativ stellte er sich breitbeinig in den Raum.

Der Mann gab ein keuchendes Geräusch von sich, das wohl ein Lachen sein sollte.

»Ein alter Bekannter, Jo. Jemand, der es gut mit dir meint. Ich würde glatt sagen: ein Freund.«

»Karen, meine Liebe, du bist krankgeschrieben und gehörst ins Bett!«

Der dickste Leitende Oberstaatsanwalt, den Bremer je gesehen hatte, stand wie ein gereizter Braunbär im Flur und breitete die Arme aus, als ob er ihnen den Zugang zu Karens Zimmer mit vollem Körpereinsatz verwehren wollte.

»Aber Horst! Ich mache nur einen Besuch«, flötete Karen. »Ich bin auch ganz brav.«

»Du bist verpflichtet, alles zu tun, damit du wieder gesund wirst, das weißt du.«

»Ja, ich weiß, was ich dem Dienstherrn schuldig bin.«

»Spar dir deine Witzchen. Ich möchte dich erst wiedersehen, wenn du rundum fit bist. Du siehst aus wie ein Hungerhaken!«

Das konnte man von Horst Meyer nicht behaupten. »Ich werde essen wie ein Sumoringer, versprochen!« Karen strahlte ihn an. »Aber wo ich schon mal hier bin, darf ich doch wenigstens den Kollegen Wenzel besuchen, oder?«

Der LOStA wölbte seinen Bauch und blinzelte Bremer zu. »Wenn Sie aufpassen, dass sie keine Dummheiten macht?«

»Ich und Dummheiten? Niemals!«

Bremer ließ sich von Karen den Flur hinunterziehen. Die Tür lag am Ende des Gangs, StA Manfred Wenzel stand auf dem Schild, danach eine Buchstabenfolge, aber mehr konnte er nicht lesen, denn sie klopfte nicht an die Tür, sondern riss sie auf und stürmte gleich hinein.

»Karen! Was machst du denn hier? Ich dachte, du

bist …«, stammelte der Kollege, nahm die Füße vom Schreibtisch und schob hastig seine Schreibtischschublade zu.

»Erzähl du mir bitte nicht auch noch, was ich dem Vaterland schuldig bin, Manfred.« Sie schob die Aktenstapel auf der schmalen Couch beiseite und setzte sich. Bremer, der brav »Guten Tag« gesagt hatte, blieb an der Tür stehen und staunte. Ein Büro wie dieses war ihm noch nicht untergekommen.

An der Wand ein Poster von Jim Morrison. Die Doors. Daneben eins von Freddie Mercury in vollem Wichs, über dessen zahnigem Grinsen eine riesige Aids-Schleife. Und an der Schreibtischlampe baumelte ein Paar Handschellen in Tigerplüsch. Man könnte auch dezenter mit seinen Neigungen umgehen, wenn man Staatsanwalt ist, dachte Bremer. Oder war das jetzt spießig?

»Ich brauche deine Hilfe«, sagte Karen feierlich.

Manfred Wenzel blickte nervös an Bremer vorbei zur Tür.

»Karen, ganz ehrlich, im Moment passt es gar nicht, ich hab wirklich wahnsinnig viel zu tun.«

Bremer fragte sich, was Wenzel in der Schublade hatte verschwinden lassen. Ein Pornoheft? Oder lasen so was nur frustrierte Heteros? Dann musste es wohl der Manufaktum-Katalog gewesen sein.

»Das sieht man. Also komm schon.«

Der Kollege schüttelte den Kopf.

»Und zwing mich nicht, deine Hilfe einzuklagen. Für zahllose Gefälligkeiten in der Vergangenheit.«

Wenzel guckte wie ein geprügelter Pudel.

»Um nur einige wenige zu erwähnen: Ich habe den

guten Ruf eines deiner Liebhaber gerettet. Erstens. Ich habe dich mehr als einmal vertreten, als du angeblich Magenverstimmung hattest. Wahrscheinlich war es Liebeskummer. Zweitens. Und drittens …«

»Okayokayokay.« Wenzel hob die Hände. »Hör schon auf. Was gibt's?«

»Du weißt ja, dass Giorgio …«

Schlagartig veränderte sich die Stimmung im Zimmer. Bremer beobachtete verblüfft, wie Karens Kollege auf diesen Namen reagierte. Wie angestochen. Aus dem Weichei wurde ein schneidiger Staatsanwalt.

»Giorgio DeLange? Also bei aller Liebe …«

Karen lächelte ihn zuckersüß an. »Darling. Von Liebe reden wir heute ausnahmsweise nicht. Sondern von den Gefallen, die du mir schuldest.«

»Ausgerechnet diesen Gefallen kann ich dir aber nicht tun«, zickte Wenzel. »DeLange ist verbrannt. Diese Sache mit dem Koks kriegt er nicht wieder los.« Er machte eine Kunstpause. »Das Einzige, was für ihn spricht …«

»Welche Sache mit welchem Koks?« Karen. Mit einem Mal unsicher.

Wenzel hob theatralisch die Hände. »Sag bloß, du weißt nichts davon!«

»Würde ich sonst so bescheuert fragen?«, fauchte sie.

»Mannmannmann.« Wenzel tat erschüttert.

»Jetzt komm schon über, Manfred!«

»Also man hat nach der Nacht der Museen das Polizeimuseum gründlich gesäubert und dabei ein paar einschlägige Plastiktütchen gefunden«, erklärte Wen-

275

zel wichtig. »Hinten, an der Rückseite der Vitrinen. Kein schlechtes Versteck, normalerweise. Und wahrscheinlich hätte Jo den Stoff längst entsorgt, wenn er nicht ins Krankenhaus gekommen wäre.«

»Hätte. Wenn es sein Stoff gewesen wäre. Die Spurenlage?« Sie hatte sich gefasst. Ihre Stimme klang wieder schärfer.

»Keine Ahnung. Aber er soll sehr interessiert gewesen sein, als kürzlich eine ganze Koksladung in die Asservatenkammer gebracht wurde, heißt es.«

»Das meinst du nicht ernst!«

»Ich sage nur, was ich gehört habe.« Wenzel lehnte sich selbstgefällig in seinen Schreibtischsessel.

»Wir geben neuerdings was auf Hörensagen?« Karen funkelte ihn an. »Aber du kannst ganz beruhigt sein. Ich bin nicht interessiert an übler Nachrede.«

Wenzel gab einen dramatischen Seufzer von sich. »Darling, ich kann dir gar nicht sagen, wie leid mir das alles tut …«

»Spar dir deine Betroffenheit. Ich brauche ein paar personenbezogene Daten. Alles, was du kriegen kannst, über Margot von Braun.«

»Die Frau vom Neumann?«

»Schnellmerker.«

»Liebes, jeder *weiß*, dass Jo DeLange eine kleine Obsession hat, was Neumann betrifft, aber jetzt auch du?«

»Und danach checkst du bitte Erika Berg, 6. April 1951 bis 21. März 1971. Gestorben und begraben in Klein-Roda. Geburtsort irgendwo in der Nähe.«

Wenzel rollte die Augen. »Karen, ich bitte dich, ich kann doch nicht einfach …«

»Klar kannst du. Ein, zwei Anrufe, und das war's schon.«

»Und was soll ich denen sagen? Meine Kollegin leidet unter dem gleichen Wahn wie ihr Liebhaber, der wegen einer Drogengeschichte Probleme hat?«

»Ich leide nicht unter Wahn.«

»Und wer zum Teufel ist Erika Berg? Und ist deren Abgang nicht vielleicht ein bisschen lange her?«

»Das geht weder dich noch jemand anderen was an.«

»Komm, Karen, mal ehrlich, irgendwas muss ich doch *sagen* …« Wenzel warf die Arme in die Luft. »Es gibt so was wie Datenschutz hierzulande!«

»Du musst gar nichts sagen und das weißt du.«

»Aber wenn die prüfen wollen? Nach dem Aktenzeichen fragen?«

»Also Manfred! Ein bisschen Phantasie wirst du ja wohl haben, oder? Wir sind da an einer Sache dran, haben unsere Gründe für unsere Abfrage, blabla und gut ist.«

Manfred Wenzel schüttelte noch immer theatralisch den Kopf.

»Übrigens: Ich brauche die Auskunft noch gestern.«

»Also Karen, wirklich! Das ist jetzt nicht mehr witzig!«

»Sollte es auch nicht sein. Warum sitzt du noch nicht am Telefon?«

»Du bist unmöglich«, quengelte Wenzel.

»Ruf mich sofort an, wenn du was hast.«

»Und Klein-Roda! Wo soll das sein? Hat das Kaff überhaupt eine eigene Postleitzahl? Wo liegen die Zuständigkeiten?«

»Das schaffst du schon. Ich verlass mich auf dich!«
Sie verabschiedeten sich von Manfred Wenzels Rücken.

Bremers Kombi gab sein Bestes auf der A 5 Richtung Norden. Kurz nach dem Rastplatz Schäferborn rief Kollege Wenzel an.

»Margot von Braun ist die Witwe von Gero von Braun, einem Österreicher, den sie 1977 in Peru geheiratet hat. Mehr ist nicht zu finden. Offenbar ist die Dame nicht in Deutschland geboren.«

»Für eine so magere Auskunft haben wir dich nicht jahrelang auf die Schule geschickt«, raunzte Karen.

»Was Erika Berg betrifft – also sie wurde am 6. April 1951 in Streitbach in Oberhessen geboren, das ist aktenkundig. Sterbeurkunde liegt nicht vor.«

Bremer, der das Gespräch mithörte, hielt die Luft an.

»Bist du sicher, Manfred?«, fragte Karen leise.

»So sicher, wie man sein kann in unserem perfekten Datendschungel.«

»Na ja.« Karen überlegte. »Dann wird uns nichts anderes übrigbleiben, als das Grab in Klein-Roda öffnen zu lassen. Und zwar *subito*.«

»Was? Wie?«

»Manfred. Wenn Erika Berg ein Grab hat, aber nicht gestorben zu sein scheint, dann muss doch irgendwas anderes drin liegen, oder?«

Irgendwas oder irgendwer, dachte Bremer.

»Komm, Karen, du kannst doch nicht so einfach …«

»Ich kann. Und du auch.«

»Aber was soll ich sagen? Ich brauch eine Begründung! Wir sind doch hier nicht in … in …«

»Lass dir was einfallen!«

»Zum Beispiel?«

»Zum Beispiel Urkundenfälschung. Verdeckung einer Straftat. Am besten sagst du gleich: Mord.«

Man sah nur eines der blassblauen Augen in dem verquollenen und zerschlagenen Gesicht. DeLange hielt die Luft an.

»Mein Gott! Neumann!«

»Dr. Neumann-von Braun genügt, danke«, nuschelte der andere und hob die Pistole. »Spar dir den Weihrauch!«

Gegen seinen Willen fühlte DeLange fast so etwas wie Bewunderung. Wer mit einer solchen Verletzung noch dumme Witze machen konnte, bewies Nerven.

»Frag lieber, *was* mich da erwischt hat. Naturgewalt. Vulkanausbruch. Der Teufel.« In Neumanns Kehle blubberte es. Blut, dachte DeLange und fragte sich, wie lange der Mann noch durchhielt. Er schielte hinüber zu Flo. Sie hielt die Augen geschlossen. Kluge Entscheidung. Halt durch, Kleines, dachte er.

»Bevor wir das klären, würde ich gerne meine Tochter von Knebel und Fesseln befreien. Haben Sie was dagegen?«

Neumann machte eine abrupte Bewegung mit der Hand, in der er die Pistole hielt. »Stehen bleiben. Jeder bleibt da, wo er ist, ist das klar zwischen uns?«

DeLange horchte auf das Grollen draußen, das ein

Gewitter ankündigte. Über ihm knackte das Dachgebälk. Flo gab einen halb erstickten Laut von sich.

»Und außerdem – seit wann kümmert dich das Schicksal deiner Tochter? Du hast die beiden alleingelassen, Jo, oder nicht? Im Stich gelassen, hätte man früher gesagt. Weil du unbedingt deiner ganz persönlichen Obsession nachgehen musstest. Mir.«

»Sie sind die Wurzel des Bösen, Charles«, antwortete DeLange so ruhig er konnte. »Und die muss man ausreißen.«

»Charles!«, blubberte Neumann. »Ahhh! Das klingt ja wie in alten Zeiten! Ja, im Damals hältst du dich gern auf, Jo, stimmt's? Nur mit der Gegenwart hast du Probleme, wenn ich das richtig sehe.«

DeLange ärgerte sich über sich selbst. Warum bloß war ihm das vertrauliche »Charles« rausgerutscht? Er durfte sich nicht auf Neumanns Ebene begeben, durfte keine Nähe zulassen. Musste die Routine einhalten.

»Das Problem haben Sie, wenn ich mir Ihre Fresse so anschaue«, sagte er so kühl wie möglich. Was ein Verstoß gegen die Routine war. Verletzter bewaffneter Täter mit Geisel hieß: Deeskalation.

»Deine Freundin hast du auch sitzengelassen. Sogar, als sie halbtot im Krankenhaus lag. Das ist doch nicht normal, Jo! Das ist asozial! Gefühllos! Krank! Kaputt!«

DeLange wappnete sich. Aber er spürte, wie Neumanns Nadelstiche trafen.

»Das verzeiht keine Frau! Und deinen Töchtern hast du ein lebenslanges Trauma beschert. So eine Therapie wird teuer, mein Lieber!« Neumann hustete Blut und Schleim vor Lachen.

DeLange holte tief Luft. »Sparen Sie sich Ihr Gift. Das hat schon damals nicht gewirkt, als Sie Ihre Schläger auf mich gehetzt haben.«

»Im Herrenklo der Alten Oper, Jo, das muss man einfach dazusagen! Das ist doch der Gag bei der ganzen Geschichte!«

»Und was hab ich damals gesagt? Sie können mich mal. Sie kriegen mich nicht klein.«

»Bist du da sicher?« Neumann grinste, wobei sich die tiefe Wunde an der rechten Wange öffnete. Durch den klaffenden Schnitt blickte man auf gelbe Zahnhälse. Das Entsetzen in Flos Gesicht ließ DeLange verzweifelt wünschen, sie in den Arm nehmen zu können. Aber er war sich nicht ganz sicher, ob der Anblick sie erschreckte oder ob Neumanns Gift bereits wirkte.

Neumann deutete mit der Waffe auf Flo. »Ich habe dir damals übrigens die reine Wahrheit gesagt, nämlich dass mir deine Töchter gefallen. Und dass aus denen noch mal was wird. Wenn nichts dazwischenkommt.«

Dieses Lachen. Dieses schreckliche, würgende Geräusch. Diese verzerrte Visage. Neumann hatte immer zivil ausgesehen, etwas blass, etwas grau, die einzige Farbe in seinem Gesicht war die rote Brille gewesen. Aber jetzt sah er aus wie Freddy Krueger.

»Lassen Sie meine Tochter gehen, Neumann. Sie hat mit unserer Angelegenheit nichts zu tun. Was wollen Sie von ihr? Sie haben doch mich!«

Neumann machte ein Geräusch wie ein Gehängter vorm Erstickungstod.

»Du bist ohne Bedeutung, Jo. Du bist Asche. Aber deine Tochter hier« – wieder schwenkte er die Pistole in Flos Richtung. »Die hat ihre Nase in alles gesteckt, was sie nichts angeht. Und fotografiert, was sie nicht fotografieren sollte. Da!« Er stieß mit dem Fuß ein Häufchen Plastikmüll in DeLanges Richtung.

Am Objektiv erkannte DeLange Flos Kamera – Felis Nikon. »Und was sollte sie nicht fotografieren?«, fragte er. »Rinder, Schweine und Pferde?«

»Das werde ich ausgerechnet dir aufs Butterbrot schmieren«, schnaubte Neumann und wischte sich mit dem Handrücken das Blut ab, das ihm aus der Nase lief. »Auch wenn es eigentlich egal ist, was du weißt und was nicht. Dir glaubt sowieso niemand mehr.«

DeLange spürte, wie die Anspannung seine Muskeln verhärtete.

»Ein Bulle, der kokst? Der sich Kinderpornos aus dem Netz zieht? Selbst die Frankfurter Polizei, deren Ruf schon nicht mehr ruiniert werden kann, bedankt sich für so einen wie dich.«

DeLange blickte zu Flo hinüber. Sie schüttelte den Kopf. Aber da waren Tränen in ihren Augen. In diesem Moment würde er alles drum geben, wenn er diesem Wrack da vorne auch noch die andere Hälfte des Gesichts zerschlagen könnte. Wer hatte den Kerl überhaupt so zugerichtet?

»Begreif doch endlich, Jo! Du sitzt in der Scheiße, ganz tief unten im Loch. Und du wirst in der Scheiße ersaufen«, zischte Neumann.

Flo? Hatte sie sich gewehrt, bevor er sie fesseln konnte? DeLange versuchte, sich zu konzentrieren. Zu analysieren. Die Lage: Flo saß in der Mitte des Raums, drei Schritte von ihm entfernt. Rechts hinter ihr ein Tisch. Und an der Schmalseite des Tischs saß

Neumann, die Ellenbogen aufgestützt. Er musste die Hand, in der er die Pistole hielt, mit der anderen Hand stabilisieren, er war geschwächt und er würde immer schwächer werden. Abstand zwischen Neumann und Flo: schätzungsweise drei Meter. DeLange kalkulierte, wie schnell er bei ihm sein konnte. Keine Chance. Es kostete weder Zeit noch Kraft, einen Abzug zu betätigen.

Und wenn Flo sich fallen ließe, mit dem Stuhl, auf sein Zeichen hin?

Zu riskant. Er konnte sich nicht darauf verlassen, dass sie sein Zeichen auch verstand. Und dass Neumann es *nicht* verstand.

»Wer erledigt eigentlich Ihre Drecksarbeit im Polizeipräsidium, Neumann? Wen haben Sie bestochen, damit er mich denunziert? Und glauben Sie ernsthaft, Sie kommen damit durch?«

Deeskalation? War nicht sein Ding. Vor allem nicht bei diesem Schwein. Blieb die bewährte Ermüdungsstrategie. Lass ihn quatschen, bis er umfällt. Ein Mann wie Neumann hatte genug Heldentaten in petto, mit denen er prahlen konnte.

Neumann kicherte. »Aber Jo, du weißt doch, wie schnell ein Ruf heutzutage ruiniert ist. Vor allem bei denen, auf die es ankommt. Du bist nicht der erste Ordnungshüter, der den Versuchungen des Lebens erlegen ist. Der ein bisschen Koks schnupft, sich einen Film reinzieht, in dem es kleine Jungs anal besorgt kriegen, und sich dabei einen runterholt. Deine Töchter wissen, dass auch ganz normale Familienväter so was tun. Die lesen schließlich Zeitung.«

DeLanges linkes Bein zitterte vor Anspannung und

am Geschmack in seinem Mund merkte er, dass er sich auf die Lippen gebissen hatte.

»Und deshalb wird man Kriminalhauptkommissar Giorgio DeLange irgendwann neben der Leiche seiner Ältesten finden. Er hat sie in lauter Verzweiflung erschossen und danach sich selbst gerichtet. Tragisch. Passiert aber öfter, als die Polizei erlaubt.«

Du Schwein, dachte DeLange. Du widerliches ekelerregendes Schwein. Erst nach ein paar Sekunden, in denen er innerlich vor Anspannung zitterte, setzte seine Kontrolle wieder ein.

Er musste Neumann entwaffnen, ohne dass er zum Schuss kam. Der Mann blutete noch immer, er wirkte geschwächt. Und er hatte ein Flackern in den Augen, als ob er Fieber hätte.

Mach ihn müde, dachte DeLange. Lass ihn reden. Und reg dich nicht auf.

»Also wer ist Ihr Kontaktmann im Polizeipräsidium?«

Das blutunterlaufene blaue Auge Neumanns zwinkerte. »Ja, das wüsstest du gern! Und vielleicht sage ich es dir sogar.« Er schwenkte die Pistole zwischen Flo und DeLange hin und her. »Denk an Peru. An deine erste schöne Fahrt ins Reich der Inka.«

Unendlich lang war das her. Weit entfernt von dieser Szene hier in einer dunklen Hütte, in der es nach Blut roch und nach Schlimmerem. Das Gewitter war näher gekommen, ein Blitz entlud sich fast über ihnen. Neumann blickte kurz nach oben und schien den anrollenden Donner als göttliches Wohlgefallen zu interpretieren.

Peru. Da waren Tomás und Shidy, die kamen nicht

in Frage. Jeder von ihnen konnte ihn verraten haben, gewiss. Aber sie saßen nicht in Frankfurt im Polizeipräsidium. Also musste es einer der drei Kollegen sein, die damals mitgefahren waren. Doro. Tiglet. Ben.

DeLange sah sie vor sich, einen nach dem anderen. Da war Doro, groß, blond, kühl bis auf die Knochen und ohne Allüren. Das Einzige, was ihn an ihr störte, war ihr Gang. So gingen Polizisten, aber keine Frau. Egal – sie war gut in ihrem Job. Die ganze Abteilung war stolz auf Doros Idee, sich mit Tiglet als Ansprechpartner für die Opfer antischwuler Gewalt beim Christopher Street Day zur Verfügung zu stellen. Das war ein Riesenerfolg gewesen, beide wurden unentwegt geküsst und umarmt und nach ihrer Telefonnummer gefragt. Doro war der Typ Frau, dem Uniform besonders gut stand. Und Tiglet sah aus wie André Agassi, als der noch Haare hatte.

Warum sollte Doro ihn verraten? DeLange kam gut mit ihr aus. War sie erpressbar, weil sie lesbische Neigungen hatte, wie die Chauvis meinten, die bei ihr abgeblitzt waren? Quatsch. Die Zeiten waren vorbei. Außerdem wäre sie nicht die einzige Lesbe im PP.

»Ach, Jo. Deine Nummer in Peru – wir haben uns weggeschmissen vor Lachen. Du bist durchs Land gelatscht wie so ein debiler Depp von Rentner-Tours, hast dir Geschichten aus alten Zeiten erzählen lassen und das Naheliegende nicht begriffen«, zischte Neumann. »Ein echter Superbulle.«

Konnte es Tiglet sein? Der Junge sollte demnächst den deutschen Kontakt zu Europol halten. Er sprach Englisch, Französisch, Türkisch, Syrisch und Aramäisch, das war eine gute Voraussetzung dafür. Was hätte der Junge also von einer Zusammenarbeit mit einem abgehalfterten Politiker, dessen Einfluss bereits Geschichte war? Es sei denn ... Ihm fiel der Fall eines türkischen Kollegen ein, der Hunderte von personenbezogenen Daten abgefragt hatte, weil seine kriminelle Verwandtschaft wissen wollte, ob und was gegen sie vorlag. Gerade in Migrantenclans gab es einen Zwang zur Familiensolidarität, der erpresserischen Charakter annehmen konnte. Die aramäische Minderheit in Frankfurt galt zwar als nicht weiter auffällig, aber es war immerhin möglich, dass es auch hier Solidaritätskonflikte geben konnte. Tiglet kam also in Frage. Und Ben?

»Ich hätte dich ja für klüger gehalten, Jo. Aber du kapierst nichts, und wenn man dich mit der Nase drauf stößt. Die alten Zeiten, mein Lieber« – Neumann zog hoch und spuckte eine beachtliche Menge Blut und Schleim auf den Boden –, »die alten Zeiten von Onkel Guzmán und den tapferen Rothäuten der Erleuchteten, für die du dich so interessiert hast, sind schon lange vorbei. Peru wird nie die Weltrevolution exportieren.«

»Ich weiß. Man exportiert heute ganz andere Dinge. Was die Welt auch nicht besser macht.«

»Das würde ich nicht sagen, Jo, das würde ich so nicht sagen.« Würgendes Husten. »Ab und zu eine line macht die Welt durchaus erträglicher. Das müsstest du doch am besten wissen.«

Neumann und die Koks-Connection. Shidy hatte zwar nicht mehr verraten, als dass der Umschlagplatz in Frankfurt lag. Aber sie musste Neumann gemeint haben.

»Und Sie sorgen dafür, dass Perus Exportschlager auch die Deutschen glücklich macht?«

»Großartig! Sehr gut, setzen!« Wieder stieß Neumann dieses würgende Lachen aus. Ein Hustenanfall folgte, der den Mann schüttelte. Die Pistole in seiner Hand zuckte. DeLange sah in Flos weit aufgerissene Augen und versuchte, ihren Blick zu deuten. Irgendetwas wollte sie ihm sagen.

Donner rollte über die Hütte und verebbte. Einen Moment lang war es so still, dass man nur Neumanns angestrengte Atemzüge hörte. Der schien auf etwas zu lauschen, die Pistole in seiner Hand hatte sich gesenkt, die Mündung zeigte zum Tisch. Jo spannte alle Muskeln an. Jetzt.

»Margot von Braun ist Erika Berg. Wer in deren Grab liegt, wissen wir nicht«, rekapitulierte Karen, die die Lehne des Beifahrersitzes verstellt hatte, damit sie bequemer saß. »Aber Margot von Braun tut so, als ob sie noch nie von Klein-Roda gehört hätte.« Sie war blass, man sah ihr die Anstrengung an. Doch sie hatte unter keinen Umständen zurück ins Krankenhaus gewollt. »Und sie hat nicht geantwortet, als ich gefragt habe, ob sie Neumann dort kennengelernt hat.«

»Das passt.« Bremer fielen die Fotos in Gottfrieds Haus ein. Beziehungsweise die fehlenden – die, auf denen wahrscheinlich Eri zu sehen gewesen wäre. »Irgendjemand hat versucht, zu verhindern, dass man Margot von Braun als Erika Berg hätte identifizieren können.«

»Aber wieso?« Karen hatte die Schuhe ausgezogen und massierte sich den rechten Fuß. »Und wieso erst jetzt? Sie ist eine Person des öffentlichen Lebens. Auf die Ähnlichkeit mit Eri hätte jeder kommen können.«

»Sie galt als sehr zurückhaltend. Trat selten öffentlich auf.« Bremer gab dem vor ihm trödelnden Panamera ein Lichtzeichen und zog, als der sich nicht rührte, rechts an ihm vorbei. Natürlich. Man telefonierte bei Tempo 140 auf der linken Spur. Vollidiot. »Und in Klein-Roda bekommt selten jemand mit, was in Frankfurt passiert.«

»Warum der falsche Name?« Karen gab sich die Antwort gleich selbst. »Sie wollte untertauchen. Spurlos verschwinden. Alle Verbindungen zu ihrer Familie abbrechen.«

»Plausibles Motiv. Aber vielleicht hatte sie noch etwas anderes zu verbergen?«

»Aber was?« Karen schüttelte den Kopf. »Und weshalb sollte jemand deshalb ihren Bruder umbringen? Erst jetzt, nach über vierzig Jahren?«

»Vielleicht hat er sie wiedererkannt? Wollte sie erpressen?« Bremer verteidigte seine Linksaußenposition schon seit einigen Kilometern und machte jetzt widerwillig einem Mercedes SL Platz.

»Und so was hätte Neumanns Karriere geschadet. Das wäre also auch ein denkbares Motiv. Aber warum das zweite Opfer?«

»Und warum Gottfried, um Himmels willen?«

Karen hatte die Augen geschlossen. Für eine Weile war es still im Wagen. Dann sagte sie: »Die Blumen. Was war mit den Blumen? Von Qantuta?«

»Eine Warnung. Du sollst die Nächste sein.«

»Aber warum? Was zum Teufel habe ich mit dem ganzen Quatsch zu tun?«

Sie setzte sich auf und stellte die Lehne wieder hoch. Ein flüchtiger Blick zur Seite zeigte Bremer ihr angespanntes Gesicht unter den kurzen Locken. Sie sah mit ihren gescheckten Haaren seltsamerweise jünger aus als vorher. Jünger und verwundbarer.

»Vielleicht sollten die Blumen gar keine Drohung sein? Vielleicht waren sie ein Hinweis? Vielleicht wollte mich jemand auf etwas aufmerksam machen? Ich hätte ja selbst auf die Idee kommen können, im Blumengeschäft anzurufen.«

Daran hatte er noch nicht gedacht. Er hatte Karen als nächstes Opfer gesehen, wegen ihrer Verbindung zu Jo DeLange. Und deshalb hatte er auf Neumann getippt: der Mörder, der vor der Tat Blumen verschickte.

»Ich weiß es nicht. Im Moment fürchte ich, dass auch Flo und Caro in Gefahr sind.« Vor allem Flo mit ihrer unstillbaren Neugier.

Bremer verließ die Autobahn kurz vor Alsfeld. Er hatte ein schlechtes Gefühl, als sie auf den staubigen Feldweg einbogen, der zum Weiherhof führte. Keiner der Hunde begrüßte sie. Als Rena, die das Auto gehört haben musste, aus dem Pferdestall kam, lief nur Hanya hinter ihr her – mit eingezogener Rute.

»Gut, dass ihr kommt«, sagte sie zur Begrüßung. »Ich mach mir solche Sorgen. Caro ist auf ihrem Zimmer, sie behauptet, irgendjemand habe auf sie geschossen.«

Verdammt, dachte Bremer. Niemand ist mehr sicher.

»Wo ist ihr Zimmer?« Rena deutete stumm aufs Gästehaus. Karen rannte los.

Caro saß auf dem Bett, hatte ein Kissen im Arm und wiegte sich vor und zurück wie ein verlassenes Kind. Karen zögerte. Dann nahm sie das Mädchen in den Arm.

»Bist du verletzt?«

»Nein. Aber ich habe es genau gehört. Das war ein Schuss.«

»Meine arme Kleine.« Karen wiegte Caro und wunderte sich nur kurz über das Gefühl der Vertrautheit, das in ihr hochstieg.

»Sie schießen auf uns! Sie haben doch auch auf dich geschossen. Und jetzt ...« Caro schluchzte auf. »Und jetzt ist Flo verschwunden.«

»Seit wann?« Ein eisiger Klumpen formte sich in Karens Magen.

»Rena weiß nichts davon, ich wollte nicht petzen. Aber Flo ist gestern Nacht nicht nach Hause gekommen.«

»Seit wann ist sie unterwegs? Und wo wollte sie hin? Weißt du das, Caro?«

»Sie ist weggefahren, mit dem Fahrrad. Wann, weiß ich nicht. Sie war eigentlich immer unterwegs. Manchmal mit Hanya, manchmal ohne. Als Jo kam ...«

»Jo ist hier? Wo ist er?« Karens Gesicht strahlte. Dann verdüsterte es sich. »Er ist nicht hier.«

»Nein.«

»Er sucht sie, oder?«

»Ja. Er ist nach Klein-Roda gefahren. Er hat Bodo mitgenommen. Aber das ist jetzt auch schon viel zu lange her.«

Karen löste sich aus der Umarmung. »Wir müssen sie suchen«, sagte sie behutsam.

Caro nickte. »Ich habe solche Angst«, flüsterte sie.

Ich auch, dachte Karen.

Der Himmel war fahlgelb, als sie in Klein-Roda eintrafen. Jeden Moment konnte es regnen. Auf der Straße ließ sich niemand blicken, man hörte aus der Ferne Traktorengeräusch. Die Männer waren auf dem Feld, damit beschäftigt, das Heu reinzuholen, bevor der Regen einsetzte.

Als Bremer das Gartentor öffnete, sah er als Erstes Flos Fahrrad. Sie war also hier. Und dann sah er Birdie und Nemax geduckt auf der Bank sitzen. Sie begrüßten ihn nicht. Sie sahen noch nicht einmal auf. Sie lauerten. Sie starrten auf etwas. Auf etwas, das vor der Haustür lag. Ein Etwas, das leise winselte.

Mit ein paar Schritten war Bremer neben dem Hund und kniete sich nieder. »Bodo«, sagte er. »Einer von Renas Hunden.« Der Hund zuckte mit den Hinterläufen. Blut quoll aus einer Wunde am Hinterteil. »Sieht nach einer Schussverletzung aus.«

Wenn Bodo hier war, musste DeLange in der Nähe sein. Und wer das Tier angeschossen hatte, hatte womöglich auch auf ihn geschossen. Und auf Flo?

Bremer schloss auf, suchte kopflos nach Verbandszeug und nahm schließlich zwei saubere Küchenhandtücher. Warum war der Hund hier und warum war niemand bei ihm?

Karen kniete neben Bodo, der ihr die Hand leckte. »Das schafft er«, sagte sie. Seit wann verstand sie etwas von Hunden? Doch die Blutung hatte tatsächlich aufgehört. Bremer begann, dem Tier einen provisorischen Verband anzulegen, während Karen durch den Garten hinaus auf die Straße ging. Bodo hatte eine Spur hinterlassen: eine Blutspur.

DeLange spannte die Muskeln an. Er brauchte mindestens zwei Schritte bis zum Tisch. Blitz und Donner kamen jetzt Schlag auf Schlag. In der Hütte war es erstickend heiß. Die Luft roch nach Holzschutzmittel und erhitzter Teerpappe. Die Pistole in Neumanns Hand zitterte.

»Denk gar nicht erst dran, Jo. Deine Tochter ist tot, bevor du bei mir bist«, zischte er. Schweiß vermischte sich mit dem Blut in seinem Gesicht. Je länger er ihn betrachtete, desto klarer wurde DeLange, woran ihn die Verletzungen erinnerten. Neumann war nicht ganz so schlimm zugerichtet wie Tayta. Aber auch auf ihn hatte jemand eingeschlagen. So, wie es nach den Schilderungen Flos auch den anderen Mordopfern in Klein-Roda widerfahren war. Irgendjemand zog mit der Waffe des Volkes durch die Gegend: mit einem Stein. Neumann? Konnte ein Mensch sich solche Verletzungen selbst zugefügt haben? Unwahrscheinlich.

»Wollen Sie mir nicht erzählen, wer Sie so zugerichtet hat?«, fragte DeLange sanft. »Ihr Gesicht sieht aus, als ob Sie in eine Mauer gelaufen wären. Hatte die vielleicht zwei Beine und einen Stein in der Hand?«

Neumann spuckte verächtlich aus. Viel Blut, vermischt mit Rotz. Wieder rollte Flo die Augen. DeLange wünschte, er verstünde, was sie ihm sagen wollte.

»Ich erzähle dir die Geschichte, Jo. Damit deine Neugier endlich befriedigt ist. Darum geht's dir doch, oder?«

»Mit der Wahrheit wäre ich zufrieden«, sagte De-
Lange.

»Die Wahrheit. Ach ja. Völlig überschätzt, wenn du
mich fragst. Niemand will sie wirklich wissen.«

DeLange verlagerte sein Gewicht. Er hatte keinen
Schimmer, wie lange er schon hier stand. Aber sein
Rücken schmerzte.

»Ich erzähle dir also eine Geschichte. Nicht dass ich
deine Tochter damit langweilen möchte. Die hat nämlich in kürzester Zeit mehr begriffen als du.«

Das blutende Wrack lehnte sich in seinen Stuhl zurück und schlug die Beine übereinander. Die Pistole
hielt Neumann noch immer auf Flo gerichtet, allerdings lag sie jetzt auf der Tischplatte. DeLange versuchte, sie im Blick zu behalten, ohne dass es allzu
sehr auffiel. Der richtige Moment würde kommen. Er
musste kommen. Ganz sicher. So, wie der Kerl jetzt
hustete, lange und qualvoll, machte er es nicht mehr
lange.

»Es ist die Geschichte eines kleinen Dorfmädchens.«

Regentropfen pochten auf das Dach. Ein Blitz er-
hellte den düsteren Raum.

»Die Geschichte von Erika Berg.«

Durch die offene Tür wehte ein kühler Hauch. »Erika Berg ist tot«, sagte DeLange und sah aus den Augenwinkeln, dass Flo schon wieder die Augen rollte.

Neumann lachte. »Hast du es noch immer nicht
begriffen? Weißt du noch immer nicht, wer Chhanka
ist, nach der du so verbissen gesucht hast? Chhanka,
der Mythos des *Sendero Luminoso*! Die weiße Rä-
cherin!«

»Alexandra Raabe«, sagte DeLange, aber er ahnte, dass das nicht stimmte. Irgendwie nicht stimmen konnte.

»Natürlich. Daran denkt ja jeder Mann zuerst: an Sascha, die große Blondine, die so geheimnisvoll verschwunden ist. Nicht an Erika, die kleine Provinzmaus, die ganz unspektakulär bei Hochwasser ersoffen sein soll. Dabei war Erika mindestens so schön wie Sascha. Eine schwarzgelockte Carmen. Schön und schamlos.«

Erika. Eri. Das Mädchen war der Anlass gewesen für die Angriffe der Dorfburschen auf die Dreierkommune.

»Die Dorfdeppen glaubten, sie müssten ihre kleine Erika vor uns verdorbenen Stadtmenschen schützen.« Neumann prustete Blut. »Das Gegenteil war richtig! Man hätte uns vor Eri schützen sollen! Das kleine Biest hatte sämtliche Tricks auf Lager. Sie hat uns ach so aufgeklärten Blumenkindern gezeigt, was Sex war. Sex! Keine Blümchenkuschelnummer.«

DeLange sah zu Flo hinüber. Sie kniff die Augen zweimal zusammen.

»Eri nahm sich, was und wen sie wollte. Sascha war dabei im Weg. So einfach war das. Also musste Sascha verschwinden.«

Erika Berg die Mörderin von Alexandra Raabe. Das also war Neumanns neueste Theorie. Für wie dumm hält er mich, dachte DeLange und starrte auf den Zombie da vorne am Tisch, der die Pistole noch immer in den zitternden Händen hielt, noch immer auf Flo gerichtet.

Neumann kicherte. »Wenn du glaubst, es hätte mir geschmeichelt, dass eine Frau meinetwegen ihre Nebenbuhlerin ermordet hat, dann irrst du dich. Ich war entsetzt. Und Eri tat es natürlich nicht aus Liebe. Sie hatte einfach nur begriffen, was sie brauchte, um rauszukommen aus ihrem Kaff: einen Mann. Einen wie mich. Aber mit mir hat sie sich verrechnet. Ich war nicht schnell genug. Ich habe sie enttäuscht.«

Der Regen wurde zur Sturzflut. DeLange horchte auf den Donner und das Stakkato auf dem Dach und wünschte, ein Blitz würde in die Hütte fahren und dem Schwein die Pistole aus der Hand fegen. Flo hatte die Augen geschlossen und atmete viel zu schnell. Sie hielt nicht mehr lange durch. Er hatte nicht mehr viel Zeit.

»Warst du mal in der Klapsmühle? Nein, natürlich nicht. Aber du hast eine Vorstellung davon, wie es Anfang der siebziger Jahre dort aussah, oder? Der blanke Horror. Dagegen sind Irrenanstalten heute Wellnesstempel. Und dorthin hat ihre Familie Eri nach dem Verschwinden Alexandras verfrachtet. In die Psychiatrie, geschlossene Abteilung. Elektroschocks haben sie ihr erspart. Dafür wurde sie aufs Bett geschnallt und mit Haldol ruhiggestellt. Weißt du, was das heißt?«

»Sie werden es mir bestimmt erklären.« Red du nur, dachte DeLange. Red dich um Kopf und Kragen.

»Haldol. Heute nennt man das Mistzeug Haloperidol. Die haben es ihr literweise reingedrückt. Ich habe zwei Jahre gebraucht, um sie da rauszuholen. Und hätte sie fast nicht wiedererkannt.«

Neumann atmete tief ein und wieder aus. Dort, wo das Blut in seinem Gesicht getrocknet war, hatte es dicken Schorf gebildet.

»Spätfolgen: Bewegungsstörungen. Nebenwirkungen: Persönlichkeitsveränderungen. Eri war immer dickköpfig und reizbar gewesen. Aber damals wurde sie zur Furie. Unvorhersehbar. Unkontrollierbar. Gewalttätig. Erst, als sie wieder halbwegs normal war, konnte ich es wagen, sie allein zu lassen. Nur ein paar Stunden lang. Und was tat sie? Sie fuhr in ihr Scheißkaff und schrie das ganze Dorf zusammen. Fast hätten die Dorfdeppen es geschafft, sie wieder einzuliefern.«

Täuschte sich DeLange? Oder waren das wirklich Tränen in Neumanns Augen?

»Und deshalb ist sie ins Wasser gegangen?«

»Eri? Niemals! Eher hätte sie das ganze Dorf umgebracht. Alle Männer und ihre missgünstigen Weiber. Und ich hätte ihr am liebsten dabei geholfen.«

»Und das haben Sie jetzt nachgeholt?« War es also doch Neumann gewesen, der Erikas Bruder erschlagen hatte? Und den anderen, wie hieß er noch? Hatte sich eins seiner Opfer gewehrt, war er deshalb so zugerichtet?

»Ich habe Eris Familie in die Mangel genommen. Habe ihnen erklärt, was passiert, wenn herauskommt, was sie mit Eri gemacht haben. Und was meinst du wohl, was das war? Na, das Übliche!« Neumann spuckte vor Verachtung. »Erst hat der Vater sie hergenommen. Dann der Bruder. Denn das macht man so auf dem Land. Bei den Inzüchtigen.«

Ja, das machte man wohl so. Nicht nur auf dem Land. Es war die alte, widerliche Geschichte, die DeLange niemals verstehen würde. Niemals.

»Aber Eri war kein armes Opfer. Die hat den Spieß umgedreht. Sie hat die Männer rangenommen, einen nach dem anderen. Das halbe Dorf hat sie gevögelt. Von denen konnte ihr niemand mehr dumm kommen, ohne sich selbst an den Pranger zu liefern.«

Neumann wirkte, als ob er geradezu stolz auf die sexuellen Leistungen des Mädchens wäre. Beim Gedanken an das Klima, das in Klein-Roda damals geherrscht haben mochte, schüttelte es DeLange.

»Und dann haben die Frauen rebelliert. Die Weiber wollten Eri weghaben, nicht die Kerle. Denen hatte sie nämlich beigebracht, dass Sex mehr sein kann als so ein bisschen Rein und Raus. Und das wollten die plötzlich auch bei sich zu Hause ausprobieren. Das brachte Unruhe in die Ehen. Störte den häuslichen Frieden. Und so was ging ja nun gar nicht.«

Neumann atmete gequält. Das Reden strengte ihn sichtlich an. Gut so.

»Aber weißt du, wer Eri am meisten hasste? Marie. Ihre eigene Schwester. Und warum?«

»Sie werden es mir schon sagen, Neumann.«

»Na, warum wohl. Eri hatte auch ihren Schwager glücklich gemacht. Maries Mann, den guten Gottfried. Ein halbwegs anständiger Kerl.«

Es hatte aufgehört zu regnen und die Luft in der Hütte war merklich frischer geworden. Flo rutschte mit schmerzverzerrtem Gesicht auf ihrem Stuhl hin und her. DeLange trat von einem Bein aufs andere. Doch langsam ahnte er, worauf Neumann hinauswollte.

»*To make a long story short*: Ich habe das Dorf davon überzeugt, dass Einigkeit am besten ist. Also haben alle behauptet, Eri sei bei Hochwasser in den Bach gefallen und ertrunken. Die Beerdigung war eine Spitzenvorstellung in Sachen Doppelmoral. Alle weinten. Die Sargträger hätten beinahe den Sarg fallen gelassen. Was schade gewesen wäre. Denn die Leiche im Sarg war kein schöner Anblick.«

Neumann machte eine Kunstpause und versuchte ein Lächeln. Er ist stolz auf seine Geschichte, dachte DeLange. Pervers.

»Wir haben sie heimlich aus dem Dorfkühlhaus geholt und in den Sarg verfrachtet. Gut verpackt, damit nichts tropfte.«

Neumann weidet sich an meinem dummen Gesicht, dachte DeLange. Was für ein armseliger Triumph.

»Da hat sie natürlich schon Jahre gelegen. Tiefgefroren, nachdem wir sie vorher in handliche Päckchen zerteilt haben.«

Langsam begriff DeLange.

»Tja. Es war schade um Sascha. Um deine schöne Alexandra Raabe. Eri hat sie nach einem Streit die Treppe runtergestoßen. Sauberer Genickbruch, aber schwierig zu entsorgen.«

Neumann hustete und würgte vor Lachen.

»Die lag dann also im Sarg. Und Eris Schwester hat über dem Grab Krokodilstränen vergossen.«

DeLange schwieg. Er glaubte, draußen ein Geräusch zu vernehmen. Neumann schien es auch zu hören, er richtete sich kerzengerade auf und lauschte. Nach einer Weile sprach er weiter, mit belegter Stimme. »Wir sind erst nach Italien und später nach Peru. Und jetzt fällt doch wohl endlich der Groschen, Jo, oder?«

Was hatte Manolo über Chhanka gesagt, der verkrüppelte, ausgemergelte Peruaner, der sich als Vierzehnjähriger in sie verliebt hatte? »Sie hatte Haare wie der Himmel bei Neumond. Augen wie ein Acker nach dem Regen.« Also dunkle Haare und braune Augen. Und: »Sie war hart. Unbeugsam. Ein Felsen. Ein Stein.« Mein Gott, hab ich eine lange Leitung gehabt, dachte DeLange.

»Die ersten Jahre waren himmlisch. Bis ich merkte, dass sie noch immer fremdging. Sie war allerdings wählerisch geworden. Sie hat sich systematisch nach oben geschlafen. Und alle Genossen denunziert, die nicht auf Linie waren. Eri hinterließ eine breite Blutspur in Ayla. Aber das war ja ihre Spezialität.«

Der Regen hatte nachgelassen. Die feuchtwarme Luft in der Hütte war zum Ersticken. Flo schnappte nach Luft auf ihrem Stuhl. Halt durch, Flo, dachte DeLange. Es dauert nicht mehr lange. Es *darf* nicht mehr lange dauern.

»Kurz bevor sie mich ans Messer liefern wollte, bin ich weg. Gero hatte mich gewarnt. Mein Freund. Mein einziger Freund. Dachte ich jedenfalls. Gero war genauso verrückt nach ihr wie ich. Sie hat ihn damit gequält.« Neumann verzog das Gesicht. Man konnte nicht erkennen, ob er lachen wollte oder weinte.

»Und als ich weg war, hat sie ihn geheiratet. Für einen österreichischen Pass.«

Gero von Braun. Ein Österreicher. Tayta. Wer sonst.

»Ich habe versucht, sie zu vergessen. War verdammt schwer. Es stand ja öfter was in der Zeitung. Wenn die *Senderisten* wieder mal ein Dorf massakriert hatten. Und als in Peru nach zwölf Jahren Militärregierung erstmals wieder gewählt werden durfte, haben sie die Wahlurnen verbrannt. Das war 1980. Danach ging es erst richtig los.«

DeLange hatte nur mit halber Aufmerksamkeit zugehört. Er hatte sich langsam zur Seite bewegt und
näher an Flo herangeschoben.

»Ich habe Angst um sie gehabt, kannst du dir das
vorstellen? Ich wusste ja nicht, dass sie in vorderster
Linie dabei war, die Genossin Chhanka. Und dann
bekam ich die Nachricht, dass man sie und Gero
erwischt hatte. Beide tot, hieß es. Ich habe Rotz und
Wasser geheult. Tagelang.«

DeLange horchte auf. Da war etwas in Neumanns
Stimme. Etwas Neues. So etwas wie – Gefühl.

»Du verstehst das nicht, Jo, oder? Dass man so eine
Frau lieben kann?«

DeLange verkniff es sich, den Kopf zu schütteln.

»Natürlich verstehst du nicht. Ich habe sie so geliebt, wie man jemanden hasst. Inbrünstig.«

Neumann verstummte und schloss die Augen.

Gleich, dachte DeLange.

Neumann öffnete sie wieder.

Bald.

»Irgendwann kam der Brief. Sie lebten, beide, aber
Eri war schwer verletzt und die Beinwunde heilte
nicht. Sie musste operiert werden. Ich habe sie nach
Deutschland geholt.« Neumann atmete pfeifend.
»Und vorher ...«

»... haben Sie ihren Ehemann aus dem Weg ge-
räumt. Ihren besten Freund Gero.«

»Es war ihre Idee. Jeder von uns sollte abwechselnd
zuschlagen. Sein Blut sollte uns verbinden. Aber ich
habe wohl nicht gut genug getroffen.« Er verzog das
Gesicht. »Gewalt ist nicht so mein Ding.«

Blut, dachte DeLange. Damit haben sie es in Peru. Die Indios tränken die Erde, damit sie fruchtbar wird, hatte Tomás erzählt. Insofern hatte Eri viel für das Land getan. Sehr viel.

Man sah jetzt, dass Neumann kaum noch Kraft hatte. Er zitterte am ganzen Körper. Konnte die Pistole kaum noch halten. Ruhig, dachte DeLange. Den richtigen Zeitpunkt abpassen. Es dauert nicht mehr lange. Durchhalten, Flo.

»Ich weiß nicht, ob Gero mir jemals verziehen hat. Ihr schon. Er hat ihr sogar erlaubt, sein Erbe anzutreten. Einer Margot von Braun mit ordentlichen Papieren konnte niemand was.«

DeLange dachte an den Blick, den Margot von Braun ihm zugeworfen hatte. Vor Lichtjahren. Auf jenem sagenhaften Ball in der Alten Oper in Frankfurt, auf dem alles anfing.

»Ich wusste allerdings nicht, wie eng die Verbindung der beiden wirklich war.«

Nichts erinnerte mehr an den Dr. Karl-Heinz Neumann-von Braun von damals, den Mann mit den gutgeschnittenen Anzügen und den Bodyguards. Er sah mit seinem blutunterlaufenen Auge aus wie ein weinender Zyklop.

»Ich hab sie beide unterschätzt. Er ist der Kassenwart des *Sendero*. Und damit des Drogenkartells vom Apurímac. Vertrauter der *Cocaleros*.«

Tayta. DeLange sah den Alten mit zerzaustem Haar am Feuer sitzen. Trinken. Geschichten erzählen. Sah sein Gesicht vor sich, die zerschlagene Hälfte mit ihren Dellen und Schrunden.

»Und Eri organisierte die Kokseinfuhr nach Deutschland. Ein perfektes Paar.«

Chhanka war Erika Berg war Margot von Braun – und Drogenhändlerin. Das sollte er glauben?

»Ihre Geschichte erregt mein tiefes Mitleid, Neumann. Sie als armes Opfer einer heimtückischen Dorfschönheit! Das ist wirklich tragisch«, spottete er. Aber wo ist sie jetzt, wollte er fragen. Die Sexbombe? Die große Jägerin?

Doch er hörte es im selben Moment wie Neumann, der sich nach vorn beugte.

Schritte. Jemand war draußen, vor der Tür. Schob sie auf. Er drehte sich um. Sah eine Silhouette. Hörte eine Stimme »Hallo!« sagen.

»Karen!«

DeLange spürte die Kugel an sich vorbeifliegen, bevor er den scharfen trockenen Knall hörte. Neumann hatte abgedrückt.

Er reagierte instinktiv. Schnellte vor. Schlug Neumann die Waffe aus der Hand, bevor der reagieren konnte. Karen, dachte er verzweifelt, während er sich mit dem blutenden, keuchenden, fluchenden menschlichen Wrack auf dem Boden wälzte, bemüht, die Oberhand zu gewinnen. Nein, Neumann war noch nicht am Ende. DeLange brauchte ewig, bis er ihn endlich überwältigt hatte und ihm mit dem Gürtel die Hände hinter dem Rücken fesseln konnte. Erst dann lief er zur Tür. Sie war verschlossen. Von außen.

»Karen?«

Keine Antwort.

Flo brach in Tränen aus, als er ihr den Knebel entfernt und die Fesseln gelöst hatte. Er massierte ihre Handgelenke, murmelte Koseworte und hoffte, dass Neumanns Gift nicht gewirkt hatte. Aber es war natürlich längst angekommen.

»Warum warst du nicht bei uns?«, wimmerte sie. Und dann brach die ganze Geschichte aus ihr heraus. »Sie ist da! Die Hexe! Sie ist da draußen!«

Neumann begann zu husten und zu lachen. Hustete und lachte und konnte gar nicht mehr aufhören damit.

DeLange sah Tayta vor sich, auf einem Felsen sitzend, im Wind. Lachend. Und später, in der Nacht, erbärmlich schluchzend. *Love is a battlefield.*

»Keine Spur von Neumann?« Siegfried Kanitz aka Skipper warf das bunte Gummibällchen in die Luft und fing es sicher wieder auf. Seine Hand war schon viel besser. »Fang!«

Kai erwischte den Ball gerade noch rechtzeitig, bevor er an die Fensterscheibe geprallt wäre.

»Vielleicht solltest du mal wieder zum Schießtraining gehen?« Kanitz wusste, dass die neue Dienstwaffe, die P 30, nicht jedermanns Sache war, schon gar nicht die der alten Hasen, die lieber bei der P 6 von Sig Sauer geblieben wären. Aber Kai hatte mit der einen wie der anderen eine schlechte Trefferquote, obwohl er kein Rheuma in den Händen hatte.

»Keine Spur von Neumann. Das weißt du doch. Reib du nur auch noch Salz in die Wunde.« Kai warf den Ball zurück. Er lehnte an der Fensterbank, unrasiert, die roten Haare ungekämmt. Musste die Nacht auf der Pritsche im Büro verbracht haben. Man roch es.

Der Skipper grinste. »Darf ich wenigstens fragen, wie's jetzt weitergeht?«

»Wenn's sein muss«, brummte Kai.

»Also?«

»Sie haben in Rotterdam die Container aufgebracht. Peruanisches Kunsthandwerk für ›Qantuta‹, die wohltätige Stiftung von Neumanns lieblicher Ehefrau. Schirmherrin aller armen Kinder Perus.«

»Mir kommen gleich die Tränen.« Der Skipper lachte.

»Da gibt's nichts zu lachen. Wir haben mal den Hintergrund einiger dieser Kinder untersucht. Die kommen fast alle aus den Flusstälern des Apurímac. Kinder der *Cocaleros*, die als Drogenkuriere gearbeitet haben. Die sind mehr als einmal mindestens tausend Kilometer zu Fuß über die Berge bis nach Lima gelaufen, kiloweise Kokapaste auf dem Rücken. Die haben Urlaub verdient.«

»Oder man hat sie mit der Aussicht auf ein paar Monate Deutschland zu dem Job überredet.«

»Auch möglich.« Kai löste sich von der packenden Aussicht auf die Eschersheimer Landstraße und fläzte sich auf Kanitz' edles Ledersofa.

»Und? Was gefunden in den Kunstwerken?«

»Kunstwerke? Na ja. Flöten, Trommeln und Steinfiguren. Teekannen und Vasen. Kissenbezüge aus Alpakawolle. Alles potthässlich, aber als Versteck geradezu perfekt.«

»Na bitte. Und jetzt?«

»Das war die gute Nachricht. Die schlechte: Die

Kollegen haben Ben in die Mangel genommen. Er war es offenbar, der im Auftrag von Freund Neumann Jo DeLange denunziert hat.«

»Ben.« Der Skipper schüttelte den Kopf und knetete seinen Gummiball etwas fester. »Der liebe Ben. Ich fass es nicht.«

»Ist aber so.«

»Schade. War eigentlich ein netter Kerl. Aber vielleicht war er das Denunzieren einfach gewöhnt? Noch aus der DDR?«

»Ach was. Viel schlichter. Den lockte die Kohle.« Kai legte den Kopf zurück und schloss die Augen. »Neumann hat gut bezahlt. Dafür hat Ben ihn gewarnt, wenn Jo mal wieder nach der einschlägigen Akte suchte.«

»Hm.« Kanitz warf das Bällchen hoch und fing es wieder auf. Erst mit der rechten, dann mit der linken Hand.

»Du wirst immer besser. Wenn du mal einen neuen Job brauchst, kannst du auch zum Zirkus gehen.«

»In den Tigerpalast. Ich trete nur im Tigerpalast auf.« Kanitz, vornehm. »Apropos Tiger: Was sagt eigentlich Neumanns Frau? Auch wenn euer Informant aus Peru ihre Mittäterschaft ausschließt – irgendwas muss sie doch mitgekriegt haben? So als Schirmherrin?«

»Du wirst es nicht für möglich halten«, sagte Kai müde. »Die ist auch abgängig.«

Karen hatte noch nie einen Gewehrlauf im Rücken gespürt. Sie fand die Erfahrung verzichtbar. Die Berührung jagte ihr Adrenalin in die Blutbahn und Schweiß auf die Stirn, der sich mit dem Regen mischte.

»Schön brav sein«, gurrte die Stimme hinter ihr. Der Gewehrlauf bohrte sich fordernd in ihr Kreuz. Sie versuchte, nicht nachzugeben. Nicht schneller zu gehen. Das Unheil aufzuhalten.

Sie war völlig durchnässt. Der Regen hatte sie erwischt, kurz bevor sie bei der Hütte angelangt war. Das Wasser stand in ihren Schuhen, jeder Schritt ein Geräusch wie ein platter Autoreifen. Und über ihr eine Amsel, die den Regen bejubelte.

Das Schönste: Sie war selbst schuld an ihrer Lage. Sie war den Blutspuren des Hundes gefolgt, bevor der Regen sie verwischen konnte. Hatte gehofft, sie würden sie zu Jo und seiner Tochter führen, ohne einen Gedanken daran zu verschwenden, dass eine Schusswunde auf eine Waffe schließen ließ.

Wie gottverdammt blöd kann man sein, dachte sie, und setzte langsam einen Fuß vor den anderen. Wie unendlich bescheuert.

»Geht's vielleicht ein bisschen schneller?«, zischte es von hinten.

»Vielleicht war ich bis eben noch im Krankenhaus«, zischte sie zurück.

»Da wären Sie mal besser geblieben.«

»Vielleicht hole ich mir den Tod, wenn ich noch länger in klatschnassen Klamotten durch dieses Kuhkaff hier laufen muss.«

Ein leises Lachen hinter ihr. »Ich kann Ihren Tod gern beschleunigen, wenn Sie das möchten.«

»Tun Sie sich keinen Zwang an. Vielleicht treffen Sie ja diesmal richtig.«

Das Lachen hinter ihr wurde lauter. »Hab ich's doch gesagt: Sie sind eine sehr interessante Frau, Karen. Schade eigentlich.«

Ja, schade, dachte Karen und sah dem gurgelnden, schäumenden Wasser zu, das im Rinnstein dem Gully entgegenrauschte. Ein Windstoß wiegte die Trauerweide, die sich ausgerechnet über ihrem Kopf die Regentropfen von den Blättern schüttelte.

Ihre seltsame Prozession war beim Friedhof angelangt. Von hier aus blickte man die Straße hinunter direkt auf Paul Bremers Haus. Der Asphalt glänzte und dampfte. Die Amsel sang lauter. Der Druck in ihrem Rücken ließ nach.

Karen hielt die Luft an. Paul stand im Gartentor. Er suchte sie. Er sah sie. Und jetzt kam er auf sie zu. Sie holte tief Luft, sie musste ihn warnen.

»Pschscht! Sie wollen doch nicht, dass es jetzt schon vorbei ist, oder?« Der Gewehrlauf bohrte sich zwischen ihre Schulterblätter. »Wo es doch gerade anfängt, lustig zu werden.« Karen erstarrte.

Bleib, wo du bist, Paul, dachte sie inbrünstig. Wahrscheinlich hatte er nicht bemerkt, dass sie einen Gewehrlauf im Kreuz hatte. Wenn Gedankenübertragung funktionierte, musste er jetzt stehen bleiben.

Aber er ging immer schneller. Er begann zu laufen.

DeLange hielt seine Tochter im Arm, bis sie ruhig wurde. »Wir müssen hier raus«, flüsterte er. »Sie hat Karen.« Er löste sich von ihr und ging zur Tür.

Die massive Holztür hatte ein solides Schloss, das neu aussah. Er versuchte erst gar nicht, sie aufzutreten. Auch wenn er am liebsten alles kurz und klein schlagen würde, was im Weg war. Und Neumann gleich mit.

»Ich schau mal nach, ob es hier irgendwo Werkzeug gibt.« Flo hatte sich die Tränen aus den Augen gewischt und bemühte sich, cool zu sein.

»Gute Idee.«

Neumann fluchte vor sich hin. Er wälzte sich auf dem Boden wie ein versehentlich ausgebuddelter Engerling. DeLange zog ihn hoch, setzte ihn grob auf den Stuhl, auf dem Flo stundenlang ausgeharrt hatte, und band ihm die Arme an der Stuhllehne fest. Ein bisschen fester als nötig, Neumann sollte schon was davon haben. Er ließ ihn fluchen und protestieren, während er die Fenster untersuchte, eins nach dem anderen. Alle drei waren von außen vergittert. Schließlich entschied er sich für das Fenster, das zur Vorderseite der Hütte hinausging.

Er rüttelte am Gitter. Aus Eisen. Verdammt stabil.

Neumann fing hysterisch an zu lachen. »Du glaubst doch nicht, dass sie uns entkommen lässt«, ächzte er.

»Maul halten.« Flo. Mit einem schweren Eisen in der Hand. DeLange grinste sie an. Sie hatte dem Kerl lange genug zuhören müssen.

»Gott segne den Erfinder der Brechstange«, sagte sie.

DeLange setzte das Eisen an.

»Sie wird deine Freundin erledigen, Jo, ist dir das klar?«, zischte Neumann.

»Dagegen lässt sich was unternehmen.« Noch nie klangen zersplitterndes Holz und ächzendes Eisen so angenehm. Noch nie roch frische Luft so gut.

»Sie wird deine Liebste umlegen, sobald sie dich sieht«, wisperte Neumann.

DeLange hielt inne. Er weint, dachte er. Jetzt weint das Arschloch auch noch. »Sagen Sie bloß, Sie haben plötzlich Mitleid mit den Opfern Ihrer Frau!«

»Ganz bestimmt nicht«, raunzte Neumann.

»Warum heulen Sie dann? Ihre Mörderin können Sie im Gefängnis besuchen. Ist doch auch was Schönes.« DeLange setzte die Brechstange an, rutschte ab, versuchte es erneut. Er schwitzte. Er war zu langsam. Und er spürte Flos Anspannung, die neben ihm stand und zusah.

»Eri? Eri geht nicht ins Gefängnis. Die kriegt niemand. Nicht lebend.«

»Das werden wir ja sehen.« DeLange ergriff Neumanns Pistole, die auf dem Tisch lag, und steckte sie sich in den Hosenbund.

»Und die nimmt alle mit, bevor sie geht. Alle, Jo, auch deine Braut.«

DeLange drehte der jämmerlichen Gestalt den Rücken zu. Er wusste, dass Karen in Gefahr war. Und nicht nur sie. Sie alle. Er bog eine weitere Strebe des Gitters hoch.

»Sie ist wahnsinnig«, bemerkte Flo. »Sie gehört …«

»Weggesperrt?«, zischte Neumann. »Niemals. Davor habe ich sie jahrelang bewahrt.«

»Obwohl Sie wussten, dass sie unberechenbar ist? Zum Dank hat sie Sie halb totgeschlagen.«

Um Himmels willen. Und Flo hatte das mit ansehen müssen. DeLanges Wut ließ seine Kräfte wachsen.

»Du verstehst nicht. Du hast keine Ahnung. Du weißt nichts. Nichts«, flüsterte Neumann.

»Nein«, sagte DeLange grob. »Ich habe keine Ahnung, womit diese Frau Ihre Liebe verdient hat.« Und die von Tayta.

Neumann gab einen erstickten Laut von sich. Lachen oder Weinen, das war wohl mittlerweile egal. »Eri ist alle Frauen dieser Welt. Ist Helena und Medea. Kleopatra und Medusa. Verstehst du?«

Jein, dachte DeLange widerwillig.

»Das kommt von ganz weit her«, wisperte Neumann. »Aus der Mitte der Erde. Oder von der Milchstraße.«

Ground control to Major Tom, dachte DeLange. Jetzt hebt er ab.

Aber er wusste genau, was Neumann meinte. Es war ein archaischer Zauber. Ein uralter Fluch. Und Gott beschütze jeden Mann davor.

Noch drei Streben, und der Spalt war groß genug – für Flo, nicht für ihn selbst. Er hoffte, dass Medea-Medusa den Schlüssel hatte draußen stecken lassen. Und alles andere – wird man sehen, dachte er.

»Sie weiß, wann es vorbei ist«, hörte er Neumann hinter sich murmeln. »Sie weiß, was zu tun ist.«

Und dann begann er zu schreien. Mit einer Lautstärke, die man dem halbtoten Mann nicht zugetraut hätte.

Verdammte Scheiße, dachte DeLange.

Karen blieb stehen, als sie den Schrei hörte. Der Druck in ihrem Rücken ließ nach. Sie drehte sich um.

Margot von Braun trug eine grüne Weste, wattiert, wie Outdoor-Menschen sie schätzen. Das Haar hatte sie unter die Kapuze gesteckt. Ihr Gesicht wirkte starr, der Mund leicht geöffnet, sie hatte tiefe Schatten unter den Augen.

»Umdrehen«, zischte die starre Maske. »Sofort.«

Karen drehte sich um. Aber es war ihr nicht entgangen. Die Frau trug Jeans und ein T-Shirt unter der Weste. Und noch etwas. Etwas, das Karen bislang nur im Fernsehen gesehen hatte. Die Frau war eine wandelnde Bombe.

Der Schrei endete abrupt. Aber er hatte einen Hund zum Heulen gebracht und die Nachbarn auf die Straße gelockt. Eine Frau in Radfahrerhosen und knappem Oberteil stand unten an der Kreuzung, einen Straßenbesen in der Hand, und starrte hoch. Links schlurfte ein Mann mit zerzaustem Haar und Zigarette in der Hand heran.

Na wunderbar, dachte Karen. Endlich Zuschauer. Wenn Margot von Braun so verrückt war, wie zu befürchten stand, würde sie sich bemühen, einen möglichst hohen Kollateralschaden anzurichten. Solche Leute wollten immer Zeichen setzen. Und behaupteten hinterher, sofern sie ihr Massaker überlebten, der Blutzoll sei zwar irgendwie bedauerlich, aber für die Zukunft der Menschheit unerlässlich gewesen.

Sie bewegte sich, von hinten angetrieben, wieder vorwärts, so langsam wie möglich, direkt auf Paul zu, der mitten auf der Straße stand und endlich begriffen hatte.

Er lächelte. Er lächelte sie an.

Sollte Pauls Gesicht das Letzte sein, was sie in ihrem Leben zu sehen bekäme, dann wäre es ein gutes Ende. Sie lächelte zurück.

DeLange hatte nur einen Schuss, das wusste er. Er musste näher ran. Darauf hoffen, dass sie sich nicht umdrehte. Die Deckung nutzen, die die Friedhofshecke bot.

Neumanns Pistole lag wie eine alte Vertraute in seiner Hand. Eine Sig Sauer P 6, aus Polizeibeständen. Karen schien zu versuchen, möglichst langsam zu gehen. Gut. Paul Bremer stand mitten auf der Straße. Weniger gut. Und jetzt kamen auch noch die Nachbarn. Gar nicht gut.

Flo war in der Hütte geblieben, bewachte Neumann, dem er das Maul gestopft hatte, und telefonierte mit dem Frankfurter Polizeipräsidium. Er hatte ihr eingeschärft, nur mit Siegfried Kanitz zu reden. Einen anderen konnte er in dieser Lage nicht brauchen.

Geh aus dem Weg, Bremer, verdammt. DeLange zielte auf das Gewehr, das Eri in der Armbeuge hielt, den Lauf auf Karen gerichtet. Ein Schuss. Er hatte nur einen Schuss. Und er musste noch näher ran, wenn er kein Risiko eingehen wollte.

Die Szene war bis jetzt überschaubar gewesen. Bis drei Kinder auf ihren Fahrrädern unten auf die Kreuzung fuhren, bremsten, stehen blieben, glotzten. Eine Frau mit Besen in der Hand schrie. Und dann begann Paul Bremer auf Karen zuzulaufen. Du Idiot, dachte De-Lange. Wir brauchen keine toten Helden.

Wenn Paul damit von Karen ablenken wollte, was ja sehr nobel war, dann kam das Manöver zu früh. Er war noch immer nicht nah genug. Eri drehte sich zur Seite, nahm das Gewehr hoch, richtete es auf Paul, legte an. Also blieb DeLange nichts anderes übrig, als sich ebenfalls in Bewegung zu setzen, komme, was da wolle, die Waffe in beiden Händen. Aus dem Augenwinkel sah er Karen auf sich zulaufen. Ich habe nur einen Schuss, dachte er, zielte. Drückte ab. Das Gewehr flog Eri aus der Hand.

Aber die Frau ging nicht zu Boden. Mit einer geschmeidigen Bewegung war sie hinter Bremer. Sie hatte etwas in der Hand.

»Deckung!«, schrie DeLange, riss Karen an sich und rollte sich hinter einen baufälligen Schuppen, der zu dem Hof mit dem großen Baum gehörte, rechts von ihnen. Er hoffte, dass das ungebetene Publikum unten an der Kreuzung reagierte. Die Kinder. Vor allem die.

Es war still. Nur eine Amsel flötete über ihnen ihr Regenlied, ohne Interesse für das menschliche Chaos unten. Endlich, aus weiter Ferne, wie durch Watte gedämpft, drang der Klang von Martinshörnern an seine Ohren. Hoffentlich kamen sie noch rechtzeitig.

»Sie hat Paul«, flüsterte Karen. »Und sie ist eine wandelnde Bombe.«

Dazwischengehen? DeLange dachte fieberhaft nach. Versuchte, das Risiko abzuschätzen.

Zu spät.

Er hörte schon die zweite Detonation, als die Druckwelle der ersten bei ihnen ankam. Er presste die Hände auf Karens Ohren und sah, dass sie weinte.

DeLange wartete, fast taub. Er wartete, ob auf die zweite Detonation noch eine dritte folgte. Von ferne hörte er Stimmen. Schreie? Endlich stand er auf. Alles lag unter einer dichten Staubwolke. Unter seinen Füßen knirschte zersplittertes Glas. Er arbeitete sich langsam vor, zum Hof hinter der Linde, in dem Eri mit Paul verschwunden war. Durch den Staubschleier drang flackerndes Licht. Und dann erhob sich eine Feuersäule.

»Es tut mir leid, Jo. Ich kann das gerne stundenlang wiederholen. So lange, bis du es nicht mehr hören kannst.«

DeLange hatte den Skipper noch nie verlegen gesehen. Heute war das erste Mal, aber es bereitete ihm kein Vergnügen. Nicht mehr. Er stand vor Kanitz' elegantem Schreibtisch, auf den er behutsam Dienstpistole und Ausweis gelegt hatte.

»Wir sind mit falschen Informationen gefüttert worden. Alles deutete auf Neumann, nichts auf Margot von Braun.«

»Und von wem sind die Informationen gekommen?«

»Das weißt du doch.«

»Von Gero von Braun. Genannt Tayta. Ein *Senderista*. Ein Kokshändler. Und dem habt ihr aus der Hand gefressen.«

»So würde ich das jetzt nicht sagen.« Kai.

DeLange drehte sich langsam um und musterte den miesen kleinen Verräter. Mittlerweile war ihm Kais Vorgehen sonnenklar. Der Lump hatte sich in sein Vertrauen eingeschlichen, hatte sich sogar heldenhaft vor ihn geworfen, als die Jungs von der Zivilstreife ihm den Lappen wegnehmen wollten. Wahrscheinlich hatte er sie selbst auf ihn angesetzt.

»Du hältst lieber das Maul, Bubi. Sonst platzt mir der Kragen«, sagte er leise.

Der war ihm in den letzten Wochen unaufhörlich geplatzt. Diese Idioten. Die nicht nur sein Leben riskiert hatten. Auch das von Flo und Caro. Und von Karen.

Kanitz hatte ewig gebraucht, bis er in Klein-Roda angekommen war. Da war das Schlimmste schon passiert. Eri hatte Paul mitgenommen, ins Haus ihrer Schwester. Und sich dann in die Luft gesprengt.

»Wir hatten Margot von Braun einfach nicht in der Peilung«, sagte der Skipper hilflos.

Ich auch nicht, dachte DeLange. Aber er dachte nicht daran, es Kanitz auf die Nase zu binden. »Grober Fehler, Frauen zu unterschätzen.«

»Wie recht du hast. Erzähl mir was Neues.«

Kanitz rollte seinen Ball zwischen den Handflächen. DeLange guckte zu. Keiner sprach.

Endlich wagte sich Kai aus der Deckung, ganz klein mit Hut. »Wir hatten keinen Anhaltspunkt. Der Verein lief auf Neumanns Namen, sie war nur die sogenannte Schirmherrin, das Aushängeschild. Und meistens trat sie gar nicht in Erscheinung. Sie war krank, hieß es.«

Arme kleine schwache Frau. Warum nur haben ihre Männer sie so lange geschützt, obwohl sie es besser wussten, fragte sich DeLange zum wiederholten Mal. Warum haben sie hinter der Helena nicht die Medusa gesehen? Oder haben sie auch die geliebt? In seiner Vorstellung war Liebe etwas anderes. Oder?

Karl-Heinz Neumann konnte man danach nicht fragen. Er lag im Krankenhaus, redete wirres Zeug und rief nach seiner Mutter. Erika Berg konnte auch nichts mehr sagen. Sie hatte ihr Ende zwischen den Trümmern des Hauses ihrer Schwester gefunden. Man hatte nur Teile ihres zerfetzten Körpers gefunden. Sie war den gleichen Tod gestorben wie viele ihrer Opfer. Keine Wiederauferstehung möglich. Das war tröstlich.

»Wie geht es Karen«, fragte Kanitz, überbehutsam.

»Gut, danke.«

»Und ihrem Freund? Bremer heißt er, oder?«

Paul hatte weder ihm noch Karen erzählt, was in diesen letzten Sekunden geschehen war, bevor ihm die Flucht gelang. Hatte Eri den Anstand gehabt, ihn gehen zu lassen? Aber warum?

»Er hat es mit den Ohren.«

Skipper nickte. »Schlimm genug. Aber es hätte schlimmer kommen können.«

Es *war* schlimmer. Paul lebte. Aber Eri hatte seinen Lebenstraum gesprengt. Klein-Roda.

DeLange straffte sich. »Wie auch immer. Mich seid ihr los. Wiesbaden ruft.«

»Viel Spaß auf der Polizeiakademie. Und gratuliere zu A 12«, sagte der Skipper.

»Danke.«

»Wie schön, dass auch Karen nach Wiesbaden muss, wenn aus ihr noch was werden soll«, sagte Kanitz trocken. »Oder hast du ihr ein Angebot gemacht, das sie nicht ablehnen kann?«

»Wer weiß«, sagte DeLange und ging zur Tür, ohne Kai auch nur anzusehen.

Im Türrahmen blieb er stehen und drehte sich um.

»Ach, Skipper. Da wäre noch eine Kleinigkeit. Die Akte Alexandra Raabe.«

»Ja?«

»Ich bin mir sicher, dass sie sich wiederfindet, wenn man schön bittet. Und dann sollte man sie endlich schließen. Es ist tatsächlich Alexandra Raabe, die im Grab von Erika Berg liegt. Für den richtigen Grabstein wird gesorgt.«

»Tod in Peru.

Mitten in der Geschichte von Atahualpa, dem Inkakönig, der Blut aus der Hirnschale seines Bruders trank, machte der Teilnehmer einer Gruppe von deutschen Rentnern, die in Peru den Machu Picchu besuchten, eine grausige Entdeckung. Vom Opferstein der Inka tropfte frisches Blut.

Als die Reiseleiterin nachsah, fand sie einen Sterbenden, der mit ausgebreiteten Armen und geöffneten Pulsadern auf dem Stein lag. Jede Hilfe kam zu spät.

Der Tote, dessen Gesicht grausam entstellt war, ist mittlerweile identifiziert. Die peruanische Polizei hatte den Mann jahrelang gesucht. Er war der informelle Anführer der ehemaligen maoistischen Terrororganisation *Sendero Luminoso*, die mittlerweile auf Kokainschmuggel spezialisiert ist. Es handelt sich um einen seit fast vierzig Jahren totgeglaubten Österreicher.«

DANK

Von Michael Meller, meinem Agenten, stammt die erhellende Idee, den Fall Alexandra Raabe aus *Schrei nach Stille* wiederaufzurollen, obwohl die Akte dazu eigentlich schon geschlossen war. Man muss *Schrei nach Stille* natürlich nicht gelesen haben, um *Erleuchtung* zu verstehen. Aber es schadet nicht.

Von der IPA, der *International Police Association*, und von Peru erzählte mir Robert Schmitt vom Frankfurter Polizeipräsidium – ihm verdanke ich nicht nur viele Informationen, sondern auch Inspiration: Giorgio DeLange ist das Produkt einer langjährigen fruchtbaren Zusammenarbeit.

Elisabeth Herrmann und Reinhard Jahn, großartigen Kollegen, danke ich für ihre Bereitschaft, mich immer wieder aus dem Tal der Tränen herauszuholen, in dem ich oft genug gelandet bin während der Arbeit. Rettung in letzter Minute verdanke ich auch Anke Veil.

Was aber wäre dieses Buch ohne Christiane Geldmacher, ihren kritischen Geist und scharfen Blick?

Mit Roxana Gabriela Naranjo Gamarra und Bernd Kreis habe ich anlässlich einer Magnum Fürst viel über Peru gesprochen, ebenso, wenn auch nur telefonisch, mit Christa v. Bernuth. Eva Lirot brachte mir Rammstein nah. Und viele Facebook-Freunde waren bereit, mir auf die schlichtesten Fragen raffinierte Antworten zu geben. Dank euch allen – und beste Grüße an den Vater von Anna Schneider!

Herzliche Grüße gehen auch an Gerburg Klaehn und ihre Kult-Website »Ichliebefrankfurt.de«. Was wäre der Konstablermarkt ohne sie und ihre Fotos?

Schöne Momente hat mir Google Earth beschert. Und bewegende die Lektüre von Mario Vargas Llosa, *Tod in den Anden*. Inspiriert haben mich darüber hinaus Bücher – *Roter Mond* von Santiago Roncagliolo, *Der Obrist und die Tänzerin* von Nicholas Shakespeare, *Peru* von Eleonore von Oertzen und Ulrich Goedeking – sowie unbedingt: *Kauderwelsch Band 36: Quechua*, Wort für Wort.

Und Musik: Rammsteins Lied *Roter Sand* (aus dem Album *Liebe ist für alle da*) passte wie die Faust aufs Auge. Zitiert habe ich auch Shidys Lieblingslieder: *Wollt ihr das Bett in Flammen sehn* (aus *Herzeleid*) und *Stein um Stein* (*Reise Reise*).

Der Kundige wird Fehler finden. Sie gehen natürlich ausnahmslos auf mein Konto.

Im Vogelsberg, 11. Dezember 2011, im Andenken an meine Mutter Margot Stephan, die heute 91 Jahre alt geworden wäre.

Camilla Läckberg
Meerjungfrau

Kriminalroman
Aus dem Schwedischen von Katrin Frey
Originaltitel: Sjöjungfrun
464 Seiten. Gebunden mit Schutzumschlag
ISBN 978-3-471-35016-4

Ein Strauß weißer Lilien, ein Drohbrief. Christian Thydell, der beliebte Bibliothekar von Fjällbacka, wird erpresst. Die Situation eskaliert, als Christians Freund Magnus tot im Meer gefunden wird. Kommissar Patrik Hedström vermutet ein Familiendrama und beginnt in der Vergangenheit zu graben. Doch erst seine Frau, die Schriftstellerin Erica Falck, entdeckt das Geheimnis der Meerjungfrau.

»Ihre Krimis sind atmosphärisch dicht, dramaturgisch schlüssig – und zudem höchst originell.«
Die Welt

»Camilla Läckberg ist eine Krimi-Queen!«
Bild am Sonntag

List